地下室の姉の七日間

館　淳一

幻冬舎アウトロー文庫

地下室の姉の七日間

目次

第一章　桃色雑談室

1

〃マル鬼〃が教えてくれた〃ミラーズハウス〃は、秋葉原《あきはばら》と御徒町《おかちまち》のほぼ中間、山手線のガード西側に沿った細長い街区の、裏通りの一角にあった。

　この一帯は、卸問屋などが入った雑居ビルや軽印刷、プラスチック成型などの小工場、それに挟まれて戦前からあるのではないかと思われるほど古びた仕舞屋《しもたや》ふうの木造住宅などがひしめいている。大通りに出れば秋葉原電気街の喧噪もすぐ間近なのだが、日中の昼さがり、通りには車や人の影も少なく、やけにシンと静まりかえっている。

　秀人の趣味はパソコンだから秋葉原にはよく来るのだが、この界隈《かいわい》に足を踏み入れるのは初めてだった。散歩するにしても殺風景で面白味のない町並みだ。だから〃ミラーズハウス〟という看板を見つけた時はホッとした。こんな所に男のための秘密の遊び場があるなどと誰が思うだろうか。

(それにしても小さくて地味な看板だな……。見逃してしまうところだった)

なんの飾り気もない、くすんだ灰色の六階建て雑居ビル。一階には何か電気工具の卸らしい小さな会社、それに会計事務所が入っていた。〝ミラーズハウス〟は地下なので、ビルの横手にある階段を下りる。狭くて汚れた階段だ。何か、未知の洞窟に入ってゆくような畏怖《いふ》の感情が秀人の胸中に湧いてくる。

階段の突き当たりに黒い着色ガラスのドアがあった。どうやら以前は喫茶店か酒場だったらしい。それが潰《つぶ》れて放置された後、応急的に改装されたようだ。〝会員制ビデオ観賞室・ミラーズハウス〟と書いたアクリル製の板はピンク色で、そこだけいかがわしい雰囲気を放っている。その横に〝同伴観賞できます〟と書いた紙が、とって付けられたように貼られていた。

(ここで、本当に〝マル鬼〟が言うとおりのことをしてくれるんだろうか……?)

秀人は心臓が急な運動をした後のようにドキドキしているのを自覚した。まるで地下に入ったとたん酸素が欠乏したような気がする。こういった場所に足を踏み入れるのは初めてだから無理もないのだが、正直なところ怖《お》じ気《け》づいていた。

人通りの少ない裏通りのビル。それも地下。人目を避けているかのような感じさえ受ける看板。『会員制』と銘打っているのもそうだが、ドアの奥はシンと静まり返っていて、冷ややかで閉鎖的な雰囲気が臆病な若者の意気込みを挫《くじ》こうとしていた。

〝夢遊ネット〟の〝桃色雑談室〟でも、誘われるまま怪し気な風俗店に入ったばかりにひどい目にあった男たちの話がアップされていた。それらのエピソードがナマナマしく思い出される。自分もそういう場所に足を踏みこんでいるのかもしれない。

（ここまできて、何をためらってるんだ……。〝マル鬼〟を信じるしかない。なあに、とって食われるわけじゃなし）

彼にこの店を教えてくれた〝マル鬼〟は、メールでこう書いてきたのだ。

《その店はね、外見はたいしたことはないけど、店内でのサービスはなかなかのもんだよ。裏ビデオを見ながら、たっぷりエッチを楽しめるんだから……》

その文章を思い浮かべただけで股間が熱を帯び、若い肉が隆起してきた。つのる欲望と女体への憧れが怖じ気づいた気持を圧倒した。二十歳の若者は、勇気をふるい起こしてドアを押しあけた。

実をいえば、この店を教えてくれた〝マル鬼〟というニックネームの人物とは、秀人はまだ一度も顔を合わせたことがない。知り合ったのは三か月ぐらい前。それでいて、畏敬と信頼の念を抱《いだ》いている。それでなければノコノコとこんな所までやって来たりはしない。マル鬼と知り合ったのはコミュニティ型のウェブサイトSNS（ソーシャル・ネットワーキングサイト）の中だ。

——杉下秀人は平凡なサラリーマンの家庭に生まれたが、小学生の頃、ファミコンゲームに夢中になった。それが嵩《こう》じて、ゲームの点数よりも「これは、どんな原理で動き、どんな構造になっているのだろう？」と、コンピュータの仕組みに関心が向くようになった。もともとメカニズムが好きな性格で、たちまちファミコンを卒業してパソコンに熱中するようになった。

中学生の頃には本格的なプログラム作りを始め、高校生で典型的なハッカーになっていた。ハッカーとはパソコンを駆使して自由にコンピュータネットワークの中を歩き回るマニアのことを言う。中には金融機関のコンピュータシステムに入りこみ、犯罪行為に走る者もいるが、秀人はそれほど悪質なことをやっているわけではない。せいぜい有料のデータベースに潜りこむとか、法人のＩＤを利用して海外データベースに接続してしまうぐらいのものだ。それだって立派な犯罪行為なのだが、当人たちには罪の意識は希薄だ。

いまは某私立大の理工学部電子工学科の二年生。将来は汎用《はんよう》コンピュータシステムを専門に研究してみようと思っている。

彼の六畳の個室にはパソコンが三台ある。それぞれにディスプレイ、本体、ハードディスクその他の周辺機器が接続されていて、宇宙船のコックピットの中みたいな感じだ。三台も置いているというのは、勉強というより、趣味と実益をかねたアルバイトに必要なのだ。

——秀人は中学、高校とパソコン部で活動していて、パソコンショップにも熱心に出入りして仲間を作っていた。コンピュータ雑誌にも熱心に投稿したり、自分の作ったプログラムを発表しているうちに、彼の才能に目をつけたあるソフトハウスから「うちで開発した教育用ソフトのテスターになってくれないか」と話が舞い込んできた。

コンピュータのプログラムには、バグと呼ばれる欠陥部分が必ずある。多額な開発費を投入してソフトを作った企業は、発売前に試作版をテスターに提供して、使い心地や重大なバグが残っていないかをチェックしてもらう。そのためにはプログラミングに通暁している人間が必要だ。

秀人のバグ・レポートは、専門のプログラマーが舌を巻くほど緻密なものだった。彼の評判はしだいに広まり、今では数社のテスターをつとめている。そればっかりやっていたら勉強も何も出来ないので、新規の依頼は断っているほどのモテようだ。

テスターは最新のソフトを発表前に提供される。その優越感もこたえられないが、かなりの額の報酬も得られる。おかげで秀人は、高校生の頃から小遣いには不自由しなかった。

パソコンという趣味は金がかかる。少し金がたまるとすぐに使ってしまうのだが、収入はそこいらの若いサラリーマンより多い。経済的なことで悩むことは少ない。

それより、彼の悩みは異性のことだった。

実は、二十歳になった今でも、秀人にはガールフレンドがいない。

自分でもあまり社交的な性格だとは思っていない。生まれつき口下手で、自分の意思をなかなかストレートに表現できない。相手の言葉にどう対処したものか考えこむので、小学校の時など口やかましい女教師にさんざん「ひねくれた子」「あんた、にぶいんじゃないの?」などと毒づかれて、すっかり学校嫌いになった時期があった。

中学校ではパソコンクラブの部長だったから、男子生徒から尊敬された。しかしコンピュータなんかに興味のない女の子たちからは「ネクラ」「オタク」としか思われず、あんまり相手にしてもらえなかった。その傾向は高校時代も同じで、結局、大学二年生になった今でも、彼は特定のガールフレンドを持ったことがない。そして、悲しいことにまだ童貞である。

容貌や体型に特に問題があるわけではない。といっても女の子にもてるタイプでもないが。面長《おもなが》でひょろりと背が高く、青白い顔。少し前かがみに歩く。服装なんかにあんまり関心がないから、いつでも同じジーンズに夏ならTシャツ、冬ならスタジャン。そしてボサボサの長髪。まあ、確かに女の子の関心を惹《ひ》くような存在ではない。

それに、女性と面と向かって話すのが苦手だ。顔が赤くなるし、舌がうまく回らない。

（女の子って何を考えてるのか、サッパリ分からないからなあ）

そんなふうに思いこんでいるのがいけないのかもしれない。

異性に興味がなければ話は別だが、秀人もやっぱり男の子である。初めて夢精したのが十六歳の時で、今どきの少年としてはかなりオクテのほうだったが、それ以来性欲は一人前に強くなって、今ではほとんど毎晩のようにオナニーに耽《ふけ》っている。

両親も姉も知らないことだが、女性のヌードが満載された雑誌も買っているし、自分用のＤＶＤデッキを買いこんで、こっそりアダルトビデオなどを借りて鑑賞もしている。

〝マル鬼〟と知り合ったのも、セックス情報が看板の〝夢遊ネット〟という小さなＳＮＳに入ったのがきっかけだった。


通信ネットワークの世界には、会員数も一千万人を超える大手ＳＮＳから、個人が一人だけで運営している趣味的な小さなものまで、さまざまなＳＮＳが存在している。

大手ＳＮＳの中には、誰にでも開放されたコミュニティ（電子掲示板）の他に、特定の趣味・職業の人間たちが集まるコミュニティがいくつもある。大手ＳＮＳに加入すれば、どんな趣味の持ち主でも必ず同好の士を見つけられるし必要な情報を得られる――と言われている。

ただ、セックスだけは例外だ。「公序良俗に反する」情報は扱わないというのが原則なので、セックス関連の情報は大手SNSでは得られないのだ。

最初は大手SNSで満足していた秀人が次第に小さなSNSにも参加するようになったのは、そういった理由も大きい。

（セックスの情報だけ扱う、くだけたSNSがあればいい……）

そう思うのは秀人ばかりではない。インターネットに熱中している者の大半、いや八十パーセントぐらいは、十代後半から二十代前半の若者たちなのだから。

そういった欲求に応えるべく〝アダルト専門〟とか〝十八禁〟（未成年者のアクセス禁止）を看板にした小規模なSNSがあちこちに出来ている。中には、高額の入会金と厳格な資格審査がある極めて閉鎖的なところもあるらしい。こうなるとインターネットの中の秘密クラブである。

現在、秀人が一番多くアクセスしているのはヤング・アダルト向けの〝夢遊ネット〟だ。

〝夢遊ネット〟は、一年ほど前に誕生した時は会員数百人ほどの小規模なネットだった。それが口コミで急激に会員を増やし、今では数千人までに成長した。

他のネットワークで知り合った好色なマニアたちが意気投合し「お色気情報専門のSNS

を作ろう」ということで始まった——といわれている。電話番号から推測するとホストマシンが置かれているのは台東区らしいが、それ以上の詳しいことは分からない。

夢遊ネットは入会金をとらない。入会申請といっても、ハンドルネーム（ネット内でのニックネーム）と性別、年齢、使用機種を登録するだけだから、誰でも自由に入れる。

このネットが通信マニアたちの人気を得たのは、〝ピーピング・ルーム〟と〝桃色雑談室〟という、二つのコミュ——コミュニティのおかげだ。

〝ピーピング・ルーム〟というのは、かなりハードなポルノ画像を提供するコミュ、〝桃色雑談室〟は、ネットワーカーたちが自分の性的体験をあからさまに告白するコミュだ。

最初の頃は〝ピーピング・ルーム〟の人気が圧倒的に高かった。

インターネット映像の送・受信が出来るメディアだ。

しかし〝ピーピング・ルーム〟にアップロードされる画像は、それだけの忍耐に充分値する代物《しろもの》だった。特に、異性と交際できず悶々としている若者たちには。

なにしろ、好き者たちが自分の妻や恋人たちのあられもなくエロティックな裸像、時には自分たちの交わっているハレンチで淫猥な姿態などを送ってくるのだ。

この〝ピーピング・ルーム〟からダウンロードした大股開きの猥褻な画像によって、彼は成熟した女性の性器がどんな形をしているのか、初めて知った。その時は鼻血が出るほど昂《こう》奮《ふん》し、ディスプレイを見ながら夢中でオナニーに耽ってしまったものだ。

そうやって〝ピーピング・ルーム〟のお色気画像をダウンロードするのに夢中になっていた秀人だが、ある日たまたま〝桃色雑談室〟というコミュを覗いてみて、そこで交わされている会話の過激さに驚かされてしまった。

〝桃色雑談室〟は、会員たちが自分の性的体験を曝露したり自慢したり、猥談に耽る場だと思えばいい。

出会い系ネットで知り合った人妻とラブホテルに行き、どんなふうに楽しんだかを、微に入り細にわたって報告する奴がいるかと思うと、満員電車の中で痴漢する時、いかに安全な女を選び、どのように嬲《なぶ》るか、そのテクニックを披露する奴もいる。全員がハンドルネームを使うから、どこまでプライバシーをさらけ出しても安心だ。かなりアブナイ行為——たとえば高校教師が女生徒と性交したり、幼女を誘って猥褻行為に耽った——などという告白も安心してできる。

この〝桃色雑談室〟の管理人が〝マル鬼〟だった。

管理人というのは、コミュをとりしきる管理人といった存在である。そのコミュがどれだけ会員を集めて活発な活動が出来るかは、管理人の人柄によるところが大きい。

〝マル鬼〟の当初のハンドルネームは〝マル鬼・ド・中年〟だった。つまりマルキ・ド・サドのモジリで、ハンドルからしてSM趣味の中年男性だということが分かる。彼はこういった特殊なコミュにはうってつけの人間だった。

結婚しているのかどうかは分からないが、愛人を何人か持ち、ゆきずりの女でも〝いい女〟とみれば口説いてセックスする。それでも飽きたらず、いろいろなセックス産業の店も精力的に探訪する。そういった体験は逐一、自分のコミュで報告するのだが、文章からは〝性の冒険家〟とでも呼びたくなるような情熱と昂奮がほとばしっていた。

彼は現在、数人の女性を〝ペット〟として飼育している。声をかければ必ず飛んで来る愛人奴隷のことだ。毎日、彼女らをどのようにして調教しているか、それも報告してくれる。その内容はリアルで、どんなポルノ小説、SM小説よりも秀人を昂奮させてくれた。

秀人に限らず、性的体験が少なく妄想ばかりが肥大している若者たちにとって、〝マル鬼〟はいわばセックスの教師だった。

秀人は毎晩、夢遊ネットにアクセスし、マル鬼や常連のメンバーが交わすあらゆる話題を読むのが日課になった。ただ、それだけだったら決してマル鬼と個人的に親しくなることは出来なかったろう。発言しない会員というのは、発言しているメンバーからは見えない存在だから。

しかし、夢遊ネットにも秀人が進んで発言する場があった。〝技術相談室〟というコミュだ。そこはもっぱら、パソコン通信の技術的な問題について、質問したり、答えたりする場である。特に夢遊ネットの場合、大量の画像情報を扱うので初心者には難しい部分が多い。

《画像データをダウンロードしたが途中で回線が切断されてしまう》

《ダウンロードしたデータが開けない》

《マスク処理の除去法を教えて》

さまざまな質問が寄せられる。使っているハードとソフトが分かれば、手順は決まっているから、秀人のようなハッカーには解決法は一目瞭然だ。技術的なことを教えるのが嫌いではない秀人は、そういう質問にはできるだけていねいな答えを書きこんでやることにしていた。

それがマル鬼の目に止まったらしい。

ある夜、いつものように夢遊ネットにアクセスすると、いきなり次のような表示が目に飛びこんできた。

《未読のメールが1通あります——》

(はて、誰かなあ？)

自分のメールボックスを開けてみた。

パソコンの画面にズラズラッと文字が表示されていった。

《TO：――ヒデくん
FROM：マル鬼
TITL：ちょっと質問したいことがあります》
「えっ⁉」
秀人はたまげてしまった。あのマル鬼が、これまでまったく発言したことのない秀人に個人的なメッセージを送ってきたのだ。もう一度見直してみたがID番号も〝ヒデ〟というハンドルネームも、確かに自分のものである。送信ミスではなさそうだ。
（なんで彼がぼくに……？　一度もコミュの中で会ったことがないのに）
全文を表示させてみた。こんな内容だった。
《やあ、ヒデくん。
突然メールを送りつけられて驚いたかな？　知ってると思うけど、ぼくは〝桃色雑談室〟で管理人をやっているマル鬼です。ヒデくんのことは、〝技術相談室〟でよく見かけていますよ。パソコンのことに詳しいのでいつも感心しています。ぼくなんか四十を過ぎてからやり始めたもので、まだ簡単なことも分からない。キミがいろんな質問に答えているのを読んで、こっちもおおいに勉強させてもらっています。》
（ふーむ、マル鬼氏もパソコンに手こずっているのか……）

秀人はニンマリした。女とセックスのベテランも、コンピュータは苦手なのだ。こうして褒められると悪い気はしない。

《そこでキミにメールしたというのは、個人的に質問したいことがあるからなんだ。ひょっとしてキミは、クルマのコンピュータ・チューニングに詳しくないだろうか？　あるいは専門にやってる友人を知ってるとか……？

というのは、実は私の知人がBMW—M3CSLを持っているんだが、残念ながらスピード・リミッターがついていて、高速性能を充分に味わえないと嘆いているんだよ。コンピュータ・ユニットのROMに入っているプログラムを書き替えればリミッターを解除できるらしいね。それは、具体的にどのようにしたらいいのかな？　彼もけっこうパソコンマニアで、ROMリード・ライターぐらいは持っているそうだ。教えてもらえれば、自分でROMの書き替えは出来るといっている。そこで「誰か詳しい人がいないか」と相談を受けたわけだ。まあ、リミッターを外すというのはおおっぴらにやってはいけないことだから、私が間に立って内密に……というわけだが、キミがやり方を知っていたら一番いいし、それでなかったら、誰か専門の人を紹介してくれたら有り難いんだがね。

もちろんこういうノウハウには微妙な問題がからんでいることも知っている。だから、秘密は絶対に守るよ。もちろん車の持ち主からは、充分なお礼は出る。ぼくも〝桃色雑談室〟

には掲載していない面白い情報やビデオを持っているから、そのことで便宜をはかってあげられると思う。こういうギブアンドテイクでどうだろうか？

とにかく返事をいただけませんかね？　待ってます。

マル鬼より》

読み終えて、秀人はフーッと溜め息をついた。

（うーん、車載コンピュータ・ユニットの書き替えかあ……）

――今の自動車は、ほとんど電子制御化されている。

たいていの車はグローブボックスの裏側あたりにコンピュータ・ユニットの箱が嵌《は》めこまれていて、このユニットから車を一番理想的な状態で走らせるための指示を出している。運転者がどんなに下手でもエンストやノッキング、横すべりが防がれる。コンピュータが安全で快適な運転を補佐してくれているわけだ。

しかし、カーマニアにはこの電子制御がかえって邪魔になる。そのいい例がスピード・リミッターの存在だ。

国産車も輸入車も、国内で販売される全ての車には法で定められたスピード・リミッターがついていて、時速百八十キロを超えるとパワーが落ちるように設定されている。ＢＭＷ－Ｍ３ＣＳＬといえば三百馬力のエンジンを持ち二百七十キロ以上のスピードを出せる猛獣のようなマシンだが、日本に上陸するとたちまち牙を抜かれたようになってしまう。つまり車が持っている真の性能を引き出して楽しむことが出来ないのだ。

そこで、何とかしてスピード・リミッターを解除しようと考える人間が出てくる。

制御情報のすべては、コンピュータ・ユニットの中にあるP－ROMというマイクロチップの中に記憶されている。この中のプログラムを書き替えてやればスピード・リミッターを解除できるわけだ。パソコンと車、両方に詳しいマニアなら、それは難しいことではない。

プログラムがいじれるカーマニアならスピード・リミッターの解除だけではなく、点火のタイミング、アクセルの効き具合など、さまざまな制御を自分の好みに調整できる。こういった作業がコンピュータ・チューニングだ。

秀人はハッカーだから磁気カード読み取り装置はもちろん、ROMリード・ライターも持っている。アセンブリも読める。問題は、彼がカーマニアではないことだ。実を言えば免許もない。スピード・リミッターに限らず、これだけの高性能マシンの制御系を下手に一部だけ書き替えると、全体のバランスが狂ってしまう。そのせいで事故を起こすかもしれない。

（これは、そっちの専門家に頼むしかないな……）

インターネットをやっていると、こういった車載ROMを専門に扱うハッカーたちのネットがあちこちにあって、常に情報が交換されている。秀人のハッカー仲間の中にも、それで稼いでいるマニアが一人いた。

たとえ違法であっても、ハッカーたちはプログラムをいじることについては罪の意識が少ない。その気質は秀人も共有している。彼らは他人が作ったプロテクトを外し、秘密にされているプログラムを取り出して分析してしまうことに強い喜びを覚える。それは複雑なゲームをクリアするのと似た快楽なのだ。とはいえ、見ず知らずの人間のために車載ROMの違法改造を仲介してやるというのは、ちょっとしたリスクが伴う。

義理も何もないのにマル鬼の注文を聞いてやる気になったのは、こういったハッカー特有の希薄な罪悪感もあるが、同時に、マル鬼の「便宜をはかってあげられると思う」という言葉だった。とにかくセックスのベテラン、マル鬼と親しくなって損はない。

さっそく仲間に電話してみた。

「ふーん、BMW－M3CSLねぇ……。あれなら、もう解析をすませた連中がいて、リミッターを外した交換ROMが十万円で出回ってる。ピークパワーも十パーセントアップしてあると言ってな。それでいいんなら手に入れてやるぞ。自分で書き直すよりずっと簡単だ」

「そりゃそうだけど、本人は他にも手直ししたいらしくて、全部、自分の手でやってみたいと言うんだ。ROMリード・ライターも持ってるというし」

友人は感心したように唸《うな》ってみせた。

「自分の気にいったようにチューニングしたいのか。相当なマニアだな、そいつは……。分かった。ダンプリストをとれるんなら、それを送ってくれたら解析してやるよ。でもまあ、外車は手間をくうから、二十万はもらわんとな……」

「サンキュー。じゃ、向こうへ連絡してみる」

秀人はすぐにマル鬼へ電子メールを打った。

《マル鬼さん。ＢＭＷのコンピュータ・ユニットの件でお答えします。

ぼくは車に詳しくないのでダメですが、ぼくの友人に詳しいのがいて、ダンプリストがあれば解析してあげられるそうです。でも、時間を食うので二十万円ぐらいかかるそうですよ。リミッターオフとピークパワーを十パーセントアップしたチューニング済みの改造ＲＯＭだけなら十万円で簡単に手に入るので、安く早くすませるのならそっちの方をすすめる、と言っています。どちらをご希望でしょうか？　連絡して下さい。　ヒデ》

それに対する返事。

《やあ、ヒデくん。お手数をかけたね。

こっちの友人に尋ねてみたところ、金はかかってもいいから、リスト全部の解析を頼みたいそうだ。出来合いの改造ＲＯＭだけじゃ満足できないらしいね。ダンプリストはとってあるので、それをヒデくんのほうにアーカイブで送ろうか？　キミから友人へ転送してくれれば、お互いに秘密は守られるわけだ。どうだろうか？》

彼の友人は、その条件でOKだという。やがてメールでダンプリストのアーカイブが送られてきた。秀人はそれを転送した。一週間後、解析結果が送り返されてきた。専門にやってるだけに完璧な解析だった。点火系、燃料系、各種リミッターの制御データの位置と、どう書き替えればどうなるか、その方法も添付してある。素人《しろうと》にはそれでもチンプンカンプンだが、ここまでプログラムが解析されてしまえば、秀人でもやり方を教えられる。

再び、マル鬼と秀人の間で頻繁にメールがやりとりされた。BMWの持ち主というのはけっこうコンピュータに詳しいらしい。すぐに理解できたようだ。

《ありがとう、ヒデくん。今日、彼のほうから「おかげで、完全に自分好みにチューニングできた」という報告があったよ。それで、報酬の件だが、どうしたものだろう？　キミが匿名でいたいのなら、どうやってお金を渡すか考えなきゃいけないね。それほど神経質でないのなら、キミの口座を教えてもらうのが一番簡単だと思うけど》

秀人は少し考えた。車載ROMの違法改造に手を貸したのは事実だが、現実にそういったパーツが白昼堂々と売買されているのだ。それに彼は、仲介したに過ぎない。

（まあ、マル鬼氏におれがどこの誰かバレたって、不都合なことはあるまい……）

そう考えて、預金口座の番号と杉下秀人という本名を教えた。即座に四十万円という金が振り込まれて、秀人を慌てさせた。

《マル鬼さん、困りますよ。約束では二十万円だったじゃないですか！》

《それはデータを解析してくれたキミの友人への報酬。残りは仲介してくれたキミへのお礼だよ。ぼくの友だちはＢＭＷを二台も持ってる金持ちだから、小遣い銭みたいなもんさ。気にしないで受けとっておいてくれたまえ……》

——そんな具合にして、マル鬼と秀人の交流が始まった。

マル鬼はちょっとした技術的な問題をちょいちょい秀人に質問してきた。ただ、改造ＲＯＭを頼んできた友人のことは、二度と話題にならなかった。たぶん結果に満足しているのだろう。

秀人の方もマル鬼に対して気安さを覚えるようになった。そうすると、セックスに関してのいろいろな質問をしてみたくなる。

といって、自分が童貞で、まだ女性の神秘的な部分を見たこともないことを白状するのは恥ずかしい。とりあえずこんな質問をしてみた。

《マル鬼さん。恥をしのんで、ちょっと質問をさせて下さい。

実は過激なＳＭビデオを探してるんですが、どうやったら手に入れられますか。いわゆる裏ビデオっていうやつはレンタルショップでは貸してないし、通信販売のサイトでも表だって売ってないですよね。過去の裏ビデオにはセーラー服ＳＭの名作というのがある、という

ので、モロに見えるような裏モノを見てみたいと思っているんです……》

マル鬼の返事は、ちょっと苦笑を含んでいるような文面だった。

《おやおや、ヒデくんはまだ、過激なSMモロものを見たことがないの？

ふーん、そうだったのか。ぼくの所には昔の名作裏ビデオなら百本ぐらいあるし、自家製のSM調教をDVDに焼いたのも少なからずあるんだけどね……。機会があればオフ会に持っていって見せてあげてもいいよ。それはともかく……。

過去の名作裏ビデオは簡単に手に入りにくくなってきてるんだ。それはほら、児童ポルノの取締りが厳しくなったりしたからね。セーラー服SMの裏モノは、たいてい未成年だもの、今はすぐお縄になってしまう。

あ、ここまで書いて思い出したんだけどね、すごい個室ビデオの店があるんだ。ほら、エロビデオを見ながら女性と愉しめるって店なんだけど、これはとっておきの穴場だよ。

そうだ、この前BMWのことで無理を頼んだ恩返しとして、そこを教えてあげよう。高い値段でヘンな裏ビデオやモロDVDを買わされるより、そっちのほうがずっと安あがりだからね。だって一万円あれば過去の名作裏ビデオを見られて、しかもムチムチ美女の密着サービスを受けられるんだぜ！

ひと口で言えば、ピンクキャバレーと同伴喫茶と個室ビデオを一緒にしたところだと思えばいい。ぼくも一度訪ねたらやみつきになったよ。ただ営業形態は完全にもぐりなので、経営者は口コミだけでひっそりやってゆきたいらしい。だから〝桃色談話室〟にも書いていない。

もしその気なら場所を教えてあげるけど、どう？　その気はある？》

そのメールを読んで秀人は頭がクラクラするような昂奮に襲われた。

(うへっ、そんな場所があるのか！)

何しろ、若い女性の肌に手を触れた経験もないのだ。考えただけで勃起してしまう。

《マル鬼さん、そんな所が本当にあるんですか？　ぜひ、行ってみたいですね。ピンキャバとかファッション・マッサージとか、ああいう店には一度は行ってみたいとは思ってるんですけど、何となく入りにくくて……。中でボッタクられたり、恐《こわ》いようなことはありませんか？　まあマル鬼さんみたいなベテランが太鼓判を押してくれるんなら安心でしょうけど……》

これでは自分が童貞だと白状したも同然だ。すぐに返事が来た。

《もちろん安心も安心、大安心さ。このぼくが保証するよ。それに女の子たちも清潔にしてるし、根性の悪い子もいない。じゃあ、乗り気なようだから教えてあげよう。店の名は〝ミラーズハウス〟。場所は外神田の×丁目。秋葉原からすぐの所だ。

その店はね、外見はたいしたことはないけど、店内でのサービスはなかなかのもんだよ。最初にリストの中からビデオやＤＶＤを選ぶと、個室に案内される。しばらくすると、女の子が注文したビデオを持ってきてくれるんだ。その子が気に入ったら、彼女に一万円を渡せばいい。一緒にビデオを見ながら、どこでもタッチさせてくれる。そうやって一時間たっぷり楽しんで、最後に彼女がお口でイカせてくれるんだ。

この値段だから本番はムリだけど、何より簡便だし、安い。しかも裏ビデオを見られてエッチを楽しめるんだから、ピンキャバとかファッション・マッサージなんかよりずっとトクだ。肝心の女の子だが、熟女タイプからロリコン・タイプまで常時、三、四人が待機しているよ。ヒデくんの好みは知らないけど、ぼくだったらユカリという子をおすすめする。年齢は十八くらい。まだセーラー服が似合いそうな可愛い子で、そりゃ、アイドル美少女ってわけにはゆかないけど、なかなかいい体をしてるよ。気性もサッパリしてるし、何より本人がセックスが大好きなんだ。奉仕するのが好きな性格だから、ノルといろんなことをやってくれる。一番最初に彼女を試してみるといい。何だったら、キミの都合のよい時間を教えてくれたら、ぼくの方から店の方に一本電話を入れておこうか。なあに、ぼくはその店では顔だからね、少しぐらいの無理はきいてくれるんだ……》

秀人は即座に、予約の件をマル鬼に頼んだ――。

2

〝ミラーズハウス〟のドアを開けて入ると、すぐ、受付ふうのカウンターがあった。左手に黒いカーテンが垂れていて、その向こうに通路があるようだ。カウンターのすぐ後ろにも黒いカーテンがかかっていて視野を遮っている。何か閉所恐怖症にかかりそうな、そんな息の詰まる感じ。それは罪悪感のせいでもあるのだが。

カウンターの内側には誰もいなかった。よく見るとインタホンが置いてあり、その横に〝ご用の方は、赤い内線ボタンを押して下さい〟と書かれていた。秀人がボタンを押すと奥の方でブザーが鳴るのが聞こえ、

「はいよ」

男の声で応答があった。やがてキコキコと何かが軋《きし》む音が近づいてきた。カウンターの背後のカーテンが開いた。

車椅子に座った初老の男だ。キコキコというのは車椅子の車輪が回転する音だったのだ。

(この人、体が不自由なんだ……)

秀人は、男の境遇に同情してしまった。体が自由に動かせないからこういった店の受付の

ような仕事しか見つからないのだろうか。

頭は白髪で、しかも額が相当に禿げあがっている。年齢は六十を幾つか超えた——といったところか。体は痩《や》せていて、まだそんな季節ではないというのに厚手のシャツを着、膝《ひざ》には毛布。額が広くて頬が削《そ》げているせいか、縁なしの眼鏡をかけた表情は知的で、たとえば引退した大学教授のような雰囲気を感じさせた。その目は冷たく光っていたが、特に秀人をジロジロと眺めるわけでもない。

「ビデオを見たいんですか？　初めての方ですね？」

受付のカウンターの中にすっぽりと車椅子ごと入りこんだ男は、無表情を崩さずに尋ねた。

「そうです。あの……マル鬼さんに紹介されたものなんですが」

言われたとおりに彼のニックネームを出すと、

「ああ……、ユカリを指名している人ね。聞いてるよ」

男は頷《うなず》き、カウンターの下から一枚の紙とボールペンを取りだした。

「ここは会員制なんでね、これに名前を書いて下さい。まあ、適当にね……。今度からは、これを見せてもらうだけでいいですから」

〝ミラーズハウス特別会員券〟とゴム印が押された名刺大のカードだ。

番号は００２０５。自分は二百五人目の会員なのだろうか。秀人は少し考えて〝杉山英人〟と、実名を少し変えて記入した。

男はカウンターの下から大学ノートを取りだした。手垢がついてだいぶ汚れている。

「これ、在庫で揃えてあるやつだけど、希望のを選んで下さい」

ページを開くと、ボールペンで罫線が引かれ、番号と作品のタイトルが書きこまれ、簡単な内容が書きこまれている。たとえば、

〝R067『少女の道草』――中一少女主演のロリータ本番もの。犯しているのは実の父親と噂された。その犯罪性から販売ルートが摘発され、話題になった幻の名作――〟

そういうのが何ページにもわたってギッシリ書きこまれている。全部で少なくとも千本は超えるに違いない。

「うわ、凄い数ですね……、こりゃ、何を選んでいいか分からないや」

秀人が当惑すると、無表情だった男が、その時だけ白い歯をチラと見せた。これだけのコレクションを自慢するふうだ。

「どんなのが好み？　言ってくれたら適当なのを選んであげるよ」

「えーと、あの、そうですね……SMものを……」

「SMでもいろいろあるからね。男がSで女がMのやつね？　女の子の好みは？　ロリータはあんまりないけど、女子高生、女子大生、OL、人妻、女教師、看護師……」

「女子高生がいいなあ。セーラー服の……」

「じゃあ、こいつかな……」

男がさし示したのは、〃女子高生・監禁調教〃というタイトルだった。

「こいつはね、セーラー服の女子高生を監禁して嬲りものにする、ってやつだよ。浣腸もあるし、裏ビデオの中でもかなり迫力がある」

「はあー……、じゃ、それにします」

「それじゃ、いまユカリに持って来させるから、個室に入って待ってて下さい。そこを入ってまっすぐゆくと左の奥に〃C〃と書いた部屋があるから、そこで……」

男は秀人の左手のカーテンを指さした。言われたとおりビロードのような材質の黒いカーテンを掻《か》き分けて中に入る。

狭い通路が奥の『非常口』と書いたドアまで突き抜けていた。照明はひどく暗い。右側は黒い壁で、左に三つのドア。つまりここは三つの個室に仕切られているということになる。

胸をドキドキさせたまま秀人はふかふかの絨毯《じゅうたん》の上を歩いてゆき、言われたとおり〃C〃と書かれたドアを開けた。

中は畳にして四畳半ほどの空間だった。ドアを入ったすぐ横手のラックの上に二十四インチぐらいの液晶モニターが置いてあり、その下にビデオとＤＶＤが両方再生できるデッキが置かれていた。ドアの反対側に、三人は座れる布張りのソファがあって、その手前に小さな低いテーブル。ソファとテーブルは以前、ここが喫茶店か酒場だった時のものを流用したという感じだ。

その他には何の飾り気もない。個室の壁はすべて黒い壁紙で覆われている。床のカーペットは真紅。そのコントラストがひどく妖《あや》しい雰囲気を醸しだしている。照明は壁に取りつけられた笠つきのランプが一灯だけ。それもボーッとした仄明《ほのあ》かりだ。

天井には換気用のダクトとエアコン用の空気吹き出し口があって、空気は適度にひんやりしている。こもった匂いを消すためなのか、何か香を焚《た》いたような芳香が漂っている。

（へぇー、けっこう居心地いいじゃん）

秀人はソファに腰をおろし、周囲を眺め回した。静かだ。よほど各室の防音遮音が効いているのだろうか。それとも、今は彼以外、誰も客がいないのだろうか。とりあえず羽織っていたジャンパーを脱いで、壁のフックにかかっているハンガーにかけた。胸はあいかわらずドキドキいっている。大きく深呼吸して、

（落ち着け……）

自分に言いきかせてみる。とはいうもののすぐに落ち着けるわけではない。何しろ生まれて初めて、男の遊び場に足を踏み入れたのだから。

コツコツ。

ひそやかにドアがノックされた。予期していたはずなのに、秀人は心臓が跳ねて喉から飛び出すような気がした。

「あ、はい……」

あわてて答えると、

「失礼しまーす」

明るい声が先に飛び込んできた。次いで若い娘が。

「ユカリです。お待たせしましたぁ。ご注文のビデオ、お持ちしました」

（えーっ、可愛い！）

今度は目の玉が飛び出しそうになった。マル鬼は〝セーラー服が似合いそうな十八ぐらいの可愛い子〟と書いていたが、その言葉は嘘ではなかった。

クリンと丸い顔。目も大きくて丸く、黒い瞳はキラキラ輝いている。愛嬌のある笑顔がひときわ魅力的で、ぷっくりした桃色の唇から可憐な八重歯が覗く。髪は背まで垂れる長さだ。どちらかというと小柄で、肉づきはよい。肌の色は白く、見るからにスベスベしていそうだ。服装は濃いピンク色の、サマーニットのワンピースだった。ノースリーブで肩も胸元も露わな上に、裾のほうは腿《もも》の半ばぐらいまでしか隠せない超ミニ。つまり裾の長いタンクトップを着ただけ、といった恰好だ。それに肌色のパンスト、赤いハイヒール。

サマーニットはキチキチの寸法なので、ふくよかな肉体の線がくっきり浮き出している。露わになった二の腕、胸元、そして太腿はムンムンするようなエロティシズムと甘酸っぱい、クラクラするような匂いを発散させていた。

(こんな魅力的な娘が、ぼくにサービスしてくれるの?)

信じられない気がする。

「これで間違いないですね?」

ユカリという娘はちょっと前屈《まえかが》みでビデオカセットを差し出した。その拍子に秀人の目にモロに胸の谷間がうんと奥の方まで覗けてみえた。

「あー……、はい、はい。それでいいです」

秀人はカーッと頭に血が昇ってしまった。そんな昂奮状態にある若者に背を向けて、ユカリという娘はビデオデッキの所に行き、カセットをセットした。そのために再び前屈みになったので、今度はプリプリ張り切った丸い臀部が秀人に向かって突き出された。

(わっ……!)

ワンピースの裾が持ち上がり、白い布きれ――彼女の穿いているパンティが肌色のパンストの下からまるまる透けて見えた。臀部の谷間に食いこんでいる有り様までハッキリ。

ビデオならともかく、こんなお色気たっぷりの眺めを目の前にしたのは初めてだ。息が止まりそうな衝撃に口もきけなくなってしまった。

にこやかな笑みを湛《たた》えたまま、若い娘は秀人の方に向きなおった。その時になって初めて彼も理解した。彼女はわざと露わな胸の谷間やパンティの食いこみを見せつけたのだ。彼女の視線は、自分より少し年上だが、まったく初《うぶ》な様子の若者が自分のお色気に圧倒されているのを確かめていた。

「はい、スタートしました。今から一時間です。えっと、同伴観賞ですよね？」

「ええ、はい。もちろんお願いします」

「それでしたら、最初に一万円いただきます」

「あ、はいはい」

慌てて財布を取り出し一万円を渡す。こんな可愛い娘の傍《そば》にいられるなら、それだけで二万円でも三万円でも払ってもいい——というのが、その時の秀人の気持だった。

「ありがとうございます」

一万円を受け取ると、ユカリは立ちあがった。

「お飲み物はビールでいいですか？　じゃ、その間、ビデオを観ながら待ってて下さい」

そう言って出ていった。

ようやく秀人は我に帰った。しかし昂奮は醒《さ》めない。醒めないどころか、ブリーフの下でムクムクと膨張してきた若い器官は、今やジーンズのジッパーを壊してしまいそうなぐらいだ。

(落ち着け、落ち着け……。とにかく裏ビデオを観るんだ)

再び自分に言い聞かせて、テレビの画面を見つめた。

〝女子高生・監禁調教〟

タイトルが出た。いかにも手づくりといった文字の入れ方だ。

最初のシーンでは半袖の白いセーラー服を着た少女が、人気《ひとけ》のない道を歩いていた。少女の姿がアップになった。

(うーん、たいしたことはないな)

秀人は少し落胆した。

まず、雰囲気が女子高生っぽくない。目が少し吊りあがった感じの細面《ほそおもて》の娘で、肩までの髪はソバージュにしているし、化粧がどぎつい。どう見ても、二十二、三歳の娘にむりやりセーラー服を着せたとしか思えない。

(これじゃ、いまの子の方がもっといいや)

その時になって、ユカリという娘を指名してよかった——と秀人は思った。

愛嬌のあるクリクリした感じの少女っぽい顔で、小柄で、しかも体全体がプリンプリン弾むような活気に充《み》ちている。いささか田舎臭いというか、垢抜けていないところがあるが、その方が彼もなんとなく相手をしやすい。ナウいシティ・ギャルだったりしたら、完全に気後れしてしまうに違いない。

画面では、少女が誘拐された。サングラスをかけた若い男が乗用車を運転して尾行し、道を尋ねるフリをして、いきなり鼻に白い布を押しつけた。麻酔薬を嗅《か》がされて少女はたちまち意識を失う。男は素早く彼女をトランクに押し込み、走り去る——。

シーンが変わると、どこかガランとした感じの室内に、少女が後ろ手に縛られて横たえられていた。麻酔が醒めて、誘拐されたことに気づく。縄をほどこうと暴れる。襞《ひだ》スカートがめくれて白いソックスを穿いた脚が付け根まで露わになった。やがてドアが開き、あのサングラスの男が入ってきた。蛇に睨《にら》まれた蛙のように竦《すく》んでしまう少女。淫靡な笑みを浮かべる男——。秀人は固唾《かたず》を呑んだ。ここまでくると陳腐な設定とか女優の質などどうでもいい。魔手に落ちた女子高生がどんな仕打ちを受けるか、それだけを期待してしまう。

その時、またノックがして「失礼します」という声と共にユカリが戻ってきた。コップと小瓶のビール、それに何本ものおしぼりを載せた盆を持っている。

「どうぞ」

まず熱いおしぼりを差し出してくれる。さっきから冷汗がにじみっぱなしだった顔を拭ってサッパリした気分になった。ビールは既に栓が抜かれていた。ユカリは絨毯《じゅうたん》に片膝をついてうやうやしくコップに冷えたビールを注《つ》いだ。その泡を見て喉がカラカラだったのに気づいた。ふだんはアルコールの類《たぐい》は苦手な秀人だが、喉の渇きに負けて思いきって半分ぐらいを呑んだ。初めてこんなに旨《うま》いものだと知った。それほど昂奮して喉が渇いていたのだろう。

これでだいぶ気分が落ち着いた。もう胸の谷間が見えてもあまり驚かない。

「このビデオ、人気があるのよねぇ。お店で一番出てるんじゃないかしら」

気安い口調でそう言いながら、ユカリは秀人の左側に腰をおろしてきた。あたたかく弾力に富んだ腿が自分の腿にぴったり押しつけられ、秀人はまたドキドキした。甘い髪の匂い。

「ビデオ、見てていいですよ。お手々を拭《ふ》きますから」

もう一本のおしぼりで彼の両手を指の先まで丁寧に拭ってくれた。

(そうか、自分にタッチさせるんだから、それだけ綺麗にするんだ……)

男性週刊誌に書かれていた、風俗店に初めて行く時の心得を熟読して、今日の秀人は出かける前に気合を入れて入浴し全身をよく洗い、まっ白な新品のブリーフを穿き、爪もよく切ってきた。ここまでは合格だろう。

「きれいな指をしてるのねー。長くてしなやかで、ほら、先がこうやって丸い。ピアノかなんか弾いてる？　手先が器用でしょ？」

　ユカリが彼の指を見て言った。なるほど、こういう所でいろんな男の相手をしていると観察眼が鋭くなるのだろう。

「ピアノはやらないけど、いつもパソコンのキーボードを叩いてるから、似たような職業といえばいえるかな」

「あら、そうなの。偉いんだぁ、パソコンを使えるなんて」

　気さくな感じでしゃべりながら秀人の手指を拭い終えると、またコップにビールを注ぎながら、さり気なくこの店のシステムを説明してくれる。

「だいたい聞いてると思うけど、一緒にビデオを見るから、その間、好きな所、タッチしていいの。おっぱいでもどこでも……。最後にお口で気持よくしてあげる」

「うーん、そう言われてもちょっと照れるな」

　彼がモジモジしたので、遊びに馴《な》れていないのだと見てとったに違いない。

「こういう所にあんまり来たことがないのね？」

「うん。正直言って、生まれて初めて」

「あら、ほんと？」

　秀人の顔を見て、小首を傾《かし》げるようにして白い八重歯を見せて微笑してみせた。

「本当さ。マル鬼さんが薦めてくれたので、ようやく来る気になったんだよ」

「ああ、そうなの。マル鬼さんの紹介だったのね」

ユカリは頷いた。彼をよく知ってるという感じだ。〝マル鬼〟をニックネームと思わず〝丸木〟という姓だと思っているらしい。そんなふうに発音した。

「あの人、よく来るの？」

「そうね、月に二、三回ぐらいかな……。こっちに用があって来た時は必ず寄るみたい」

「ふーん」

「見た目はふつうのおじさんだけど、すごいのね、あの人」

横目でビデオの進行を眺めながら、秀人はマル鬼という人物がどう凄いのか、もう少し詳しく尋ねてみたいと思った。しかし、裏ビデオの方は、ようやく責めのシーンが開始されてきたので、質問を呑みこんでしまった。

必死に暴れて抵抗する少女。誘拐した男は彼女の両手首を縛り、天井の梁《はり》から吊るしてしまう。セーラー服の上衣の裾が上がって素肌が見える。小麦色の健康そうな肌だが、彼はもっと色の白い餅肌が好きだ。そう、いま隣にいるユカリのような。

男が少女の襞スカートをたくしあげ、膝から腿のつけ根へかけて太腿をいやらしく撫《な》であげてゆく。やがてホックが外されて、襞スカートは床に落ちた。パンティ一枚に覆われた秘部はふっくら盛り上がっている。ただ、女子高生が穿くような白いシンプルなパンティを期待していた秀人は裏切られた。色こそ淡いピンクだが、恥毛が透けて見えるような薄いナイロンの、サイドが紐のように細くなったスキャンティ型の下着だったからだ。そういう下着も嫌いではないが、セーラー服には似合わないと秀人は思う。

膝で彼女の腿をこじ開けるようにして、抵抗できない少女の秘部を薄布の上から淫靡に揉《も》みしだく男。「ひーっ」「やめてぇ」と哀願する少女。男のもう一方の手がセーラー服の上衣《うわぎ》の裾をぐっと押しあげ、乳房をまる出しにしてしまう。ブラジャーは最初からしていない。乳房はそんなに大きくない。乳首はやや色素が濃い。

「ね、ＳＭ、好きなの？」

甘い鼻声を出して、ユカリがもっと体を密着させてきた。彼の右手をツイと取り、ニットドレスのスカートの下へと導いた。彼の指はパンストとパンティの上からふっくら盛りあがった秘丘に触れた。ドキッとして動悸が早くなった。また喉がカラカラになった。さらに下へと導かれると、股間を覆う部分は熱く、湿っているのが分かった。答えもうわの空になる。

「うん、わりとね……」

「経験ある？」

頭を掻くしかない。

「それが……、ぜんぜん」

「やってみたい？」

「そうだね……。機会があったら一度、やってみたいと思うけど……。ただ、ああやって女の子をいじめるのはいいけど、鞭とか蠟燭《ろうそく》とか、痛い思いをさせて泣かれたりしたら、困っちゃうんじゃないのかな」

「ふーん……、本当は優しいんだ。でも、そういう人って案外、思いきったことするから」

興味深そうにユカリが見ているので、秀人は質問してみた。

「ユカリちゃんも、こういうのを見て昂奮する？」

「うん。案外、好きなのよ、私ってマゾの気があるみたい。自分が責められてるみたいで」

屈託のない口調で年下の娘はそういい、秀人の左手で自分の背を抱かせるようにして、腋《わき》の下から左の胸へ――サマーニットの布地を突きあげている豊かな丘へ触らせた。空気がパンパンに入ったゴムまりのような弾力。

彼の右手は股間を撫で続けている。初めてタッチする女性の秘部だ。どれぐらい強く、あるいは弱く、触ってあげたらいいのだろうか？　裏ビデオの男のようにいやらしくグリグリとこじるようにしたら嫌がるだろうか。

ふっくらとした桃色の唇が目の前にあった。それを見ると裏ビデオの画面などどうでも良くなってしまった。

「キスして、いい？」

その誘惑は堪え難かった。ユカリはうっすら笑みを浮かべながら頷く。

「いいわよ」

目を閉じて唇を突きだしてきた。背に回した腕で抱き寄せ、秀人は唇を重ねた。

「………」

独自の生命をもった生き物のように、彼女の舌がすべりこんできた。あたたかく唾液で濡れた舌が、チロチロと彼の舌をくすぐり、からみつく。

（そうか、キスって舌を触れ合わせることか）

生まれて初めての接吻。それだけで秀人はボーッとなった。裏ビデオのことなど、どうでもよくなった。甘い髪の匂い。肌の匂いにむせながら思いきりユカリの舌を吸いこむ。彼に唇を吸われながら、さらに強く体を押しつけてきたキュートな娘は、左手でしがみつくようにしながら右手をジーンズの股間へとあてがってきた。

「………！」

すでに怒張しきっている若い器官を優しく撫でられて、秀人は激しい昂奮を覚えた。

（こんな可愛い娘が、ぼくのペニスを触ってくれる……）

単純に嬉しかった。夢ではないかと思う。昨日までは女性の肌に触れたこともなかった自分が、今はむっちりした女体を抱き、柔らかい肉を撫で、接吻して舌をからめあっている。

ようやく唇が離れた。あまり強く吸われたのでユカリの方が息がつけなくなったのだ。

「元気になったぁ、お客さんのここ！」

愛しそうに股間の隆起をまさぐりながらユカリは茶目っ気たっぷりに言い、ベルトのバックルに手をかけた。

「じゃ、お互いに直接タッチしようね」

アッという間にベルトが外され、ジッパーが下ろされた。

「え⁉　いや、その……」

狼狽《ろうばい》した秀人が無意識に前を押さえようとするのを、

「いいから任せて」

まっさらのブリーフごとジーンズをぐいと引っ張りおろしにかかる。

（まあ、こうしてサービスを受けるために来たんだ……）

照れくさかったが、秀人は腰を浮かせて下着とジーンズが膝のところまで引き下ろされることに協力した。密室の中であっても、年下の可愛い娘に裸の下半身を晒《さら》すというのは何ともヘンな気持だし、やはり恥ずかしい。

「あらあら、もう涎《よだれ》を垂らして……。待っててね、いまお口で楽しませてあげるから」

いきり立って高い仰角を保っている秀人のペニスは、包皮がほとんど後退して亀頭をすっかり露呈させている。その色は赤みを帯び、尿道口からは先ほどの愛撫のせいで、透明な液が滲《にじ》み出て亀頭を濡らしている。

「きれいなペニスだね。とれたて、って感じで。うふン」

ユカリは新たなおしぼりを手にしてペニスを拭き始めた。亀頭を拭われただけでギュンという快美な感覚が走った。

「う……」

ビクンと腰をひいたので、ユカリが小首を傾げて尋ねた。

「敏感ね、ホントにあまり経験がないみたい。ひょっとして……童貞？」

図星をさされた。

「恥ずかしいけど、実はそうなんだ……」

秀人は思いきって打ち明けた。これまで完全に彼女にリードされている。もう半分バレているのだから、正直に告げたほうがいいと思った。

「うそ」

「本当だよ」

「そうなの……！　じゃ、おしゃぶりもしてもらったこと、ないの？」

「うん。……それよりも何よりも、女の人のあそこもシッカリ見たことがないんだ」

ユカリは丸い目で彼を見つめた。

「そうなのかぁ……。でも、多いのよね、コンピュータとかやってる男の人で、童貞のお客さんっていうの」

秀人は苦笑した。

「あのね、〝お客さん〟っていうの何かシックリこないんだな。ヒデって呼んでくれない？」

「ヒデ？　じゃ、ヒデ兄ちゃんと呼んでいい？」

「ヒデ兄ちゃん……。まあ、いいか」

年齢は自分より年下だろう。妹みたいな娘からそう呼ばれるのに抵抗はない。

「ふーん、ヒデ兄ちゃんは童貞クンかあ。じゃ、うんとサービスしてあげるね」

嬉しそうに言い、もう一本またおしぼりを使って、睾丸のほうまで拭き清めてくれる。

(キンタマを握られた――ってこのことだな……)

秀人はもう俎《まないた》の鯉《こい》の心境だった。年下でもセックスに関しては先輩だ。経験も豊富だろう。

こうなったら任せるしかない。

「じゃ、私も脱ぐわね」

秀人の若い器官を拭き終えると、ユカリは立ちあがり、裾に手をやるとぐいと持ち上げ、サマーニットのドレスをスッパリと脱いでしまった。

「うえ、凄いバスト！」

秀人は思わず感嘆の声を洩《も》らしてしまった。

ノーブラだったから、豊満な乳房が目の前でブルンと揺れた。目に染みるほどの白い半球。まったく白桃を思わせる丘の頂天に大きめの乳暈が広がり、その中心に桃色の乳首が尖《とが》っている。野苺のような可憐さで。裏ビデオの女優とは較べものにならない見事な乳房だ。

「九十二センチあるよ。巨乳だなんて言われるけど……」

何のてらいもなくパンストの腰ゴムに手をかけ、スルリと透明なナイロンを脱ぐ。彼女の穿いているビキニのパンティはごくシンプルなデザインの白。素材もコットンでずっと女子高生のようだ。こんもり盛り上がった丘とうっすら透けて見える黒い翳《かげ》りがなんとも悩ましい。

「それにしてもグラマーだね、ユカリちゃんは、素敵だよ……」

「そう？　お世辞でも嬉しい」

ニッコリ笑って、彼に抱きついてきた。もう一度情熱的なキス。その間、彼は両手でたっぷりと、弾力に富んだ乳房とヒップを触り、揉みしだいてやった。

「じゃ、お兄ちゃん、仰向《あおむ》けになってみて……」

指示されたとおりに、秀人はソファの上に横たわった。ユカリはジーンズとブリーフを引き抜いてしまう。下半身はスッポンポンだ。床に跪《ひざまず》いた姿勢で彼の顔の上に丸い乳房を押しつけてきた。

「おっぱい、吸って」

声がいくぶんかすれている。ユカリも昂奮してきたのだろうか。言われなくても甘酸っぱい匂いがする柔らかな半球の魅力は秀人の本能を衝《つ》き動かした。彼は母親の乳房を求めるように手を伸ばし、首を差しのべ、自分より年下の娘の胸にすがりついた。

掌をいっぱいに広げてもくるみきれないほど豊かな柔肉の充実を摑《つか》んで揉みながら、もう一方の乳房に顔を押しつけ乳首を唇に含んだ。吸った。舌でねぶり、そっと歯をたてた。

「あー……」

ユカリが低く呻《うめ》いた。

「ごめん、痛かった⁉」

自分が嚙んだせいだと思って秀人は慌てた。ユカリは慈母のような笑みを浮かべている。

「違うの、痛いんじゃなくて感じるの……。もっと強く嚙んでもいいわよ」

安心して若者は再び乳房に顔を埋《うず》めた。チュウチュウと音をたてて吸った。

「うーん、いい気持……。ヒデ兄ちゃんも弄《いじ》ってあげる……」

乳房を兄のような若者に委《ゆだ》ねながら、絨毯の上に膝をついたパンティ一枚の娘は片手を彼のむき出しの股間に伸ばした。

「あ……」

ドクドクと脈打つ牡の器官をムッチリした指で優しく摑まれた時、思わず秀人も呻いてしまった。初めて女性に男根を触られた感触は何ともいえず甘美だった。

「ふふ、また、こんなに涎を垂らして。おー、よしよし」

子供をあやすようにしてふざけながら、指の腹でそうっとそうっと肉茎の輪郭をなぞる。すうっと爪先を根元から睾丸の方まで軽く搔くようにする。

「う」

それだけで快美の戦慄が全身を走り抜けた。

ギュッと力をこめて握り、フッと緩める。親指の腹が濡れた亀頭に優しく触れた。

「ああ」

乳首を吸うのをやめ、秀人はソファの上でピンと下肢を緊張させた。

「感じやすいのね。ヒデ兄ちゃんも……」

微《かす》かに笑い、それからユカリは深く身を屈めて股間に顔を伏せてきた。

大きく口を開けて、凜々《りり》しく屹立している肉茎をすっぽりと含んだ。その瞬間、背筋をもっと快美な戦慄が走った。

「あう」

「ンぐ……ん」

唾液をたっぷり含んだ口腔全体で先端部をこねるようにして舌で尿道口を舐《な》め、唇は雁首《かりくび》の周辺をぎゅっと締めつけては緩める。

(す、凄い……! これがフェラチオなのか……!)

強烈な快感に加え、可憐な娘が自分の男根を含んでくれる感動が秀人を打ちのめした。

「ああ、ユカリちゃん……っ!」

思わず呻き声を吐き、のけぞり、手は豊かな乳房を鷲掴みにした。

「気持、いい?」

一度口を離した時、秀人はもう、満足に答えられないほど理性が痺《しび》れきっていた。

「うん、最高だよ……」

そう答えるのがやっとだった。

「まだまだ序の口よ」

そう言って再び顔を伏せてきた。今度は咥《くわ》えるのではなく、片手を茎に添えて全長に沿って舌を這《は》わせてきた。裏側の筋の部分を上に舐めあげてきて、先端に到達すると亀頭を含み、雁首の下を唇で締めつけてチュウッと音をたてて吸う。

「おお」

また叫んでしまった。ピンと背筋がのけぞる。ツンツンと尿道口を舌でつつき、今度は肉茎を横に咥えこむようにして舐めおろしてきた。根元まで下ってきた唇はそこで止まらず、ふくろのほうまで這いおりてくる。

「そ、そんな……！」

そんな所まで舐めてもらわなくても……と言おうとしたのだが、言葉は途中で途切れてしまった。それほど不思議な快感が彼を打ちのめしたからだ。

彼の牡器官は先端から根元、そしてふくろの部分まですべて手と指で柔らかく撫でられ揉まれ、しごかれ、舌で舐めつつかれ、唇で締めつけられ、歯でソッと噛まれた。

「おー、おうっ……あー……」

バカみたいに呻き悶《もだ》え、秀人はもはや完全にユカリのテクニックに圧倒されている。

（こりゃ、ダメだ……！）

三度、亀頭を咥えこまれ舌で濃厚な刺激を与えられている最中、彼は狼狽した。

彼は昨夜、オナニーで放出している。そして今朝、起き抜けにもう一度。「初心者はあらかじめ一発抜いておくほうが余裕ができて楽しめる」という週刊誌の記事に従ったのだが、それでもなお唇の奉仕を受けた昂奮は彼を強烈に昂《たかぶ》らせ、ブレーキを効かなくしてしまった。

「ゆ、ユカリちゃん……」

彼が切迫した声を出すと、口を離した。

「イキそうなの？　初めてだから無理もないわね。だったら一度出しちゃおうよ」

「でも……まだ始めたばかりなのに……」

秀人は一度射精したら、それでプレイは終わりなのだと思っていた。

「いいのよ、時間内だったらもう一回楽しんでも」

「そうなのか……。だったらお願いしようかな」

こんな切迫した状態では、ユカリの肉体をもてあそぶ余裕もない。

「うん。じゃあ思いきり出していいよ。お口のなかに……」

「えっ、直接？　いいの？」

秀人は驚いた。あの独特の香りがする粘っこい精液を、この可愛い娘は口の中で受けとめてくれるというのだ。

「いいわよ。ナマ尺がイヤだったらコンドームをつけるけど……」

「いや、このままでお願いするよ」

ユカリにしてみれば童貞の青年だから病気には関係ないと思っているのだろう。秀人はおとなしく仰臥《ぎょうが》したまま答えた。

再び舌を使われた。巧みに刺激され、最後は頭を激しく上下させた。あっけなく秀人は噴きあげた。視野が真っ白になる。

「おおっ、おおお、ユカリちゃん……っ！　ああ、イクっ、うう……あっ！　あうっ！」

ドビュ、ドビュ！　ドビュ！　ドクドク、ビュッ……。

断続的な痙攣《けいれん》と共に若い欲望器官は牡のエキスを何度にも分けて噴射させた。

「……。……」

鼻で呼吸しながらユカリは唇をキュッと締めつけて精液を絞るようにする。もう一方の掌《て》も睾丸をくるみ、茎の根元を握りしめる。

「あー、はあっ……」

完全に放射を終えた秀人は、ぐったり伸びてしまった。

ユカリは口の中に受け止めた液体をおしぼりの中に吐き出したようだ。それからパンティ一枚のまま、足早にドアから出ていった。

秀人が正気に戻ったとき、口を濯《すす》いだユカリが新しいおしぼりをまた何本か持ってきた。優しい手付きで萎《な》えてゆくペニスを拭ってくれていた。

「すごく気持よかったみたいねぇ」

ユカリに言われて秀人は気恥ずかしくなった。

「いやあ、ユカリちゃんがあまり上手なものだから……。だけど早かったなあ」

これでは早漏だとバカにされるのではないか、と秀人は心配になった。しかしユカリには
そういう気は毛頭ないようだ。かえって慰める口調だ。

「みんなそういうよ。ビデオを見て昂奮するでしょう？　早い人は三分ももたない。ズボンの上から撫でてあげただけで洩らしちゃう人もいるし……」

萎えてゆく器官を清めてもらった秀人は身を起こした。ユカリから口移しでビールの残りを呑まされて、ようやく人心地がついた。

（うーん、女の子に口でしてもらうのがあんなに気持がいいとは……）

まだ圧倒されていた。

気がつくとビデオはずいぶん進行していた。ユカリが気をきかせてリモコンで巻き戻した。

「さっきの所から見直そうよ。時間はまだたっぷりあるから、もう一度立たせてあげる」

「うん……」

裏ビデオは、吊られた少女がV責め——性器責めを受けるところから繰り返された。

もう一本の縄で膝のところを梁に吊られた少女は、片足を上げた姿勢で秘部を完全にさら

け出した姿勢を強要され、羞恥に咽《むせ》び泣いていた。

パンティはナイフで切り裂かれて、女の一番恥ずかしい部分を覆うものは何もない。

「けっこう毛深いのよね、この子。私もそうだけど……」

再びぴったりと彼の横に座って肌を押しのけ、片手で秀人の股間を撫で回しながらユカリが指摘した。

確かにこの女優は、黒い剛《かた》そうな秘毛が繁茂している。秘毛の形は縦に長い菱形で臍《へそ》のすぐ下から生えている。男がその繁茂を掻き分けて秘唇を露わにした。おおぶりの花弁だ。夢遊ネットの〝ピーピング・ルーム〟にアップされた画像でしか女性の性愛器官を眺めたことがない秀人は、男の指がいやらしく、紅鮭色の粘膜を割り広げたりこねくり回すのを見て、驚嘆した。視覚的な刺激が再び欲望を煽《あお》りたてた。

本格的なV責めが始まった。醜悪な形をしたバイブがねじこまれ、抉《えぐ》りぬいてゆく。

「ひーっ、ああっ、やめてぇーっ！」

羞恥の源泉をなぶられる少女の悲鳴。ビンビンと悶える、吊られた肢体。

「あら……、やっぱり女のひとのあそこを見ると元気になるのね……」

ユカリが耳元に熱い息を吹きかけるようにしてセクシーな声で囁《ささや》く。彼女の掌はドクンドクンと脈動しだした若者の肉茎を愛《いと》しそうに握りしめ撫でる。

「うん、実物もまだ見たことがないって言ったじゃないか」

「あっ、そこまで本当の童貞なのねぇ……」

ユカリはおかしそうに笑った。

「じゃあ、ここに実物があるのよ。ね、見せてあげるから比較してみたら？」

彼女は両腿を広げて秀人の右手を股間に受けいれ、さっきからパンティごしに湿った部分を撫でさせているのだ。薄い木綿の布きれは、ぎこちない秀人の愛撫でもじっとりと濡れそぼり舟底型のシミを浮きあがらせていた。また心臓が早鐘を打ちだした。

「そ、そうだね……。いいの？」

「きゃはッ。当たり前よ。見てもいいし舐めてもいいのよ。もし、イヤじゃなかったら……」

「そんな……。イヤじゃないよ」

「そう？　お客さんの中には舐めたがらない人もいるから……」

今度はユカリがソファに仰臥し、秀人は床に跪く姿勢になった。

「脱がせて」

ユカリがヒップを浮かせて言った。

「…………」

秀人はまるで爆発物か何かに触れるかのように、おそるおそる白いビキニパンティの腰ゴムに手をかけてそれを引きおろしていった。

黒い、艶々《つやつや》した繁みがまず彼の目を射た。初めて眼前に見る成熟した女性の秘毛だ。

「うわ、ずいぶんシナシナして柔らかそうだね」

「そうでしょ？」

片方の足首からパンティを引き抜くと、ユカリはもう一方の足首にそれをひっかけたまま、ソファの背もたれに爪先をのせた。もう一方の足は床へ下ろす。股間は大きく広げられて、むっちりした太腿の付け根にある性愛器官のすべてが、秀人の目の前にさらけだされた。

「うーん……」

秀人はまるで何かに殴られたような衝撃を受け、唸った。

ビデオの女優とはかなり違った光景が展開していたからだ。

まず秘毛の質が違う。向こうはかなりゴワゴワしている感じだが、こっちのは細くて柔らかい。そして縮れも少ない。繁茂の量もユカリのは少なめで、形はハート型だ。つまり秘裂の先端から黒い噴水が迸《ほとばし》って左右に分かれている感じ。一番濃い所でも下の肌が透けて見える。

そして花弁——小陰唇の形が、ユカリはもっとつつましやかだ。蝶が羽根を広げたような裏ビデオの女と違い、ユカリのはもっと狭い。両足を閉じると大陰唇の内側に折り畳まれて、亀裂からはみ出す部分はほんの僅《わず》かだ。

「へぇ、こんなふうになってんのか……」

秀人は宝物を発掘した考古学者のようにその部分へ顔を近づけ、凝視した。

「うふっ。凄い真剣な顔……。そんなにジッと見られると、それだけで感じちゃう」

ユカリの声はどこかうわずっていた。

自分から両手を使い、秘唇をもっと展開させた。内側に隠されていた珊瑚色の粘膜が顕《あらわ》れたとき、童貞の少年はさらに目をみはった。

「綺麗だね！」

「そう？　ヒデ兄ちゃんの先っちょもこんな色してるでしょ」

「そうかな」

粘膜は全体が濡れそぼって、仄かな照明を受けてキラキラ輝いていた。ツーンと酸っぱい匂いが秀人の鼻腔を擽《くすぐ》る。若者はまた血が滾るような昂奮を覚えた。

「ああ、いい匂いだ……」

女性の秘部はチーズの匂いがする――と思っていたが、ユカリのはヨーグルトのに似ている。もっと酸味を帯びている。

「これがクリトリスよ。ほら、お兄ちゃんに見られて昂奮してるから、だいぶ大きくなってるの……。ここがおしっこの穴。ここが膣の入口。愛液が出てきてる……」

確かに肉体の裂け目の一番下の方から薄白い液体がトロトロと溢《あふ》れてきていた。ユカリはそうやって股を開き、性愛器官を見せつけることによって激しく昂奮しているようだ。

「まずクリトリスに触ってみて」

その声は囁くように、甘い。もちろん秀人には断れない誘惑だ。彼は人差し指を伸ばして、包皮を押しのけて膨らみきっている肉芽にそっと触れてみた。ピクンと顫《ふる》えるヒップ。

「そっとね……。指の腹でこするようにして……、こう……」

自分が実演してみせる。左手の人差し指と中指をVの字にして秘唇を左右に割り、クリトリスの部分を突出させる。それから右手の親指と人差し指の腹で挟むようにしてひそやかに摩擦運動を行なったのだ。

（これが女性のオナニーなんだ……！）

表ビデオで見てもモザイクでぼかされているから、肝心の部分がどう刺激されているのか分からなかった。ユカリの指の動きはしだいに早く、強くなる。ときどき膣口から愛液をすくいとってクリトリスに塗りつけるようにする。潤滑された肉芽はもっと膨らんできて、大豆ぐらいの大きさになった。ピチャピチャという淫靡な摩擦音。

「あーっ、はあっ。うーん、いい……、ああ、いい気持……」

豊満な臀部がソファのシートから浮き上がった。今やユカリは秀人にオナニーショーを見せつけながら激しい快感に酔いしれているのだ。またもや裏ビデオのことなど忘れてしまった。もっとよく見ようと、秀人は身を屈めて、逞《たくま》しいほど量感を感じさせるユカリの太腿の間へ顔をさしのべていった。

「あっ」

ふいにユカリが彼の頭部を両手で抱え、ぐいと自分の下腹へと押しつけた。叫んだ。

「キスしてぇ、お兄ちゃん……っ」

嫌悪感はなかった。酸っぱいような甘いような匂いを発散させる濡れた亀裂、その上端で尖り震えている敏感な肉の真珠芽へ、秀人は夢中で唇を押しつけていった。

「あっ、あー。いい、そうよ、舐めて……、吸って……。うーっ……」

秀人の顔は熱い太腿でぴったりと挟みこまれた。浮き上がったヒップが彼の舌が与えるリズムに応じてくねり、躍動する。

（これが女性の性器の匂いだ。味だ……！）

完全に秀人の理性は麻痺していた。夢中で舌を使い、溢れてくる愛液を舐めては粘膜全体に舌を這わせた。

「そうよ、そう……。あっ、いい。上手だわ、お兄ちゃん……」

陶然とした表情で、うわずった声を張り上げていたユカリは、やがて彼の分身を見て、

「あー、お兄ちゃんのこれ、凄い」

嬉しそうに叫んだ。彼の勃起はいまや腹にくっつかんばかりになっていたのだ。尿道口からにじみ出た透明な液は床まで糸をひくようにして滴っている。自分でも驚くほどの昂りだ。

「じゃあ、もう一度、お口でしてあげるね」

秀人はソファに浅く腰をかけ股を開くように指示された。その脚の間に正座するようにしてユカリは秀人のギンギンに勃起したペニスをうやうやしく捧げもち、まず先端にちゅっとキスし、それからぱっくりと咥えこんだ。

「あう」

再び信じられないほど巧みな動きを見せる舌に責められて、秀人はのけぞって呻いた。


――帰宅した秀人は、さっそく自分の部屋に閉じこもり、パソコンの前に座った。

すぐに〝夢遊ネット〟にアクセスし、マル鬼あてのメールを送った。

彼に「どんなふうだったか、感想を教えてほしい」と頼まれていたからだ。

《マル鬼さん。

今日、〝ミラーズハウス〟に行ってきました。いやあ、凄いとこですね！

あんな所にあんな店があるなんて、想像もしてませんでした。

特に、ユカリちゃんがすごかった！　マル鬼さんの言うとおり、彼女を指名してよかったと思います。愛嬌はあるし、サービス精神はあるし……。もう感激の連続でした。

ただ一つだけ欠点がありますね。裏ビデオを見に行ったのに、結局、どんな裏ビデオだったか思い出せません。つまり、それだけ実物が凄かったということです。

素晴らしい穴場を教えていただいて、本当に感謝します》

寝る前に再びアクセスしてみると、マル鬼はこう返答をよこしていた。

《ヒデくん。

満足してもらえたようだね。よかったよかった。

まあ、値段が値段の店だから本番はムリにしても、かなり濃厚なサービスだったろう？

ユカリの他にも、いい子がいるからね、今度は別の子を試してみたら？

ぼくも一時はずいぶん通ったけど、期待を裏切られたことは一度もないよ。馴染みになるとチップを少し弾むと、もっと思いきったサービスも受けられるからね。

だけど、他人には口外しないで下さい。あそこの親爺さんも「これ以上客が増えると警察に睨まれる」と心配しているから……。

実は、あの経営者は元々、裏ビデオやモロＤＶＤのコレクターでね、事故を起こして体が不自由になったんだよ。まあ食うには困らない身なのだけど、何もしないというのも退屈なんで、自分のコレクションを人に見せるために、秘かにあの店を開いたのだね。

そのうち、お金に困った女の子が「なにかアルバイトさせて」と相談にきたりして、「じゃあ、同伴観賞という形でお客にサービスしてもらおうか」と、今みたいな形になったわけ。

だからあの爺さんは、女の子からほとんどピンハネしていない。それが安さの秘密。

そういうふうに経営者に欲がないからいいんだよ。ああいったお客を大事にする店を、ぼくらも大事にしなきゃあね。

ぜひ、これからも愛用してくれたまえ。　　　マル鬼》

（絶対に口外しませんよ！）

秀人はメールを読みながら心に誓った。

要するに〝ミラーズハウス〟はもぐりの風俗店だ。個室内で女の子に性的なサービスを行なわせているのだから、いくら性交はしていないといっても当局に目をつけられたらお終《しま》いだ。

（そうしたら、ユカリにも会えなくなる……！）

そんなことになったら大変だ。

秀人は、いつも持参しているショルダーバッグを開けて、中から白い布きれを取りだした。

ユカリが穿いていたパンティだ。

広げて裏返しにしてみる。脱がせた時は愛液で濡れていた部分は、もう乾いている。その時のシミ跡はほんの僅かな黄ばみでしかない。鼻を近づけてもあのヨーグルト臭がうっすら匂うだけだ。

秀人をもてなす少し前にユカリは秘部を清め、清潔なパンティを穿いたのだろう。ふつうだったらもっと尿の匂いとか分泌物の強い匂いがしてもいいはずだ。

(うーん、今度は、もっと汚れたのをもらおう……)

微かな秘部の匂いを嗅いでいると、それでも秀人の欲望器官は充血してくる。匂いが、数時間前の体験を鮮烈に甦《よみがえ》らせてくれたからだ。

(ああ、明日が待ちきれない……)

ベッドにひっくりかえり、パンティを鼻に押し当てたまま、秀人はペニスを出した。天井に垂直になるぐらい屹立した肉茎を握りしめ、しごきたてる。

朝に一回、午後は〝ミラーズハウス〟で二回も噴きあげたのに、もうこの有り様だ。

(ううっ、あの〝特別観賞室〟とやらで、ユカリとセックスできるかなァ……)

孤独な悦楽に耽りながら、秀人は小柄でキュートな娘のことを切なく思い出していた。

実は、さすがに恥ずかしくてマル鬼にも報告しなかったのだが、秀人は明日も〝ミラーズハウス〟を訪ねるつもりだ。帰りぎわにユカリの予約もとってある。

それというのも、ユカリが〝特別観賞室〟なるものを教えてくれたからだ。


——ソファに腰かけさせた秀人の股間に跪いたユカリは、熱心に二度目の口舌奉仕を行なってくれた。

一度射精したおかげで二回目は余裕があった。頭をキツツキのように前後に動かす激しい摩擦運動にもよく耐え、秀人は十分間ぐらい堪えてから再び年下の娘の口にねばっこい液を噴射させた。

秀人が驚いたことに、ユカリは、今度は彼のエキスを喉を鳴らして呑みこんでしまった。

「うわ、呑んじゃった。大丈夫？」

我に帰った秀人が尋ねると、ユカリは首を横に振った。

「童貞クンの精液だもの、汚いわけないでしょ？　一回目はすごく濃くてブチブチとゼリーみたいだったたから呑みにくいんだけど、二回目はトロトロしてたから」

「どんな味がするの？」

「少し苦くて塩辛いような味がする。若い人は皆そうよ。年をとってくると味が薄くなるわね。ねばり気もなくて水っぽくなるし」

「へぇ」

ユカリはさも貴重な栄養を供給する源でもあるかのようにペニスを撫でたりしごいたりしながら、最後の一滴まで呑みほしてくれ、さらに舌で清めてくれた。

それだけでも秀人は感激だった。

(これで一万円なんて、安すぎる……)

だから、彼女が服を着終えた時、もう一万円を渡そうとした。

「いけないわ、そんなこと……。規定の料金はいただいたんだから」

「だって、こんなに親切にされたんだもの……」

「困る。そうすると来づらくなるでしょ？　前に一万円のチップを払ったから、今度もあげなきゃ――とか思って……。私は何回も来て欲しいもの。特にヒデ兄ちゃんみたいな人なら」

泣かせる言葉だった。秀人はとっさに思いついた。

「だったら、パンティを売ってくれない？　今、穿いているの。その代金ということで」

「だって、これ、いくらもしないのよ」

「いいよ。ユカリちゃんが穿いてたものだから、ぼくにとっちゃ何万円もの価値がある」

「じゃ、五千円だったら売ってあげる」

秀人の熱意に負ける形で、ユカリはパンティと交換で五千円を受け取った。目の前でニットドレスの裾をたくしあげ、彼の手で脱がせたのだ。

秀人が嬉しそうにしまいこむのを見ながらユカリはねだった。

「ねぇ、ヒデ兄ちゃん。近いうちにもう一度、来てくれる？」

「うん、来るよ」

「だったら、今度は特別観賞室にしない？」

「え、何？　その特別観賞室って？」

ユカリはちょっと声を低めた。いかにもここだけの秘密という感じで。

「これはね、少し前にオープンさせたんだけど、常連になってくれたお客さんだけが使えるお部屋。そこだともっと広いし、お風呂もあるし、コスチュームプレイとか出来るし」

「コスチュームプレイ？」

「つまり、好みの衣裳を着けてサービスするの。ヒデ兄ちゃんはセーラー服が好きでしょ？　だったらユカリがセーラー服を着てあげるの。他にもいろいろあるけど」

聞いただけでまた勃起してきそうだ。この娘がセーラー服を着たらさぞ似合うだろう。

「でも、ぼくは一度来ただけの客だよ。いいの？」

「いいわよ、マル鬼さんの紹介だし、私、ヒデ兄ちゃんのこと、気にいっちゃったから」

腕に腕をからめて頬を擦りつけてくるようにした。まるで恋人気分だ。秀人は宙に舞い上がるような気がした。

「その特別室って、高いの？」

「少しね……。二時間で二万円」

「なんだ。時間的にはここと同じじゃないか」

ユカリの目は妖しく輝き、甘い囁き声は若者の心を溶かす。

「そこだったらもっと、コスチュームプレイ以外にも満足させてあげられると思う」

「どんなふうに？」

「ふふっ。それは来てのお楽しみ」

ハッキリ言わなかったが、どうやら「本番もＯＫ」という意味のようにも受けとれた。

(だったら、これ以上のことはないんだが……。それで童貞ともおさらばできる)

「分かった。じゃ明日、特別観賞室を頼むよ」

「いいわ。でも、遅い時間の方がいいんだな、ユカリ。そうしたら後のお客さんとのことを考えなくていいから……。九時ぐらいに来られる？」

「かまわないよ、九時でも」

秀人の両親は、大学二年の息子が夜、何時に帰ろうが気にはしない。いつも部屋にこもってパソコンに向かいあっているより、出歩いてくれた方が安心するらしい。

「嬉しい。じゃ、私の方で予約をとっておくから。必ずよ！」

その嬉しそうな顔。秀人は自分がなんだか大変な慈善行為をしたような錯覚さえ覚えた。

個室を出ると、ユカリは秀人の頰にチュッとキスして「じゃ、明日ね」と囁いた。

受付のカウンターには、あの老人の姿はなかった。店を出る前に秀人はもう一度、耳をすませてみた。相変わらずシンとして何の物音も聞こえてこない。

（他の部屋には誰も入っていないのだろうか？）

そんなはずはないと思う。出る時はそろそろネオンが瞬《また》きだしていた。どこの風俗店も稼ぎどきを迎える時間帯だ。この時間に客がいなかったら、こんな店はやっていけないだろう。

（よっぽど、防音がゆき届いているんだろうな）

そう思って、秀人は黒いガラスのドアを開けて〝ミラーズハウス〟を後にしたのだ。まだ夢見心地で――。

3

翌日、夜の九時少し前に、秀人は再び〝ミラーズハウス〟へ足を運んだ。

店の周辺は事務所が多いので、その時間帯になるとほとんど人通りがなく寂しいぐらいだ。蛍光灯が一つ、侘しく点《つ》いているだけの階段を地下へと降りてゆく。

受付の押しボタンを押すと、あの車椅子の老人が姿を現わした。あい変わらずの無表情で。

「あの、昨日ユカリちゃんに予約してもらったんですが……」

会員証を見せると、彼は頷いた。

「特別観賞室の予約をした人だね？　場所を教えますから、そっちへ行って下さい」

「えっ、こん中じゃないの？」

同じフロアにあるのだとばかり思っていたので、秀人は少しびっくりした。

「実は隣の建物なんです。このビルを出て裏手に回ると細い路地になっていて、右の方にマンションの入口があるから、階段を上がって下さい。三〇三号室です」

老人が教えてくれたのは〝第二桜木コーポ〟という、どう見ても二十年か二十五年ぐらい前に建った灰色のビルだった。四階建てでエレベーターは無い。集合ポストの名札を見ると事務所に使っている部屋が多い。三〇三には〝竹本重信〟という名前が書かれていた。

階段を上がると、ただでさえ息が荒くなる。それに期待が重なって、犬のようにハアハアいっている自分に気がついた。しばらく呼吸を整えてからチャイムボタンを押す。待っていたのだろう、すぐに内側から鉄製のドアが開けられた。

「いらっしゃい、ヒデ兄ちゃん！」

ユカリが、八重歯がこぼれる愛くるしい笑顔を見せて立っていた。秀人は目を丸くした。

「うわ、セーラー服！」

彼女は白い、夏のセーラー服を纏《まと》っていた。

昨日見た裏ビデオの女優が着ていたような半袖のやつで、セーラーカラーは紺に白い三本線。袖の所にも紺に白い三本線のカフス。スカーフは臙脂《えんじ》色で、それに紺の襞スカート、白いソックス。あどけない顔をしているから、どこから見ても本物の女子高生に見える。

「どう？」

両手で襞スカートの裾を持って膝の上まで持ちあげ、くるりと回転して見せる。一瞬、白い腿が見えて、秀人はもう口もきけないぐらいだった。

「に、似合うよ……」

「ふふっ、まあ、去年の春までは私も実際にセーラー服着てた身だからね」

嬉しそうに笑って、若者を〝特別観賞室〟の中に導き入れた。

玄関を入るとすぐにダイニングキッチンらしいが、流しなどのある側は〝ミラーズハウス〟の店内と同じように黒いビロードのようなカーテンで隠してある。細い通路を抜けると、あの地下の個室と同じように装飾した部屋に出た。ただ、こちらの方が広く、落ち着いて贅沢な雰囲気だ。広さは八畳ぐらい。四方の壁は黒い幕で覆われ、窓も覆い隠されている。床は真紅のカーペット。吸音ボードを貼った天井だけが白い。

一方の壁に革張りのソファが置かれ、その前に低いテーブルが置かれている。その真向かいの壁には、四十インチの液晶テレビとビデオシステムが専用のラックに載せられていた。照明はソファの横に置かれた丈の高い、シェードのついたスタンドの明かりだけ。そして、今しがた出てきたばかりの〝ミラーズハウス〟と同じ、あの官能的な香の匂いが充満していた。

「これがコスチュームプレイ。昨日、ヒデ兄ちゃんが『セーラー服が好きだ』って言ってたから、今日は女子高生になりきってサービスしてあげる」

「うーん、それは感激だなあ」

「それでね、まずはこれを読んでくれる？」

セーラー服を着た娘は、応接用のテーブルの上に置かれていた喫茶店のメニューのようなものを手渡した。ワープロ書きの文字は、まさにこの特別鑑賞室のメニューだった。


ようこそ〝ミラーズハウス・特別観賞室へ〟

常連の皆さまたちがもっと落ち着いた雰囲気でビデオを同伴観賞できるように設けられたお部屋です。利用料金は左記のとおりです。
●基本料金＝二時間二万円《お飲み物ワンドリンク、ビデオ一本、同伴観賞者のLサービス（二回まで）、お好みのコスチューム（一回）を含みます》
●Vサービス＝一万円《一回につき。以下同じ》
●Aサービス＝一万円
●Pサービス＝三千円
●Eサービス＝五千円
●時間延長　予約の関係で延長が出来る場合と出来ない場合がありますので、延長される場合は早めに同伴観賞者にお申しつけ下さい。
――それ以上の特殊プレイについては、同伴観賞者とご相談のうえ、チップをお払い下さい。なお同伴観賞者の同意なくプレイを強制された場合は、〝ミラーズハウス〟保安要員が適当な処置をとらせていただきますので、ご了承ください。

店長

一番最後の文章にはドキッとさせられた。ヤクザの用心棒みたいのがいるということをほのめかしているからだ。ユカリが笑いながら説明した。

「あ、そこはね、変なお客さんを牽制《けんせい》するための文章。保安要員なんていないの。安心して」

各種サービス料金のだいたいの意味は分かるが念を押してみた。

「この、Vサービスって何？」

ユカリはケロリとした表情で答えた。

「Vはヴァギナよ。そこでお客さまをもてなす——つまり本番ってことね」

そうだと思っていたが、このキュートな少女の口から言われるとドキッとしてしまう。

「じゃ、Lってのはリップ——唇だね」

「そう」

「Aは……何かな？」

無邪気な顔で説明した。

「アナル・セックス。つまりお尻の穴に入れて楽しめるの」

秀人は胸が締めつけられるような気がして、声がかすれてしまった。

「ユカリちゃんも……してくれるの？」

「お兄ちゃんならいいわよ。中にはすごく太い人がいて、そういうのは断るけど」

悪戯《いたずら》っぽく秀人の股間を撫でる。それだけでイキそうなぐらい秀人は昂奮していた。

「さて、PとEってのが分からない」

「Pはピス。おしっこ。バスルームで見せてあげるの。Eはエネマ。お浣腸よ」

「……その他の特殊サービスって？」

「たとえばSMプレイ。縛ったり鞭を使ったり……。ユカリは本当に安心な人にしかOKしないけど、お兄ちゃんだったらいいわ。その場合は一万円プラスになるけど」

この一見可憐な少女は、浣腸からSMプレイまで、好みに応じて何でも受け入れるのだ。秀人はますます息苦しくなった。

「ほら、裏ビデオを楽しむ人って、アナル・セックスとかSMとか、いろんなことを見て知っているから、自分でもやってみたくなるのね。このお部屋はそういう人に満足してもらうために作ったものだから……」

「なるほど……」

確かに狙いはいい。最近のアダルトビデオを見て「おれもああいうことをやってみたい」と思わない奴はいないだろう。

「料金はあとでいいわ。ところで、今夜はもちろんVよね？」

向こうから言われて、思わず照れてしまった。

「そ、そうだね。とりあえずは……」

「じゃ、たっぷりサービスしてあげるわ。筆おろしサービス。きゃはッ」

快活に笑う。実に嬉しそうで、売春行為につきものの暗さが微塵《みじん》もない。

「ビデオは観たい？　裏ビデオがここに五十本ぐらいは用意してあるよ」

昨日もそうだったけど、結局、観るどころじゃなくなってしまう」

「若い人はみなそうね。だけど、中高年のお客だとすぐ立たない人がいるの。裏ビデオ見て、それでふるい立たせるのよ。

黒い垂れ幕の奥に姿を消し、すぐにビール、グラス、そしておしぼりを載せた盆を持ってきた。おしぼりで顔を拭わせ、手を綺麗に拭いてくれるのは昨日と同じだ。

「じゃ、私がビール呑ませてあげる」

「？」

最初、意味が分からなくてキョトンとした秀人だ。彼にグラスを持たせないままビールを注ぐと、それを口に含んだからだ。

「…………」

両腕を彼に巻きつけ、顔を突きだしてきた。

（口移しか……）

温かい量感のある肉体を抱き締め、唇を重ねた。泡立つビールが喉液と共に秀人の口の中に注がれた。夢中で呑みこみ、ビールの後に滑りこんできた舌を迎えてからめる。

「む……」

　歓迎の濃厚なディープキス。プリプリした乳房が彼の胸に押しつけられる。秀人は抱きかかえたユカリの体を一転させるようにしてソファに座らせ、覆いかぶさるようにした。制服の上衣の裾から手を入れる。やはりスリップは着けてなかったが、今日はブラジャーをちゃんと着けていた。そのカップの上から丸いムッチリしたふくらみを掌でくるみ、揉んでやった。ブラのカップごしに乳首が尖ってくるのが分かる。

　甘酸っぱい肌と髪の匂いが若者の欲望をさらに煽りたてた。昨日の轍《てつ》を踏むまいと、出がけに自慰で射精してきたというのに、彼の股間はもう限度まで膨らみきっている。

「おっぱい吸ってくれる？」

　唇と唇が離れたとき、ユカリはうわずった声で囁いた。瞳が猫のように輝いている。

「うん」

　ユカリは浅くソファに腰かけ、自分の手で制服の上衣をたくしあげた。白いブラジャーはフロントホックだった。欲情に顫える手でそれを外し、熟したメロンを思わせる丸くて弾力に富んだ右の乳房を掌ですくいあげるようにして、その頂点に尖るピンク色の苺に唇をあてがった。吸って、軽く歯をたて、ねぶった。

「あー、気持いい。うーん……」

目を閉じ、うっとりした表情を見せるユカリ。セーラー服姿が似合うだけに、本当の女子高生と淫行している気分だ。

「下も触って」

そう言われて襞スカートをまくりあげた。パンティは白いシンプルな木綿。清潔な白い薄布に包まれた悩ましいふくらみに掌をあてがった時、秀人は思いだした。

「今日もこのパンティを売ってくれる？」

「いいわ。ヒデ兄ちゃんの手でうんと濡らして……」

甘い声で囁きかけて腿を開き、股間へ彼の手を迎えいれた。

昨日「最初はパンティごしに愛撫されるのが好き」と言ったとおり、ユカリは布ごしの刺激でもよく感じた。

「あーっ、いい。うーっ、むむ。あはーっ……」

熱い吐息をつき、呻き、時にすすり泣くような声をあげて秀人に抱きついたままヒップを左右に揺すりたてるようにした。股間に食いこんだ布はたちまちお洩らしでもしたようにジットリと濡れ、しまいには擦《こす》られるたびにグチョグチョと淫靡な音を立てた。

（よし、これで充分だ……）

パンティにユカリの愛液がたっぷりしみこんだところで、指を股布の内側へとすすめた。

「あーっ、イイ。そこ、お兄ちゃん上手……。うっ」

小豆大に膨らんでいる肉芽を攻撃されたユカリは、甲高《かんだか》い声を張り上げてのけぞった。

たまらずに秀人はパンティを脱がせ、襞スカートも脱がせた。下半身にはソックスだけ、上半身もあられもなくはだけられ、両の乳房もむき出しにさせられた少女は仰向けに横たえた。

「ユカリちゃん、見せてもらうよ」

「いいよ……奥まで見て。キスしてね」

「いいとも」

秀人は床に跪き、あの酸っぱい匂いを放つ肉の割れ目に顔を近づけ、指で小ぶりの花弁を開いた。濡れきらめく膣粘膜の珊瑚色が眩《まぶ》しく、

「うーん、何度見てもきれいだ」

凝視し、人差し指を膣口からゆっくり挿入していった。

「あーっ、感じるう……」

入口の部分で早くも悩乱の声を張り上げたユカリは、切ない声で訴えた。

「お兄ちゃん、舐めて。ユカリのクリトリス……」

催促されるまでもなく、秀人は包皮を押しのけてふっくり膨れあがった肉の真珠を唇で挟

み舌でねぶった。

「あーっ、気持いい！　お兄ちゃん、もっと……指と一緒に……、あっ」

ユカリは秀人の頭をぐいと押しつけ豊満なヒップで揺すりたてた。秀人は二本の指を入れて要求されるまま、膣壁前側のザラザラした部分を強く擦りたてた。

「お兄ちゃん、上手……。私、気が遠くなりそう……」

ハアハアと喘《あえ》ぎながらユカリは嬉しそうに言い、

「サービスする方が先にサービスされちゃって……。今度は私がうんと楽しませてあげる」

秀人はジーンズとブリーフを脱いでソファに座った。

「あー、こんなになって……かわいそ」

ギンギンに勃起した若い肉茎を愛しそうに捧げもったユカリは、おしぼりで拭いもせず、口を開けて呑みこんだ。

「あっ、ユカリちゃん……まだ拭いてないよ」

「お兄ちゃんのならいいの。この匂いが好きだし……」

ユカリは「んぐんぐ」と喉まで受けいれるような感じで彼の欲望器官を、舌と唇、歯と手を駆使して刺激した。来る前に一発抜いておいたのが効いた。秀人は充分にユカリの口舌奉仕を受けても昨日のようにすぐには追いつめられず、余裕をもって快楽を味わうことができた。

ユカリの口が疲れたのではないか、と心配になってきた頃、秀人は促した。

「ユカリちゃん、そろそろVを頼むよ……」

「うん。そうしようか」

ユカリは彼の手をとった。

「こっちよ」

奥の黒い垂れ幕を掻き分けた。驚いたことにその奥にもうひと部屋があったのだ。

床の間つきの六畳間の和室だった。中央に白いシーツで覆われた敷き布団が延べられていた。枕はあるがかけ布団はない。

窓があるはずなのだが、床の間以外の壁はやはり黒い幕に覆われている。ここも明かりは、枕元のランプだけだ。桃色のシェードごしの仄かな光が妖しい雰囲気を盛りあげている。枕元の盆には灰皿、ティッシュペーパーの箱、幾つかのコンドームの袋、それに何かのクリームの入ったような瓶、そして毒々しい赤色のバイブレーター。

「ここがお楽しみルーム。さあ……」

ユカリは秀人のシャツを脱がせ、全裸にした。自分もセーラー服の上衣を脱ごうとする。

「あ、それは着てておくれないかな」

ニッコリ笑った。

「いいわよ。本当にセーラー服が好きなのね……」

上半身には白いセーラー服、下半身はすっぽんぽんの娘は白いシーツの上に仰臥した。

「来て」

秀人は彼女に覆いかぶさっていった。

ふくよかな唇を吸い、ゴム鞠《まり》のような乳房を揉む。いい匂いのする項《うなじ》から胸へと舌を這わせコリコリした乳首を嚙む。

「ああ、お兄ちゃん……」

切なく呻きながら、ユカリの手は彼の怒張しきった分身を握り、優しく撫で、時には荒々しくしごきたてる。亀頭先端からは透明なカウパー氏腺液がおびただしく溢れた。彼に乳房を吸わせながら娘は枕元の盆に手を伸ばし、コンドームの袋を開いた。薄いゴムの膜を手早く装着すると、再び仰臥し。枕を腰にあてがう。

「私、下つきだから、こうした方が入れやすいの」

白い腿が二本合わさる部分、艶やかな繊毛に囲われた魅惑的な珊瑚色の裂け目を露呈させた。トロリと溶けるような妖しい光を放つ瞳で男を誘う。

「入れて」

ユカリがコンドームをかぶせた脈打つ肉を握りしめて囁いた。理性も何もかも吹き飛ばしてしまう媚態。広げた下肢の間に若者は腰を沈めていった。先端が温かい液で潤った粘膜の谷にあたった。

「ゆっくりね、そこ……。押しつけるようにして」

ユカリの指に導かれて狭い入口を入っていった。一瞬、抵抗があったが、ズブッという感じで肉茎の頭部がめりこみ、あとは一気に根元までが吸い込まれるようにすっぽりと柔襞のトンネルに没入してしまった。ギュッと締めつけてくる筋肉。

「あ、ああっ」

ビクンと若い娘のグラマラスな裸身がのけぞる。

（ああ、これが女の膣か……！）

秀人はぐぐ、と締めつけ、まるで独自の生命を持ったような膣壁の与えてくれる快美感に酔いしれた。逸《はや》って腰を動かそうとするのを、彼の首に腕を巻きつけた娘が制した。

「お願い。少しジッとしてて……。ユカリ、最初はこれだけで気持いいの」

「あ、そうなの。いいよ……」

「う、はあっ……、あ……」

白い喉が反る。桃色の唇から八重歯がこぼれ熱い吐息が洩れる。秀人は自分の唇を重ね、甘い唾液を吸った。片手で胸の半球を摑んで揉んだ。

（えーっ、こんなに動くのか……！）

秀人を驚かしたのは、膣壁全体の微妙な収縮と蠕動《ぜんどう》だった。指を挿入した時もその緊縮感に驚いたものだが、ほとんど腰を動かしていないのにユカリの性愛器官は男根を包みこむ襞肉をまるで腔腸動物が食餌《しょくじ》するようにウネウネと締めつけ吸い込もうとする。

「あー……」

ユカリの柔肉が与えてくれる快美は、口舌奉仕とはまた別のものだった。何よりも自分がこのキュートな娘を征服しきったのだという感動。そしてセーラー服を着せたまま征服しているということの感動。さらに、自分が突き刺している分身器官が彼女にも甘美な快感を与えていることの感動。それらの相乗作用で昂奮はいっそう増し、秀人の理性は熱い鍋の上のバターのように溶けた。

「うう、あー、うっ……」

秀人の裸身の下で、ふくよかなムチムチした肉が震えだした。最初は僅かな小波《さざなみ》のように、それが次第にうねりを高めてゆく。秀人の腰もごく自然にそのうねりの周期に同調してゆく。

ズボッ、ジュバ、ズブ、ズブッ。

濡れた肉茎が襞壁を擦りたてる淫靡な音。汗まみれの肌と肌が擦れあう音がそれに重なる。

「あー、いいっ。う……ン」

鼻から抜けるような甘い呻き声を洩らし、啜《すす》り啼《な》くような吐息を洩らし、可愛い娘——実際には技巧にたけた娼婦なのだが——は秀人の胸にすがりついたかと思うと、思いきりつき離すようにしてのけぞる。白いシーツはたちまちよじれ、皺《しわ》だらけになり、二人の汗を吸って濡れそぼった。

腰を突き動かすリズムがしだいに早まり、秀人の背筋を戦慄が這い上がってきた。

（ああ、たまらない……、もう限界だ……）

雄々しく堪えてきたのだが、秀人はやがて制御不可能な地点に突き進んでいった。

「ユカリちゃん、ごめん、もう……」

訴えると、激しくヒップを突きあげ揺すりたてている娘は、

「イッて、思いきり出して……、ユカリの中に出して！」

うわずった声で催促した。

「おおっ、あわっ、おーっ！」

尾骶骨《びていこつ》のあたりを思いきり殴られたようなショックが走り、秀人の体内で堰《せき》が切れた。彼は臀部と太腿を断末魔の獣のように痙攣させながら、若い欲望のすべてを凝縮させた白濁のエキスを噴射させた。

「あうっ、いいいっ！」

その瞬間、秀人の体の下でユカリの体がのけぞり、強い力で締めつけられた。

「おーっ、あうっ、あああ」

秀人は呻いた。呻くというより獣のように吠えていた。吠えながらドクドクと放射する言いしれぬ快美な感覚に打ちのめされていた。頭がまっ白になった。

――ハッと我に帰った時、彼は体重をすべてユカリの上にかけるようにして伸びていた。あわてて結合を解こうとすると、ユカリが腰を抱き、足をからめて制した。

「まだ抜かないでぇ……」

彼女はまだ陶然とした表情。余韻を味わっているのだ。

(この子はイッたのかなあ?)

生まれて初めて女体との結合を果たした秀人には、ユカリがどれほど強く感じてくれたのか見当もつかなかった。自分より年下でも、これまで大勢の男たちに身を委ねてきた娼婦なのだ。どこまでが演技で、どこからが自然の振る舞いなのか、初な若者に分かるわけがない。

(しかし、最後の方は本当に感じてたようだけど……)

噴きあげた器官を薄いゴムごしになおも締めつけてくる柔襞。最後の一滴まで絞りとろうとするような貪欲な動き。秀人はこの部分がこんなに強い力で動くのが信じられなかった。

締めつけは数分にわたって続き、その間、ユカリは秀人と情熱的な接吻を交わし、時々、

「あー、はうっ……」

甘い吐息を洩らしてヒクヒクと膣壁を痙攣させるのだった。

やがて締めつけは完全に解け、萎えた秀人の分身は自然に押し出される形で抜けた。

「あーっ……、気持よかったあ」

満足したような笑みを秀人に向けた。ゴムを装着したままの肉茎を愛しそうに撫でる。

「うわ。ずいぶん出たねぇ。気持よかった？」

「うん。死ぬかと思ったぐらい気持よかった。ありがとう。一生の思い出だよ」

感謝の言葉に誇張はない。それは心からのものだった。

「嬉しい。満足してもらって……」

その気持が伝わったのだろう、後始末をしたユカリは嬉しそうに笑った。

「待っててね……、お風呂の仕度をするから。呼んだら来て」

全裸になって、するっと部屋を出ていった。やがてシャワーを使う音がした。

「お兄ちゃん、来て」

秀人は全裸で黒いカーテンをかいくぐって浴室へ行った。最初はどこか場所が分からなかったが、水音を頼りにソファの横のカーテンを開けるとそこが洗面と脱衣のスペースだった。籠《かご》があって清潔なバスタオルが置かれている。

〝特別観賞室〟にするため、全面的に改装したらしい。設備も新しく清潔なバスルームだった。白いタイルを貼りつめた床に便器と浴槽が並んでいる西洋風の造りだ。

ユカリは石鹸を使い、丁寧に彼の体――特に下半身を、肛門まで指を使って洗ってくれた。

その後、大きめな浴槽に一緒に浸る。ぬるめの湯が心地よい。湯の中でユカリの繊毛がユラユラと水藻のように揺れる。抱き合って唇を吸い、甘い唾液を呑む。湯の中でたがいの体をまさぐっているうち、早くも秀人の器官はまた力をとり戻してきた。

「もう？　ほんとに元気なペニスくんだこと」

ユカリは嬉しそうに笑い、彼を浴槽の縁に腰かけさせ、自分は湯に浸ったままで熱烈なフェラチオをしてくれた。

「お兄ちゃん、Ａサービスはどう？」

しばらくして年上の若者の股間に埋めた顔を離した娘が言った。

「Ａサービス……アナル・セックスを？」

「いや？……料金の方は心配しなくていいわ。足りなかったら、次の時でもいいし」

秀人が躊躇《ためら》っている理由を誤解している。彼はマル鬼から二十万円という報酬も手にしているのだ。今は潤沢だ。

「そんなんじゃなくて……、大丈夫かなあ。痛いんじゃない？」

彼は自分のペニスは人なみだと思っている。しかし血管を浮き彫りにしてギンギンに怒張しているいまの分身を、ユカリの狭い穴に埋めこめるだろうか。

「大丈夫。乳液で潤滑するから。ゆっくり入れれば……。これまで何回もやってるのよ」

「そうか……。じゃ、お願いしようか」

もともとアナル・セックスには強い興味を持っていた。童貞の青年は妄想だけやたら膨らむ。ポルノビデオやポルノ小説に描かれているような倒錯の行為を一度は試してみたいと思っていた。もちろんアナル・セックスだけに限らない。ＳＭもそうだ。

「じゃ、お尻を綺麗にしなきゃ……」

ユカリは浴槽を出ると、タイルの床に両足を広げて立ち、上体を折り屈めた。豊麗なヒップがブンと後ろへ突き出された。脂肪がよく載った臀丘は女の健康美を充満させていて、張りつめたような白い餅肌は湯滴を弾き、まるでワックスをかけたばかりの新車のボディのようだ。

両手を後ろに回し、つきたての餅のような尻たぶの肉を摑み、左右に割り広げる。秘裂や会陰部もろとも、臀部の谷間の奥に潜んでいた排泄口があからさまにさらけ出された。

「あー」

秀人は目を丸くした。これも生まれて初めて見る眺めだ。

「これがユカリのアヌスかぁ。……綺麗だよ」

賛嘆の言葉が口をついて出た。ユカリは嬉しそうだ。

「そうでしょ？　アナル・セックスは何度もやったけど、無理なことだけは絶対にしてないから……。無理すると痔になっちゃうのよね」

排便のための肉孔は極端な歪《ゆが》みとか隆起のない菊状の肉襞だった。臀裂の色素は最奥のその部分にゆくに従ってセピア色を帯びているが、決して嫌悪を催すような眺めではなかった。しかし、このぴっちりと窄《すぼ》んだ肉の弁が彼の怒張を呑みこむことが出来るようには思えなかった。

「お兄ちゃん、指でユカリのお尻の穴を綺麗にしてくれる？」

年下の娘は甘ったれるような口調で頼んできた。

「分かった」

秀人はユカリの背後に片膝をついて座り、石鹸を充分に泡立ててアヌスの周辺に塗りたくった。彼女もやはり擽ったいのだろう「アン」と甘えた声を洩らしながら臀丘をうち揺する。

「回りだけじゃなく中の方も……。お兄ちゃんを受け入れるための準備運動だから」

「そうか」

おそるおそるという感じで泡まみれの人差し指を中心へ突きたてグイと力をこめた。

「あ」とユカリは低く呻いたが、それは苦痛というよりも敏感な部分を刺激されたことの条件反射的なものだった。指は緊《きつ》い関門の抵抗を受けたがもっと圧力を加えるとスポッという感じで突破し、後はなめらかにツルツルした感じのトンネルに埋没していった。

「はあっ」

ユカリが吐息を洩らした。

「痛い？」

「ううん？　気持いいぐらいよ……。グリグリってマッサージして」

「こうかい？」

直腸壁を指の腹で圧迫しながら手首を回転させてやる。膣とは違って、直腸の壁はずいぶん滑《なめ》らかだし、そうやって指で探ってみると緊い関門の向こうは相当余裕がありそうな感じだ。

「うーん、感じちゃう……」

ユカリが甘く呻いた。

「綺麗にする」という名目で充分に肛門と直腸を指で犯させたユカリは、やがて若者を再び和室へと導いた。

立ったままの秀人の前に跪いたユカリが情熱的なフェラチオを行ない、灼けた鉄のようになったペニスにコンドームをかぶせる。それから裸身をシーツの上に四つん這いにした。

「これを擦りこんで……」

枕元の盆の上にあったクリームの入った小瓶を手渡した。トロリとした乳液だ。潤滑用のための特別なものらしい。匂いは全然ない。

前と同じように二本の指を使って秀人はユカリのアヌスを犯し、抉った。バスルームを出るとき一度洗ったのに、彼女の秘部はまた潤い、愛液が腿を伝った。

「さあ、準備OKよ。お兄ちゃん、私がこうやって広げているから、中心にまっすぐあてがって入ってきて……」

顔をシーツに押しつけたユカリは持ち上げた臀部の尻たぶを両手でいっぱいに割って、目標の肉穴を露呈した姿勢をとって言った。

「よし……」

秀人の昂りは極限に近い。ズキンズキンと脈動する肉の凶器を握りしめ、穂先をひくひくと呼吸しているような肉の陥没した部分へとあてがった。

「いくよ」

グイと腰に力をいれて押しすすめる。亀頭の部分が菊襞にめりこむ。ぐぐっと抵抗して押し返そうとする力が働き、秀人は少しひるんだ。

「やめないで、お兄ちゃん……。そのまま来て。ゆっくり……」

ユカリの声に励まされて、秀人はさらに力をこめて押し進んだ。急に抵抗が失《う》せた。スポッという感じで亀頭が滑りこみ、後は一気に中間まで没入した。なめらかな肉のトンネルが彼を受けいれた。緊いのは入口——出口というべきか——の括約筋の部分だけなのだ。

「うーっ、う」

ユカリが低く呻いた。

「痛かった？」

心配になって聞くと可憐な娘は健気《けなげ》にかぶりを振った。

「大丈夫……。もっと入ってきて……、根元までいっぱい犯して」

「よし」

秀人は全長を埋めこみ、ゆっくり引き抜き、再び押しこんだ。最初はゆっくりと、肛門の緊縮を味わいながら……。

「おお……」

快感が押し寄せ、秀人は呻いた。

第二章　特別観賞ルーム

1

フッと目が醒めた。

一瞬、どこにいるのかわからなかった。

（いけない、プレイの途中で眠っちゃったんだ……）

目が醒めたのは左腕が痺れたように痛むからだ。それも道理、仰向けになって寝ている彼に添い寝する形でユカリが彼の腕を枕にして眠りこんでいた。

二人ともまる裸だ。ユカリは無邪気な寝顔でスヤスヤ安らかな寝息をたてて、彼の腋の下に顔を押しつけるような姿勢だ。左手は彼の股間で柔らかくなっている男根を握っている。

静かだ。微かに電車の通過音が聞こえる。山手線のガードが近いのだが、よほど防音と遮音が効いているに違いない。窓を黒い幕で覆っているのもそのためなのだろう。あとは微かなエアコンの運転音。室内は裸でいてもちょうどいいくらいの気温に調節されていた。

(続けざまに二回、それも二回目はアナル・セックスで射精したんだから、疲れて眠っちゃったのも無理はないけど……)

——初めての肛門性交は、膣性交と変わらぬ、いや、それ以上の快感を与えてくれた。出がけに抜いているから、一日で三度目の射精ということになる。それだけに長く持続させて楽しむことが出来た。

「あー、お兄ちゃん、感じる。子宮が痺れる感じ……。ユカリ、気が遠くなるう!」

後背位の姿勢で年下の娘の肛門をふかぶかと貫いた秀人が、本格的にピストン運動を開始すると、ユカリはあられもないよがり声を張りあげて乱れに乱れた。その悩乱のさまは、とても演技とは思えなかった。

(肛門にはめられて、こんなに感じるのか……!?)

秀人は驚き、かつ昂った。排泄のための肉孔を襲っているのだ。その倒錯性もまた昂奮剤となっている。

括約筋の締めつけはストロークの長いピストン運動に適していた。グイグイと直腸壁に突きたてるようにすると悩乱の度合いが激しくなり、ユカリは悶え狂った。途中で前に手をやってみると、花芯からは夥《おびただ》しい愛液が溢れ、シーツに大きなシミを作っている。

「うー、ぐくう、うぐ!」

やがてユカリは白目を剝《む》くようにして押し潰されたように呻き、全身を激しく痙攣させた。

(イッた)

一瞬、締めつけがフッと緩み、次にギューッと締めつけてきた。肉茎が中途でちぎれるかと思うぐらいの緊縮感。それが秀人に引金をひかせた。

「あーっ! おおっ!」

まるまるした臀丘に勢いよく二度、三度と下腹を打ちつけ、ユカリの背に滝のように汗をしたたらせた若者は噴射を遂げたのだった。

さすがに二人とも一時的にエネルギーを使い果たした状態になった。ユカリはそのまま伸びて動かなくなった。秀人は抜去してコンドームをとり外し、ティッシュペーパーで二人の後始末をしたところまでは覚えている。そのまま彼女と抱き合う形で眠りこんでしまったのだ。

(だけど信じられないな。さっきまで童貞だったぼくが、この可愛い子のお尻の穴まで犯してイカせたなんて……)

彼がいつも垂涎《すいぜん》しながら見ていたポルノビデオも顔負けの行為を、心底から楽しんでしまったのだ。

(何時だろう……)

ふと時計を見た。十一時を二十分も回っている。

「いけね」

跳ねおきた。規定の二時間は完全に過ぎている。

「え!?　あ、どうしたの？」

腕枕を外されたユカリが目を覚まして訊《き》いた。

「だって、ずいぶん時間が過ぎてしまったから……」

「いいのよ、気にしなくて……。この後に誰かが来るわけじゃないから。もし良かったら、泊まっていってもいいのよ」

笑って彼の首に腕を巻きつけ唇に唇を押しつけてきた。豊かな胸を胸に、悩ましい下腹を彼のに擦りつけて。秀人は情熱的な接吻と抱擁に我を忘れた。ユカリに対する愛しさが胸いっぱいに広がる。

「だけど、そうすると延長になるよ」

「いいのよ。ユカリ、ヒデ兄ちゃんが好きになったからお金なんて……。基本料金にVとAの四万円でいいわ。これから朝まで楽しもうよ。ね？」

ユカリの説明によると、この〝特別観賞室〟は最後の客についた女の子が掃除と後片づけをして、翌日の最初の客につく女の子がシーツやタオルを用意することになっているという。

「明日はね、最初の予約客が来るのは夕方なの。私もお店の方には一時までに顔を出せばいいから――つまり、昼すぎまでここにいても誰にも邪魔されないってこと」

「ふーん。それなら……」

秀人の家は奥沢だ。これから電車を乗り継いで帰るのも面倒臭い。いや、それよりも、このグラマラスな娘の体臭と彼女の与えてくれる快楽に酔いしれていたい。帰る気が失せた。

「分かった。じゃお言葉に甘えて泊めてもらおう」

秀人は決断した。彼は高校時代からパソコンマニアの仲間たちと夜を徹してゲームやプログラムづくり、ハッキングに熱中して外泊することが何度もあった。

彼が大学生になると、外泊も電話一本でよくなった。秀人が悪い遊びにうつつを抜かすような子ではない、と信じている両親は彼の行動を疑いもしない。今日もネットで知り合った仲間同士の呑み会に出ると言ってある。

「でも、ウチに電話しなきゃ」

携帯で家に電話した。まる裸のままだ。

「はい、杉下です」

澄んだ女の声が応答した。秀人はギクリとした。考えてみれば今日は金曜日だ。

「あ、姉さん……？　帰ってたの？」

「秀人？　ずいぶん遅い時間ね。どうしたの？」

向こうはそのつもりではないだろうが、詰問されているような気がする。

「いや、その……。実は今日、ネットの仲間と会って呑んでるだけど、遅くなったから泊まってゆくことにしたの。おふくろが起きてたら、そう伝えてくれない？」

「ふーん、外泊するってことね、どこ？」

「う、上野だけど……、今いるのは」

咄嗟《とっさ》に言葉が詰まった。聡明な姉のことだ。彼の後ろめたい感情を察知したかもしれない。

「……分かったわ。伝えておく。徹夜とかムリなことはしないのよ」

そう言って向こうから受話器を置いた。秀人はフーッと吐息をついた。

やりとりを聞いたユカリが興味深げに尋ねた。

「お母さんと電話してたの？」

「いや、姉さんだよ」

「え、ヒデ兄ちゃん、お姉さんがいるの？」

ユカリは目を丸くした。

「いるよ。二つ上の……。いま大学生だけど」

――姉の亮子は四年制の女子大の国文科にいる。大学はつくば学園都市にあって、彼女はキャンパスの近くにアパートを借り、週日はそこで暮らしている。

「へぇー、驚いた。ヒデ兄ちゃん、一人っ子かなと思っていたから……」

女性に対するぎこちない態度が、そういう推測を生んだようだ。彼は苦笑した。

「まあ、姉貴とはね、あんまりつきあいがなかったから……」

「仲が悪かったの?」

「いや、そういうことじゃないんだけどね……、なんとなく性格が合わないから、あんまり口をきかないんだよね」

「ふーん。だけどヒデ兄ちゃんのお姉さんって、私よりスタイルいいんじゃない?」

「そんなことないよ。同じぐらいさ」

それは嘘だ。亮子は高校生の頃から、街を歩くと「タレントにならないか」「モデルにならないか」とうるさくスカウトにつきまとわれたほどの美少女だった。彼はあわてて話題を変えることにした。姉の話はどうも苦手だ。

「あのさ、ユカリちゃんはどうしてこういう仕事をするようになったの?」

聞いてしまってから「しまった」と思った。風俗店で女の子にそういう質問はタブーだと、いろんな記事に書いてあるのを思い出したからだ。だがユカリは平気な顔だ。

「あんまり動機らしい動機って、ないのよね……。ちゃんとしたお勤めなんて出来ないし、したくもないから、自由に働ける所を探したら自然にこうなっただけで……。まあ、このお店に来たのはマル鬼さんと知り合ったのがキッカケなんだけど……」

ここでもマル鬼の名が出たので、秀人はちょっと驚いた。

――ユカリは、自分の出身地はハッキリ言わなかったが、どうやら東京都と千葉、埼玉の境のあたりの出らしい。両親は離婚して母親の手で育てられたが、ホステスか何かをしている親は娘をほとんど放任していた。

ユカリの高校は女子高で商業科だったが、学校が全然面白くなくて、いつもワルのグループとつきあってサボってばかりいた。ワルといってもスケ番グループというほどツッパった集団ではなく、単に学校や教師が嫌いな連中がメダカのように群がっていたに過ぎない。

二年前、つまり高二の頃、少女たちの間で、一つの遊びがはやり始めた。都心まで遊びに来て、携帯から出会い系に電話をする遊びだ。好奇心が強く、遊ぶお金も欲しかったユカリだから、友人に誘われるとすぐに、このゲームに加わった。

何人かの誘いに応じたが、実際に会うとイヤになって、デートが成立したのは三人目の男だった。それがマル鬼だった。

「あの人、話し方が上手でしょ？　『おれとつきあったら絶対に面白いよ』っていう感じでグイグイ説得してくるし、ちょっとオジサンだけどお金はいっぱい持ってるようだし……。それで一緒にラブホテルに行ったの」

十六歳のユカリはまだバージンだった。肉体はよく発達していたけれどセックスの方は未開発で、挿入されることに恐怖心が強かった。

マル鬼に口説かれた時も、だから『ペニスの挿入はしないから』という言葉でラブホテルについて行ったのだ。マル鬼は約束を守り、ことを急ぐことなく彼女の全身をくまなく優しく、しかも情熱的に愛撫して、指や口で二回も三回もオルガスムスを与えてやった。最後は肛門の回りもキスされ舌を使われてメロメロにされてしまうと、ユカリも「こんなにまでしてくれたんだから、私も喜ばせてあげなきゃいけない」という気になってくる。

とうとう彼女の方から中年男に懇願した。

「おじさん。ユカリのバージンあげる！　奪って……」

マル鬼のリードは巧みで、破瓜《はか》の苦痛もほとんど無かった。終わったあとも優しく愛撫してくれて、別れる時には「これ、バージン代」と言って三万円をくれた。たいていの少女たちは五千円とか一万円ぐらい貰って満足していたのだから、ユカリは彼の気前の良さに驚いた。

マル鬼は彼女に電話番号を教えた。三日後、その電話番号にかけてみた。小遣いが欲しいというより、彼の愛撫が忘れられなかったからだ。

またもラブホテルに連れて行かれ、今度は徹底的に弄《もてあそ》ばれた。マル鬼の方も、このあどけない顔をした少女の肉体の中に、奔放で好色な獣がすみついていることに気がついたに違いない。男を歓ばせるあらゆるテクニックをマル鬼は教えた。フェラチオからアナル・セックスまで……。もちろん彼女の肉体に潜んでいたあらゆる性感帯も開発してやった。

（なるほど、この子はマル鬼に仕込まれたのか。道理で……）

そこまで聞いて秀人も納得した。マル鬼の誘惑術、性戯のテクニックのすごさは〝夢遊ネット〟でさんざん聞かされている。

その頃のマル鬼は、出会い系の遊びにかなり金を使っていたらしい。暇さえあれば女子高生から人妻まで、あらゆるタイプの女を誘惑して楽しんでいた。ふつうは一回こっきりというのが多かったのに、まだ乳臭いような田舎臭い女子高生に、なぜかマル鬼は興味を抱いたようだ。彼女が電話すると気軽に応じてくれて、時間があれば会ってくれた。マル鬼自身、彼女の肉体に惹かれたのかもしれない。

ユカリは照れもせずに言った。

「マル鬼さんは『具合いがいい』って言うの。私のお○○こもお尻の穴もお口も……。なかなかそんな女はいないんだって。体がよければ性格が悪いとか、おしゃぶりがうまいとお○

○この締まりが悪いとか……。会う時は必ずたっぷりおフェラさせてから前と後ろに入れられたけど、その度に褒めてくれたよ。『おまえは男を歓ばせるために生まれてきた娘だ』って。何度も何度も言われてるうちに、私も『そうなんだ』と思うようになって、どんなことを要求されても従うようになったわ。あれが手なんだと思うけど……」

やがてマル鬼は、「ちょっとしたバイトをやらないか」ともちかけてきた。ビデオのモデルだという。それも、市販されるアダルトビデオではない。

「アマチュアが自分で撮って自分で観賞するだけのビデオで、絶対に外部に出ないやつだ。その人は社会的地位もあるし金も持っている、とてもいい人だ。心配はない」

しかもハードなことはしないという。セックスさえする必要がなく、ただセーラー服を着てせいぜいオナニーするところを見せてくれるぐらいでいい――。最初はそういう話だった。

「それだったら、やってみようかな」

十万円というギャラに惹かれて、ユカリはOKした。これまでにもラブホテルで、マル鬼に命じられてオナニーや放尿さえも見せた。そうやって恥ずかしい姿を見られることに不思議な快感を覚えるようになっていた。

「その時に会ったのがジューシンさんなのよ」

彼女は〝地位も金もある〟という、その好事家《こうずか》の名をあげた。秀人は首を傾げた。

「ジューシン——重信って書くの？　このマンションの表札が竹本重信だよね」

確か、この特別観賞室のドアのところには、〝竹本重信〟という表札が出ていた。

「そうなの。受付で会ったでしょ？　あのおじいちゃんがジューシンさん」

「えーっ、あの人が？」

秀人は、ようやく気がついた。マル鬼は以前から〝ミラーズハウス〟の経営者である竹本重信——あの車椅子に座った無表情な老人——と知り合いだったのだ。

「だけど、あの人、そんなに地会的地位とか財産がある人なの？　そうは見えないけど」

「二年前まではそうだったんだよ」

ユカリは竹本老人とはウマが合うらしく、身の上話を聞かされていた。

彼の話によれば、竹本老人は港区のどこかにある有名な和菓子の老舗《しにせ》の経営者だったという。家族とは別に本郷の方の邸宅にひとりで住んでいた。本妻と不仲だったらしい。当時は「会長」と呼ばれていた。

数年前、事故で片足を腿から切断した。おまけに肉体的にはほとんど不能になってしまった。その事故を機に実務を離れ、会長になったと聞いた。

それでもなお、女体に対する欲望だけは失せなくて、そこで始めたのが裏ビデオのコレクションだった。つまり、〝ミラーズハウス〟で秀人が見せられた千タイトル以上の裏ビデオは、すべて老人が自分の金を使い、趣味で集めた個人のコレクションなのである。

そのうち、自分で、自分好みのビデオを作ってみる気になった。とはいえ、どうやってモデルの女の子を見つけるか、機材や助手、スタジオはどうするか、体の不自由な重信にとっては不可能なことばかりである。

そこに登場したのがマル鬼だ。

竹本老人は、事故にあう前は都内にあったさる秘密のＳＭクラブの会員だった。そこで、やはり会員だったマル鬼と知り合ったらしい。お互い好き者同士だけに肝胆相照らす仲になった。蟄居《ちっきょ》するようになってからは訪ねる者も無かったのだが、マル鬼だけは足繁く彼を訪ね、何くれとなく彼の面倒を見てやっていたらしい。膨大な裏ビデオのコレクションも、彼が手伝ってくれたから集められたようなものだ。

「自分でポルノビデオを撮ってみたい。協力してくれ」という老人の頼みを、マル鬼は快く聞きいれた。何せ、全国にチェーンをもつ有名な和菓子屋の当主だ。金には不自由しない。

マル鬼はまず、重信にすすめて別宅の庭の一角にプレハブ造りの小屋を建てた。つまり撮影用のスタジオである。モデル集めもマル鬼がやった。その時、いの一番に声をかけられたのがユカリだったわけだ。

「へぇー、スタジオまで作って個人的なポルノビデオの制作か……。金持ちでなきゃ出来ない贅沢な趣味だなあ。それで、ユカリちゃんはどんなビデオに出演したの？」

「出演だなんて、そんな大袈裟《おおげさ》なものじゃないのよお」

　ユカリはコロコロと笑い転げた。

「一番最初はね、セーラー服を着せられてね、言われたとおりにスカートをまくったり、パンティをおろしてアソコを見せたりするだけだったの。オナニーしたら十万円だっていうから、やってみせたわ」

　撮影は、アダルトビデオを撮っているプロのビデオカメラマンが雇われてきた。もちろん莫大な口止め料をもらっている。スタジオに入るスタッフは彼だけで、照明とか衣裳を用意する助手の役はマル鬼がつとめた。ユカリの他にも何人かの女たちがこっそり呼ばれて、撮影は頻繁に行なわれていたらしい。

　ある夜、マル鬼がユカリに連絡してきた。

「今夜の撮影で女二人を用意したんだが、一人が生理でダメになった。代役になってくれ」

　少女と女家庭教師の設定でレズビアンものだという。少女役のモデルが来られないのだという。ユカリは承諾した。スタジオに行くと既に女教師役の二十四、五歳の美女が待機していた。〝夢遊ネット〟でマル鬼が自慢している手持ちの〝ペット〟の一人らしい。容貌といい肢体といい、なかなかの美女だった。

ストーリーは単純だった。勉強しているうちに本棚から父親の秘蔵していた秘画を見つけた娘がつい昂奮して自慰に耽っていると、厳格な女家庭教師が部屋に入ってくる。「なんて淫《みだ》らなことをしているの！」と怒った女家庭教師は、セーラー服の少女のお尻をまる出しにして叩き、お仕置きをする。そのうち自分も昂奮してきて、縛りあげた少女にレズビアンの性戯を教えこむ——というものだ。

ユカリはその夜、初めてＳＭ的な行為とレズビアンラブの両方を体験した。スパンキングを受け、縛られて美しい年上の女に嬲られ、最後は互いの性器を舐めあって絶頂したのだ。

「ユカリはなかなかＭっ気があるな。一つ本格的に調教してやろうか」

撮影が済んでカメラマンが帰ったあと、スタジオに残されたユカリは、マル鬼の手で再び縄をかけられた。女家庭教師役の女性も一緒にだ。車椅子に座ってらんらんと見つめる重信老人の目の前で、最初のＳＭ調教が行なわれた——。

「その時、すっごく感じてしまって、『あー、私って本当はマゾ女だったのか』って思ってしまったわけ。それ以来、時々、マル鬼さんに縛られてムチとか浣腸とか蠟燭とか、ひと通りのことを体験したわ」

ユカリは秀人が想像を絶するような淫らな体験を、たいしたことでは無いような、アッケラカンとした口調で告白する。

竹本老人の自家製ポルノビデオは、少なくとも三十本は作られた。ユカリが出演したのだけでも十本近くある。最初のオナニーものを除いては、残りはみなSMとかレズとか、絡みのやつだった。相手役は別の女性とか同じ年代の少女の時もあれば、どこで見つけてきたのか、まだ毛も満足に生えていない美少年ということもあった。ただ老人は、逞しい男性に対して羨望と嫉妬《しっと》を抱いているせいか、男優というのはその美少年以外は使わなかった。SMシーンで男が必要になると、革の全頭マスクを着けたマル鬼がサド役をつとめた。

ところが、突然に破局がやってきた。

老人の好色な欲望を満たす城――本郷の邸宅に、ある日、ヤクザがのりこんできた。

重信の自家製のポルノビデオに未成年の少女を使っているということを聞きつけ、脅迫にやってきたのだ。重信はまっ青になった。こんなスキャンダルがバレたら老舗の信用問題にかかわってくる。狼狽した重信は、やむをえず女婿《じょせい》の社長に打ちあけた。彼は重信のひとり娘と結婚していて、年齢は三十代だがかなりのやり手だった。しきりに経営の実権を握りたがっていたが、重信も代表権を譲らなかった。

「分かりました。ヤクザたちとは話をつけて義父《とう》さんの秘密がバレないようにしましょう。相当な金を払うことになりますが倒産するよりはましでしょう。そのかわり、会長の座は降りて完全に引退してもらいます。万が一、このことが世間に洩れたとしても、代表権のある会長と隠居した老人ではインパクトが違いますからね。……まあ、暮らせるだけの面倒はみますが、今後は竹本家とは無縁のところで暮らして下さい」

重信は言うなりにするしかなかった。暴力団はモデルになった少女の親までひっぱり出し、裁判沙汰にすると脅かしてきたからだ。

結局、「組織が要求した巨額の口止め料を払うため邸《やしき》を売る」と言われ、彼は追い出された。失意の老人に残されたのは、辛くも手元に残った千本にのぼる裏ビデオや自家製ポルノビデオのコレクションだけだった。住居は東陽町にある老人専用のマンションで、暮らしていけるだけの金を送金してもらって細々と暮らす、いわば閉門蟄居の身になってしまった。

その時にまた、マル鬼が救いの手をさし延べた。やってきて、悄気《しょげ》かえっている老人を励ましたのだ。

「これだけ集めたビデオを眠らせたらもったいない。会員制の観賞室を作ったらどうですか」

「しかし、資金がない」

「それくらいの金だったら私が何とかしましょう」

「また警察沙汰になったりしたら、ワシは完全に一族から放逐される」

「会員制なら構わないでしょう？　高い金をとれば睨まれますけど、妥当な料金にすれば問題ないと思います。私も警察には少し顔もききますから、適当に鼻薬を嗅がせてやれば目こぼししてくれますよ」

「まあ、それで儲ける気はないから、安くても構わんがね」

鬱々《うつうつ》として楽しまなかった重信も、マル鬼に説得されてようやく乗り気になってきた。彼の収集した裏ビデオは名作、話題作が多い。このまま死蔵するのは勿体ない。

店舗は、雑居ビルの地下で潰れてしまった喫茶店の跡を借りることにした。重信は「せっかくだからワシが受付をやろう」と申し出た。彼の頭には千本もの裏ビデオのすべてが入っている。客が選ぶ時に説明できる。

そういう形で、一年前に裏ビデオの個人観賞室〝ミラーズハウス〟がスタートしたのだ。客は口コミでマル鬼が集めた。たぶん〝夢遊ネット〟とか、自分のそれまでの交流関係から、好き者を大勢知っていたのだろう。あまりヘンな客は来ず、老人も安心した。

やがて経営も軌道に乗ると、マル鬼はまた新しい提案をした。

「観賞させるだけじゃ、これ以上会員は増えない。特別なサービスをつけたらどうですか」

「どういうサービスだね？」

「女の子が一緒に入り、客を射精させてやるんです。本番はまずいけど、フェラチオだったらかまわんでしょう。たいていの客は見ながら自慰をしていますし」

「それだったら間違いなく風営法違反になるだろうが」

「なあに、抜け道はいくらでもあります。同伴観賞という名目で、お客が女の子同伴で来て、一緒に観て帰る——という形にすればひっかからない」

こうやって、いまの〝同伴観賞〟のシステムが出来上がったわけだ。このシステムに客は満足し、会員も増え利益もあがった——とユカリは説明した。

「同伴観賞をやりだしたのは半年前よ。その頃、私は卒業して就職してたんだけど、会社勤めはつまんないから辞めたいと思ってたの。そこにマル鬼さんが『こんな勤めがあるんだが、手伝わないか』って誘ってきたわけ」

ユカリはマル鬼に仕込まれて、男に奉仕する時に女としての生き甲斐を感じるような体になっていた。風俗店で働こうかと考えていたところだ。

「でも、ソープとかファッション・マッサージとかだと病気が怖かったり、競争が激しかったり、下手するとヒモが出来たりとか、いろいろあるでしょ？　そんな苦労もしたくなかったし、ここはヘンなお客が来ないからって言われて、だからOKしたの」

ユカリは屈託なく笑ってみせた。今は一日平均、個室で二人、特別観賞室で一人の客をとって、五万円から六万円の収入になるという。月に二十日も働けば軽く百万円を超える。

「うわ、すごく稼ぐんだね……」

秀人は絶句してしまった。あの店はいつも静かだから、そんなに客がやってくると言われても信じられないのだが。

ユカリはあんまり欲がなく、車だの衣裳だのに浪費しない。実家を出て錦糸町のマンションを借りているが、主な出費といえばその部屋代ぐらいだ。貯金はずいぶんたまった。

「まあ、まとまったお金が出来たら何かお店をやってみようかな――という気はあるのよね。そうだなあ、ランジェリーのお店なんかいいね。夢があって……」

そんなつつましい性格なのだ。

「だけど大丈夫かなあ……」

秀人は少し心配になった。〝ミラーズハウス〟でこぢんまりとやっているうちはいいが、この〝特別観賞室〟となると、やはり法の目が光るのではないだろうか。

「まあ、絶対安心ってわけにはいかないかもしれないけど、マル鬼さんは楽観してるよ。『おれが客を選ぶんだから心配はない』って……。実際に、ヒデ兄ちゃんみたいないい人が来てるじゃない？」

ユカリはそう言って年上の若者に抱きつき、情熱的に接吻してくれるのだった。

（なあんだ……、つまりは〝特別観賞室〟もマル鬼のアイデアなのか……）

ユカリとマル鬼の関係からして、秀人がどんな人間か、個室の中でどのようにふるまったか、マル鬼が詳しい報告を受けている可能性は大きい。ユカリに「特別観賞室に誘え」という指示ぐらいは出したかもしれない。

（まるで、おれはオシャカさまの掌の上の孫悟空みたいなもんだな……）

秀人は内心で苦笑した。彼のことを充分観察した上で、マル鬼は〝ミラーズハウス〟を紹介してくれたに違いない。

向こうは彼のことを熟知しているのに、こっちはマル鬼のことを全然知らない。そのことが少しシャクだった。

「ねぇ、ユカリちゃん」

「なに？」

秀人は思いきって尋ねてみた。

「マル鬼さんて、いったいどんな人？」

「あら、会ったことないの？」

ユカリは大きく目をさらに丸くした。

「うん。ほら、キミは知ってるかもしれないけど、ぼくらはネットの仲間で、毎晩のように連絡はとってるんだけど顔をあわしたことは一度もないんだ」

「ああ、SNSね……。だったら無理はないわねぇ」

頷いた。マル鬼が〝夢遊ネット〟の管理人をやっていることぐらいは聞かされているようだ。それにネットで知り合った人間を紹介したのは秀人が初めてではないだろう。

「マル鬼さんの商売はねぇ、私もよく分かんないのよ……。以前のジューシンさんと似てるところがあるのね。金は持ってるのに仕事らしい仕事はあまりしてない……。私のカンなんだけど、不動産とかそういうものを扱ってる商売じゃないか、って気がするのよ。ほら、地上げとか」

「ふーん、なるほどね」

とにかく額に汗してアクセク働く身ではないのは確かだ。でなければあれだけ活動的にセックスの世界を探索したりする暇はない。

なんとはなしに秀人は納得した。

「ね、お兄ちゃん……。話はこれまでにして、もう少し楽しまない？」

ブリーフの上から彼の分身を撫で回していたユカリが、あの甘ったるい笑みと囁きで誘いかけてきた。

「うん、そうだね……」

秀人は竹本重信の自家製ポルノビデオの話のところから、かなり昂奮してきている。

「今度は何をして欲しい？　お兄ちゃんのしてみたいということ、何でもしてあげるよ。S

Mだっていいし。好きなんでしょ？　昨日見た『女子高生・監禁調教』みたいなのが」

「そりゃ好きだけど……。だけど一度もやったことがないからな」

秀人が尻ごみすると、ユカリが励ますように言った。

「大丈夫。好きなふうに私を扱えばいいんだから。私ね、マル鬼さんに仕込まれて、男の人のオモチャにされると昂奮する体になってるのよ」

マル鬼はユカリに向かってこう教えたという。

「男も女も『人の言うなりになって苛《いじ》められたい』って欲望を持ってる。おれだって少しはある。まあ、女の方がその気持は強いだろうな。というのは、セックスっていうのは男をある程度凶暴にさせないと出来ないものだから、セックスが好きな女ほどMっ気が強いってことになる。ユカリは男が『姦《や》りたい』と思う女だ。苛められて喜ぶ性格なんだ」

そう言って彼女を縛り、ありとあらゆる責めを行なった。責めの最後には必ず失神するほどの歓びを味わったから、ユカリはやがて、縄をかけられるだけで濡れるようになったという。

「それじゃ、縛ってみようか。いい？」

「もちろん。えーと、コスチュームはどうする？」

バスローブの下のユカリは何も着けていない。

「そうだね、出来たらもう一度セーラー服がいいな」

「うん。ジューシンさんはね、セーラー服のコレクションもやってたから、ずいぶんいろんな種類のセーラー服があるよ。こっちに来て」

和室の押入を開けた。

「うわ、凄い」

秀人は度胆を抜かれた。

押入の上と下は衣裳ダンスに改造されていて、上段はハンガーラックに掛けられたさまざまな衣裳が何着もぶら下がっていた。

セーラー服だけで二十着はあるだろうか。白い夏服も中間服も冬服もある。よく見ると、ほとんどが名門校といわれる有名な女子高のものだ。セーラー服マニアである竹本老人が金にあかせて収集したものだろう。

セーラー服の他には看護師の白衣、スチュワーデス、婦人警官、テニスウェア、それに色とりどりのネグリジェ……。抽斗《ひきだし》の中には水着やブルマを始め、セクシィなランジェリー類がぎっしりと詰まっていた。和装の下着、足袋《たび》のたぐいもきちんとしまわれていた。

「こういう好みって百人が百人違うのね。ある人はガーターベルトで吊ったストッキングにハイヒールじゃなきゃダメだっていうし、別の人は長襦袢《ながじゅばん》にお腰、すごいのは頭のテッペンから爪先までゴムとか革の衣裳を着けてくれって持ってくるし……」

「ぼくはセーラー服でいいよ。そうだなあ……」

セーラー服を一着ずつ見てゆく手が止まった。

「あ、これ、白萩女学館じゃないか」

ごくスタンダードな紺の制服である。セーラーカラーとカフスに白のラインが一本。スカーフは黒。他と違うのは、セーラーカラーと胸元のスカーフ留めに白い萩の花をかたどったマークがあることだ。セーラー服に関心がある人間なら、ミッションスクール系でも最もランクの高い白萩女学館だとひと目で判別できる。

「えー、白萩の制服が好きなの？　なんで？」

ハンガーを取り出して、名門女子高の制服を胸に当ててみせたユカリは、興味を抱いたように訊いた。

「いや、その……。実は姉さんが白萩だったから……」

秀人はうっかり本当のことを言ってしまった。

「あっ、そうか。それで愛着があるんだ。ふーん」

分かったというように頷いた。秀人は少しドギマギして顔が赤くなるのを覚えた。

「下着はどうするの？　また汚してあげるよ」

「そうだね……、さっきのは木綿だったから、今度はナイロンの透けてるのがいいなあ。色は白で飾り気のないやつ」

秀人もだんだん自分の好みをハッキリ言えるようになってきた。

「いいわよ。……じゃ、これかな？」

抽斗から取り出して穿いて見せたのは、横が紐のように細くなったTバックショーツだ。正面の部分が一番薄くなっていて、ほとんど透明なナイロンごしに秘毛がすっかり透けて見える。

「あ、いいな。感じる」

「うふっ、私も感じるわ。さてと……」

ウキウキした様子でソックスを穿き、セーラー服を着た娘は、またもや清純そうな女子高生に変身した。

「どう？　ヒデ兄ちゃん？」

ニッコリ笑ってポーズをとって見せる。

「うーん、可愛い。ぼくもユカリみたいな妹がいたらなあ……」

ふと呟いた言葉を、ユカリは聞き逃さなかった。

「妹？　そうかあ、お姉さんはいるけど妹がいないのね。私なんか男きょうだい一人もいなくて、ずうっと頼りになるお兄ちゃんが欲しかったんだ……あ、そうだ」

手をうった。アイデアが閃《ひらめ》いたのだ。

「ね、お仕置きプレイをやろうよ」

「お仕置きプレイ？」

「うん。私がね、ヒデ兄ちゃんの妹になるの。実のきょうだい。お兄ちゃんは妹と仲がよくてふだんはとても可愛がってくれるんだけど、たまたま私が悪いことをしたので、お仕置きをするの。そういう設定だとSMプレイもやりやすいでしょう？」

「そうか。何の理由もないのに苛めたり撲《なぐ》ったりできないものな……」

「そういうこと。お客のおじさんの中には、私を娘に見立ててお仕置きプレイをしたがる人が何人もいるわ。私に『パパ』とか『お父さま』とか言わせて、すごく昂奮するの。実際に娘を犯してるような気になるからかしら」

近親相姦は究極のタブーだけに、たわいない遊びにしても、そういう設定は男たちの昂奮を誘うものなのかもしれない。秀人もノッてきた。ユカリのアイデアを膨らませることを考えた。

「悪いこと、っていうのを具体的にしよう。兄貴をカンカンに怒らせるような悪いこと——って何かな？　そうだ、ユカリが実際にやってきたことを材料にしよう。ぼくに隠れてこっそりビデオのモデルをやってお小遣い稼ぎをしてたのがばれた、っていうのはどう？」

「あー、それ、いいね。私もあんまり考えなくていいし」

自分が責められ痛めつけられる役なのに、嬉しそうに笑うユカリだ。

だいたい設定が決まった。

「じゃ、道具を用意するわ」

今度はもう一方の押入を開けた。内側には棚が造りつけになっていて、太さも長さも色もさまざまな紐やロープ類が置かれていた。他に手錠、鎖、犬の首輪のような革の首枷《くびかせ》、手枷、足枷……。貞操帯のようなものもあるし、ボールのついた猿ぐつわもある。その他、腰紐のついたバイブレーターとかレズビアン用の双頭バイブレーターなど。膣を広げて中を見る器具、ガラス製の浣腸器……医療用器具の類も豊富だ。下の方にはこの部屋備えつけのものらしいビデオテープが数十本。全部裏ビデオだ。中には、竹本老人の作った自家製ビデオもあるという。

「縄はね、これが一番使いやすいと思うの」

袋打ちした縄を手渡してくれた。綿糸を縒《よ》ったものらしく手ざわりは柔らかい。長さは五メートルほど。彼女はビデオテープの中から一本取りだして渡した。

「これに私が映っているの。最初に出演した時のビデオ。これを見て、お兄ちゃんが怒ることにしようよ。適当なところで呼んで……」

2

秀人は洋間に戻った。ビデオテープをセットし、再生した。タイトルも何もなく、すぐに画面に広間が映し出された。

この部屋よりずっと広く、ガランとした感じだ。窓もなく、壁紙は牢獄を思わせる灰色。床は黒いビニタイルが敷きつめられている。天井は防音用のボードが貼られていて、飾りのない蛍光灯が青白い光で照らしている。窓のないのも変わっているが、天井に鉄骨のレールのような梁が縦横に走っていたり、片隅に同じ鉄骨を組んだ櫓《やぐら》のようなものが立っている。

（SMプレイが出来るようになっている、スタジオだな……）

秀人は感心した。今見ているのは、竹本老人が本郷の別邸の中に作らせたというポルノビデオ撮影用のスタジオなのだ。

カメラはゆっくり回りながら室内の様子を映してゆく。部屋に置かれているのは、木製の肘《ひじ》掛け椅子が一つ、病院にあるような鉄パイプのベッド。マットには白いシーツが掛けられて、その他の寝具はない。家具の類は、他にベッドの横の小さな机と、壁の片隅に押しつけられている西洋の箪笥《たんす》——チェストだけだ。

カメラがドアの所に向いた。表面を革で覆った、かなり頑丈なドアだ。防音のためだろう。

ドアが開いた。セーラー服を着た一人の少女が入ってきた。ユカリだ。二年前だから今より
さらにあどけない。体つきは、こっちの方がコロコロしているかもしれない。この頃のヘア
スタイルは、前髪をおろした標準的なおかっぱだ。十六歳の、マル鬼と知り合って間もなく
の頃のユカリが、カメラの方を見ておずおずとお辞儀した。

「座りなさい」

画面に映っていない人物から声がかかった。竹本重信の声なら受付で聞いている。それで
はない。では、これがマル鬼だろうか？　重々しくて力強い声だ。

「はい」

素直に頷いて肘掛け椅子に座る少女。

「まず名前を言って」

「ユカリでーす」

「年齢は？」

「十六歳です」

「身長は？」

「百五十五センチです」

「処女かい？」

チラと含羞《はにか》んだ。八重歯が覗く。

「いえ、違います……」

「セックスは好き？」

こくりと頷いた。

「はい、好きです」

「こうやってビデオに映されるのは？」

「初めてです」

「どんな気分？」

「えー、あの……お見合いみたい」

手で唇を隠すようにしてクスッと笑った。男の声も笑いを含んでリラックスした。

「まあ、一種のお見合いだよな。おまえが気に入ったら、こちらの方が、これからもモデルに使ってくれるんだから。ちゃんと気に入られるようにするんだぞ」

「はーい。分かりました」

視線が少し右にそれた。そっちの方に車椅子に座った竹本老人がいたのだろう。

「よし、じゃあ、まず体を見せてもらう。まず胸を出してごらん」

ユカリは制服の臙脂色のスカーフをほどいた。白い上衣をたくしあげ、ブラのカップをおろして乳房をまる出しにした。

「揉んでみろ」

「乳首を弄って大きくしろ」

マル鬼は次々に命令し、ユカリは素直に従ってゆく。スカートをめくらせ、パンティをまる出しにさせる。四つん這いにさせてお尻を振らせる。

（う、凄い……。それにしてもまあ、こんな恰好をとらせるマル鬼もマル鬼だけど、ユカリもユカリだ……）

秀人の男根は勢いよく膨張し、ブリーフを突きやぶりそうだ。そんな状態で秀人はいまいましく思ったりする。高校時代、セーラー服の少女たちは自分には何の興味も示さなかった。いや、それどころか「ネクラ」という軽蔑の冷ややかな視線さえ向けてきた。その一方で、中年男の言うなりになって処女を与え、カメラの前で言うなりになって猥褻なポーズをとって平気な子がいるのだ。どうしてなのだ。その不平等さが彼に、セーラー服少女を苛めたいという願望を植えつけたに違いない。

「よし、今度はベッドに上がれ」

プリプリはち切れそうな臀部のまる味をたっぷり観賞した男が、ユカリに命じた。

「はい……」

マットに白いシーツを敷いただけのベッドに上がる。

「スカートは脱げ。よし、そうやって脚を開け」

少女はマットに尻をつけカメラに向けて両足を開いた。白い布で二重に覆われた股間がさらけ出される。

(あれ、もう……濡れてる)

キチキチのサイズなので、ふっくらした堤防を持つ肉の谷に布がどのように食いこんでいるかハッキリ分かる。その谷の一番深いところを中心に、シミが広がっていた。ユカリは下着をさらけ出しただけで愛液を溢れさせているのだ。

そうっとベッドの上に仰臥する。少し脚を開いた形にして、一方の膝を立てた。そうすると股間がよく見える。

「オナニーをしてみせろ」

「はい……」

少女は濡れたパンティをひきおろした。繁みの中に指を這わせて淫靡に動かし始めた。

「あー、はあっ」

二年前のユカリが淫らな呻きを洩らして腰をくねらせた。

秀人は我慢できなくなった。

「おい、ユカリ！」

和室の方へ呼びかけた。

「なに？　お兄ちゃん……」

黒いカーテンを掻き分けてセーラー服姿のユカリが姿を現わした。微笑を浮かべて。

「ここに来て、テレビを見てみろ。なんだ、これは？」

言われてユカリは、ビデオ画像のパンティも脱ぎ捨て、片方のクリトリスを、もう一方の手で膣を刺激して淫らに身をくねらせている自分の姿を見た。

「いやっ！　これ、どこで見つけたの？」

驚愕《きょうがく》して顔を覆い、叫ぶ。秀人は憎々し気に考えていた科白《せりふ》を言う。

「今日、おれの友達がな、『おまえの妹に似た女の子が出ている裏ビデオがある』っていうので借りて来たんだ。似てるも似てないも、これはおまえじゃないか。いつ、こんなのを撮られたんだ……」

「それは……」

可憐な少女は返答に窮した。秀人は立ちあがり、ユカリの頬を張った。手加減したのだが、少女の体はグラリと傾いた。

「痛あい……!」

オーバーにすすり泣く。

「うそ泣きはよせ。おまえ、いつから裏ビデオの女優なんかやり始めたんだ。正直に言わないとおやじやおふくろにこのビデオを見せるぞ!」

怒鳴りつけると、ビクンと震えた。ハッとして顔を上げて哀願する表情を浮かべた。

「言わないで! このことは……」

「バカ。未成年のクセにこんなものに出て、タダですまされると思ってるのか」

秀人は強い力でユカリの体を引き寄せ、ソファに座って自分の膝の上に彼女をうつ伏せにした。首根っこを押さえつけながら言う。

「おれはなあ、おまえのことが好きなんだぞ。妹以上に可愛いと思ってた。おれだって男だからおまえの体を見てみたいし抱いてみたいと思ってたんだ。だけど兄貴だから、そういう気持は我慢してたのに、よくもこんなやつらの前でオナニーまでしてみせて……。頭に来たぞ」

襞スカートをまくりあげた。白い透明なTバックショーツに覆われたまっ白な桃のようなヒップがまる出しになる。

「何だ、このパンティは？　水商売が穿くようなスケスケのパンティじゃないか！　おまえ、本当はこんないやらしい女だったんだな！」

その科白で激情を自分のものにして、秀人はショーツを引き下ろした。腕をふりあげて平手で勢いよく臀丘を打ち叩く。吹出物が少しある他はなめらかな、餅のような肌がパアンと小気味よい音を立てた。

「あっ！」

秀人の膝の上で少女が震え、わなないた。

「この！」

秀人はもう一発を、もう一方の臀丘にお見舞いした。

「ひーっ！」

悲鳴をあげてヒップをくねらせるユカリ。お尻をまる出しにして打たれ、悶え泣くセーラー服の少女。秀人の体の中でサディスティックな感情が沸騰した。

「こいつ、白状しろ。どうしてこんなビデオに出る気になったんだ⁉」

さらに力をこめ、続けざまに打ち叩いた。

バシッ、バシッ、バシッ！

「あっ、うっ……、痛い……。いやあン」

泣き叫び、黒髪を振り乱して悶えるユカリ。

部屋の中に少女の甘い体臭が充満した。

「どうしても言わない気か。じゃ、もっとひどい目にあわせてやる」

ひとしきりユカリのまる出しのヒップを叩くと、白い肌がまっ赤に染まる。その眺めにさらに昂った秀人は、膝の上に仰臥してシクシク泣いている少女を立たせ、手を後ろへ捻《ね》じあげた。

「痛ぁい！」

苦痛の悲鳴をあげるのを構わず、和室へと引き立てた。ショーツが腿のところに引きおろされているのでユカリは大股に歩けない。ヨチヨチ歩きだ。和室の中央に敷かれていたマットは隅に押しつけられて、中央には責めのスペースが確保されていた。

「正直に全部白状しないと、痛い思いをするぞ」

そう脅かして、秀人は和室の真ん中に彼女を立たせた。用意してある縄を使って、まず彼女の片方の手首をくくる。

「いや、やめてっ、お兄ちゃん……」

抵抗するのを押さえつけ、さらに頰をひっぱたく。

「ひーっ」

泣き叫ぶユカリ。お芝居だと分かっているが、こうやって揉み合うのは男の闘争本能――あるいは強姦本能とでも言うべきか――を刺激して、欲情をさらに沸騰させる効果がある。

もう一方の手首にも別の縄の一端を括《くく》りつけ、その縄を部屋の天井の隅の所に打ちつけてある金具に括りつけた。一見、蚊帳《かや》を吊るすための鐶《わ》に見えるが、SMプレイのために用意されたもので、女体の重みに耐えるようにガッチリ取りつけられているのだ。

「いやあン、許して……」

哀願するセーラー服の少女はバンザイをする形を広げ、吊られてしまった。

「さあ、これで逃げられないぞ」

可憐な生き物を拘束し、完全に自分の支配下においた時、秀人はゾクゾクするような戦慄を伴った昂奮を覚えた。ユカリはまったく抵抗できない。どんなことでも出来るのだ。

SM雑誌やビデオの中で見るだけだった行為が、現実に可能になったのだ。

「さあ、ユカリ。白状する気になったか？」

詰問すると、少女は首を振った。

「言えないわ。あんまり恥ずかしいことなんだもの。許して……、お兄ちゃん」

「許せるわけがないだろう。おれにも黙って他の男の前で淫らなことをして見せた妹を」

またパンと頬を張った。最初のうちは手加減していたのだが、だんだん現実と芝居の間の境界が薄らいできた。本当にユカリが自分の妹で、自分はこの可愛い少女に対して長い間妄想を抱いてきた兄貴のような気がしてきた。嫉妬による怒りが現実のものになってきた。

「頭にきたぞ、おれは。よし徹底的にお仕置きだ!」

決然として言い放ち、セーラー服の上衣を押しあげた。白いブラを引きちぎり、豊かな白い二つの半球をむき出しにした。

「さあ、これで痛めつけてやる」

さっき教えられた戸棚から洗濯バサミを二つ持ちだした。それを見たユカリの表情に脅えの色が走った。

「何、それ!?」

「見れば分かるだろ?」

掌に吸いつくようなぬめり気を帯びた弾力を楽しみながら、秀人は両の乳房をぐいぐいと揉んだ。押し潰し、握り潰し、ひねり潰した。

「あっ、痛い、痛いっ。お兄ちゃん、許して……!」

悲鳴をあげて苦悶するユカリ。しかし乳首は確実に勃起してピンク色の乳暈からグリグリとせり出してくる。

「さあ、どこまで耐えられるかな……?」

　この少女の運命を掌中に納めていることの満足感を味わいながら、秀人は、野苺ほどの大きさに膨らんだ一方の乳首に洗濯バサミを咥えさせた。

「ひーっ！」

　哀切な悲鳴をあげ、バンザイの姿勢で拘束された少女がのけぞった。乳首は上を向き、ブルブル顫える乳房の先で激しく揺れた。

「どうだ」

　もう一方の乳首も洗濯バサミで挟みつけてやる。

「ああっ、あーっ！」

　絶叫し、黒髪を振り乱して苦悶するユカリ。乳首を潰される激痛にボロボロと涙が溢れて頬を濡らす。

（大丈夫か……）

　一瞬、秀人はこの責めを中止しようかと思った。しかし、打ち合わせの時にユカリはこう言ったのだ。

「洗濯バサミで乳首を挟まれると、最初は痛くて痛くて頭の芯までズキーンと来るんだけど、その後は大したことないの。十分ぐらいはそのままにしておいても大丈夫だから、私が泣き叫んでも心配しないで。子宮がギューッと疼いて濡れてくるの。うまく説明できないけど、痛いのと気持いいのとミックスした状態にだんだんなってゆくのよ……」

　確かに彼女が告げたとおりだった。最初は激しくうち震えていた体がやがておとなしくなり、泣きじゃくりながらも、ユカリはその痛みに耐えている。

「うっ、うう……っ、あう……」

　顔をひそめ、唇をギュッと嚙みしめ、必死になって苦痛を耐えている表情がなんともいじらしい。頰を伝う涙。ぶるぶる顫える乳房。額には脂汗がにじみ、黒髪が貼りついていて、ひどく妖艶だ。その様子からは一種、快感を味わっているような印象さえ受ける。

（本当に気持よくなってるのかな……）

　よく苦痛に耐えているのに感心しながら、秀人は襞スカートをまくりあげ、ショーツを引き下ろされてむき出しになっている下腹へ指をさし入れた。

（ほんとだ……！）

　指が温かいぬかるみに触れたとき、秀人は確信した。この可憐な十九歳の少女は、マル鬼によって徹底してマゾヒストに調教されてしまっている。

「なんだ、ユカリ！　おまえ乳首を責められて『痛い、痛い』って泣きながら、ここはベトベトじゃないか」

「いやあー……！」

ユカリは否定するように首を横に振った。秀人は愛液を溢れさせている秘裂の奥へ指を突きすすめる。

「あ、あうっ……。やめて、お兄ちゃん……っ」

ユカリは腿をぴったり閉じて侵入を拒もうとする。自分の膝で腿を割り、強引に柔襞のトンネルを指で犯す。根元まで人差し指を埋めた。

「あーっ……」

こねるように抉られると、ユカリは吐息を洩らした、秀人は彼女の頬をひっぱたき、引き抜いた指先を彼女の目の前に突きつけた。

「見ろよ。このお○○こ汁？　可愛い顔して、そんな淫乱娘だとは思わなかったぜ」

「いやっ」

顔を背ける。耳朶《みみたぶ》まで桜色に染まり、羞恥が全身を震わせる。秀人の昂奮はさらに高まる。

彼は襞スカートのホックを外して脚元に落とさせた。下半身をむき出しにした少女の、腿のあたりに捩《よじ》れてからまっていたショーツを引き上げた。ビデオで彼女がやってみせていたように前と後ろを鷲摑みにして薄いナイロンの下着を褌のようにして秘裂に食いこませる。

「ひーっ！　お兄ちゃん、そ、そんなことやめて……」

「うるさい。毎晩、自分でこうやって楽しんでたんだろう？　ビデオでやってたじゃないか」

ぐいぐいと前後に引っ張る。濡れたナイロンで一番敏感な突起と粘膜の部分を擦りたてられ、少女はのけぞって悶絶した。

「あーっ、いや、いやだ。ああうっ、うーン。やめてぇ……おお！」

口では許しを乞いながら、驚いたことにユカリは責め立てるナイロンの動きに合わせてヒップを前後に動かしはじめた。激しい快感を覚えていることは、ナイロンの薄布では吸収できぬほど愛液が溢れ出してきて鼠蹊《そけい》部から内腿を濡らしてしまったことで分かる。

ほどなくユカリは絶頂した。

「いやーっ、お兄ちゃん……、許してっ。ああっ、あああ、あーっ！」

全身が弓なりにのけぞり、彼女の両手を吊っている二本の縄がピンと張った。ガクッと頭を垂れ、下肢をわなわなとうち震わせ、さらに夥しい愛液が迸って腿を濡らした。

秀人は乳首から洗濯バサミを取り、吊っていた縄をといて、ユカリを畳の上に仰向けに横たえた。ハアハアと荒い息をつきながら、快美の余韻に浸っているふうな娘を足蹴にする。

「あうっ」

「この淫乱娘！　まだお仕置きはすんでいないんだぞ。全然白状していないんだからな」

正座の姿勢をとらせ、改めて後ろ手に縛りあげた。

まず後ろに回させた両手を手首でくくり、縄を前に回してセーラー服をたくしあげてむき出しにした乳房の上と下から挟むようにする。両脇からそれぞれの端をくぐらせて引きしぼると、縄が枷となって、乳房は紡錘《ぼうすい》状に突き出す。

本番に入る前に一度、ユカリの教えを受けながら軽く縛ってみたので、さほど手間取ることなく高手小手の形に縛《いまし》めることが出来た。

トロンとしたような目つきのユカリは、抵抗する気配も見せず、おとなしく縛られるままになっている。その頰をまたひっぱたいた。

「ユカリ、いじめられてひとりでにイクなんて、まったくおまえは変態娘だな。いいか、まだおれの問いに答えていないんだぞ」

「いや、答えられないもの……」

ユカリが頭を振る。

「よし。それじゃもっと痛めつけて欲しいわけか。よし……」

立ちあがって、拷問用具を並べてある戸棚から黒革製の鞭を取りあげた。幅一センチほどの細いリボン状に裁断した馬革を九本、房状に纏めたものだ。

打ち合わせのときには「傷がつくんじゃないか」と最初は怖じ気づいた秀人だったが、ユカリは笑いながら教えてくれた。

「本当の九尾猫ムチというのは、鞭の一本一本を細く縒ってあって、その先が結び目になっているの。それでやられたら皮膚はズタズタになって私だってひとたまりもないけど、これは違うの。音は大きいけど傷はつかないから安心して。プレイ用の鞭だから思いきり撲っても大丈夫よ。それに私、けっこう鞭って好きなの」

そのプレイ用の九尾猫ムチをふりかざし、背を蹴ってユカリを前倒しにした。

「あっ」

後ろ手に縛られた少女は、畳に頭をつけ、臀丘《むし》を後ろへ突き出す姿勢になった。充分に愛液と分泌物を滲《し》みこませた薄いショーツを引き毟るようにして脱がせてしまう。

「さあ、今度こそ容赦しないからな」

秀人は鞭を振りおろした。九本の細革が、スパンキングの跡もまだなまなましい臀丘に叩きつけられ、ピンク色に染まった上から赤い打痕を重ねた。

ビシッ！

「あーっ、痛いっ！　やめて、お兄ちゃん……」

鞭の残酷な音と少女の悲鳴、絶叫が交錯し、彼女の汗の滴と愛液の匂いがムウッと飛散した。十回目の打擲《ちょうちゃく》でユカリは屈伏した。

「お兄ちゃん、許して！　ユカリ、何でも話すから！」

プリプリした臀部に網の目のように赤い筋が走り、確かに切れるとか血が滲むということはなかったが、その惨状からしてユカリの苦痛は相当なものだと秀人は思った。

「よし、すっかり白状しろ」

泣きじゃくるユカリの言葉が途切れるたびに鞭を揮《ふる》い、彼女がどのようにマル鬼の誘惑にのり、どうやって調教され、ビデオカメラの前に立ったかを告白させる。

ユカリの告白は、秀人の燃えさかる欲情に、さらに油を注ぐような効果があった。彼女はわざと誇張していたのかもしれないが、秀人はますます嫉妬と羨望からくる怒りを沸騰させた。

「くそ、ユカリ！　本当におまえはその男にそんなことをされて言いなりになったのか」

極限の昂奮状態に至った若者はブリーフを脱ぎ捨て、仰向けに転がしたユカリの上に跨《また》がり槍のように男根を口へ突きつけた。

「そいつにやったように、おれにやってみろ」

「いやっ！　お兄ちゃん……、そんな……。私、妹よ！」

「赤の他人の、中年男のペニスは舐められて、おまえを可愛がってきた兄貴のは舐められないのか。このスベタ！」

またビンタを食らわせ、黒髪を摑んで頭を左右に揺さぶる。

「ひーっ、痛いっ。許して、お兄ちゃん。ユカリ、おしゃぶりします！」

ユカリは正座させられ、仁王立ちになった秀人の昂りきった怒張を含んだ。喉まで受けいれ苦悶しながら必死に舌を使った。彼は髪を摑み、股間に足の爪先をねじこんでいたぶりながら、ユカリの技巧を楽しんだ。時々平手打ちを食わせる。

「クソ。こんなふうにマル鬼ってやつを楽しませたのか」

顎《あご》が痺れるほどたっぷりと奉仕させると、秀人は彼女を再び鞭打ちのときの姿勢――頭を畳につけて跪拝《きはい》した姿勢をとらせた。後ろ手に縛りあげられ、下着を毟りとられた少女の背後に膝をつき、たっぷりの脂肪を載せた尻たぶを両手で割り広げると、ひき窄った肛門の蕾と、ふっくらした大陰唇の間で爆《は》ぜたように花弁を広げている粘膜が見えた。

「おれもおまえの穴を楽しんでやる。最初に前、それから後ろだ」

秀人は片手で握りしめた肉茎の先端を花芯へとあてがった。ユカリが自分で言ったように、彼女は下つきだったから、後背位からの凌辱《りょうじょく》はいともスムーズだった。しかし根元まで埋めこまれた器官は無数の柔襞をもった肉鞘によって締めつけられた。

「おお」

かつてない快美に呻く秀人。ユカリも腰をうねらせてよがり声を張りあげる。

「ああっ、お兄ちゃん……っ。嬉しいっ。ユカリ、ずっと前からお兄ちゃんに犯してもらいたかったの！　本当は処女も奪ってもらいたかった！　ごめんなさい、マル鬼なんかにあげて！　ユカリ、これからお兄ちゃんの奴隷になってお詫びするわ。ユカリを好きにして。鞭でぶって蠟燭で責めて浣腸をたっぷりしてちょうだい！　どんな責めでも受けます！　あーっ、いいわっ、いい、いいっ！」

3

秀人はユカリに夢中になった。

彼女は初めての体験相手であると同時に、秀人の性欲と妄想をすべて満足させてくれるパートナーになってくれたからだ。

最初に特別観賞室で夜を過ごして以来、毎週必ず一回、九時すぎに彼は〝特別観賞室〟を訪れるようになった。

最後の客となるように予約をとってあるので、ひと晩じゅう、秀人はユカリを責めて楽しむことが出来た。

家には「そろそろ大学のメインフレーム（汎用大型コンピュータ）を使った実習が始まるから、その勉強のために友達が紹介してくれた会社の、夜は使われていない大型コンピュータを朝まで使わせてもらっている」と説明している。両親は何のことだか分からないが、全然疑っていない。息子が娼婦的な娘に熱を上げているなど夢にも思っていない。

ユカリはオーナーの竹本老人には内緒にして、秀人からは基本料金とVサービスの料金しか受けとらなかった。

「ぼくはこう見えても、けっこうお金持ちなんだよ」と秀人が説明しても、ユカリは首を縦に振らなかった。

「いいの。お兄ちゃんはもうお客さんじゃないから。ユカリのご主人さまよ。ご主人さまからお金をもらうこと自体、おかしいぐらいだわ」

そうやって秀人の心を溶かせてしまう言葉を口にするのだった。

「信じて。ユカリ、他のお客さんにはこんなことしないし、させないわ。ふだんはもっとビジネスライク。こんなに乱れてしまうのはお兄ちゃんの時だけ……」

そんなことも言った。皮肉をこめて秀人は聞いてみた。

「じゃ、マル鬼さんの時はどうなんだ?」

ユカリはケロリとして言った。

「マル鬼さんはこのところ、顔を出さないもの。忙しい人だから私のことなんか忘れてしまったんじゃないかしら……?」

ユカリの言う言葉が本当かどうか分からないが、〝夢遊ネット〟でも、マル鬼と秀人の間でメールのやりとりが途絶えている。〝桃色雑談室〟での管理人としての活動は相変わらずなのだが。

（まあ、あちこち探索して歩いて、また穴場を発見したんだろう。忙しい人だからな……）

秀人はそう思っていた。ユカリに熱を上げていることを知られるのが気恥ずかしかったから、マル鬼とユカリの間でも連絡が途絶えているということは、かえって好ましいことだった。彼の方からマル鬼に報告する気はない。ユカリさえいれば、他のことはどうでもよかった。

本当なら毎晩でも〝ミラーズハウス〟に通いつめたいところだ。いや、完全に彼女を独占したい。しかし、それは経済的に無理だ。いかにテスターとかプログラムをカスタマイズするアルバイトで稼いでも、月に百万を楽に稼ぐというユカリにはかなわない。

（なんとかしてユカリをおれ専属のペットに出来ないかなあ……）

自分以外の誰にも彼女を触れさせたくない気持が強くなってきた。つまり秀人は完全にユカリの魅力に屈伏していた。つまり恋に落ちていたということだ。

恋している相手に、人は無防備に心を開くようになる。

「ねぇ、お兄ちゃん……。どうしてセーラー服がこんなに好きになったの？」

ある時、プレイの合間にユカリが質問した。

二人は和室の布団に横たわって、ユカリはセーラー服姿のままだ。枕元に愛液でべっとり汚れたパンティが投げ出されていて、彼女の膣からは濃い栗の花の匂いを放つ粘っこい白い液が溢れて、シーツを汚している。

ユカリの四肢を部屋の四隅の鉤《かぎ》で吊り、その姿でバイブレーターや膣内鏡を使って彼女を辱《はずか》しめ、ふかぶかと貫いて緊い膣の奥へこの夜最初の精液を噴きあげた直後のことだ。

好奇心の強い子なのだろう。これまでにも秀人の生いたちから家族のこと、学校のこと、なんでも知りたがった。

「うん、まあ……ちょっと言いにくいんだけど……正直言うと、姉貴なんだよね」

「やっぱり……」

「何だ、分かってるのか」

「だって、私にいつも白萩女学館の制服を着せるんだもの。お兄ちゃんのお姉さん、白萩女学館だったから、お姉さんのを見て、セーラー服が好きになったって思うの、当然でしょ」

「まあ、そういうこと」

「ヤキモチ焼きたくなるなあ。そのお姉さんって、セーラー服が似合うすっごい美少女だったんだ。私なんか較べものにならないぐらい……」

「そ、そんなことないよ。それに、ユカリとは全然違ったタイプだし」

姉の亮子は背が高くスリムな肢体を持っている。キリッとした聡明そうな印象の美少女で、全体的には弟の秀人ですら近寄りがたい印象の持ち主だった。

「……というのも、姉貴って何かこう、厳しいんだよな。ミッションスクール時代はシスター達の影響を受けて修道女になるって言いだして、親を仰天させたこともあるんだ」

「へぇー」

「だからセックスのことなんかも嫌いで、たぶん今でも処女じゃないかって気がするんだ。ボーイフレンドとつきあってる気配はまるで無いから」

「ふーん」

ユカリは考えこむような表情になった。

「そんな姉貴だったけど、セーラー服はよく似合ってさ、二つ上だろう？　ちょうどこっちが夢精なんか経験した頃に、高三だったんだよね。その時は女神みたいに見えて眩しかった」

「ほら、私なんかぜんぜん較べものにならない……」

ユカリが口を尖らせた。

「較べるなんて無理だよ。ユカリの魅力と姉貴の魅力は別のものだもの。ユカリは妹にしたら最高みたいな魅力だろ？　姉貴とは全然違う」

「分かった。だけどお姉さんはお兄ちゃんの気持を知ってたの？」

「それがねえ……」

　秀人は豊かな乳房を弄びながら、秀人はこれまで秘密にしていたことを打ち明けた。姉の亮子と自分しか知らなかった秘密を……。


　――少女期の潔癖さとシスターたちに影響された宗教への憧れから、亮子はセックスを〝淫らな、人間を堕落させるもの〟と思いこんで嫌悪感を抱いていた。としても少女の肉体は成熟していったから、彼女の体からは甘い匂いが漂う。精通を覚えた時期の秀人は、牡を狂わせるその悩ましい匂いの虜《とりこ》になった。

　ふつうなら周囲の少女たちに関心が向くものだが、「ネクラ」で「オタク」な自分にコンプレックスを抱いていた秀人は、自分で自分を閉じこめていたから、亮子がただ一人、身近なところにいる若い異性だった。

　といっても、片方はパソコンに夢中の少年だ。亮子でさえ「変わった弟」という目で見る。共通の話題もなく、姉と弟が会話を交わす機会もほとんど無かった。

〝事件〟が起きたのは、もう夏のセーラー服に切り替わっていたのだから、六月頃だったに違いない。高一の秀人が学校から帰ってくると、先に帰宅していた姉は制服を着替えて、塾へ出かけるところだった。

白萩女学館には短大があってエスカレーター式に進学できるのに、頭がよく勉強熱心だった亮子は四年制大学を目指して受験勉強に余念がなかった。

その日は、何か時間を気にしているらしく、あわただしく出かけていった。注意が散漫になっていたので、ふだんはしっかり閉めておく個室のドアも開け放しになっていた。

（あれれ、姉さんらしくないな……）

亮子は潔癖な性格で、自分の部屋は出かける時には鍵をかけて母親も入れさせない。下着も全部自分で洗って乾燥機を使い、人の目に触れないようにしていた。そろそろ牡の匂いを放つようになってきた弟のことを意識していたのかもしれない。

（ふーん、こんなふうになってんのか……）

姉はすでに出かけたという安心感から、秀人は気やすく姉の個室の中を覗いた。その頃の年頃の少女だったらアイドル歌手の写真とか貼ってあったりするものだが、姉の部屋は少女らしい雰囲気を感じさせるものは何もなく、まるで修道女の個室のように簡素だった。

その中でただ一つ、少女らしさを感じさせるものは、彼女が着替えていった夏のセーラー服だった。

ふつうなら洋服ダンスの中に入れておくのだろうが、肌じめりを飛ばそうとしたのか、椅子の背にスカートと一緒に無造作に掛けられていた。

（えーっ……）

秀人はふいに胸の鼓動を自覚した。

開け放たれたドアから匂う、ほのかな芳香。母親は買物に出かけていて、家の中は自分一人。そして姉の体臭と汗を含んだ白いセーラー服……。

秀人はフラフラと亮子の部屋の中に入っていった。おそるおそるセーラー服の上衣をとりあげる。まだ主の温かみが残っているような感じがした。襟のところからは甘い髪の匂いもする。いつの間にか秀人はクンクン鼻を鳴らすようにして、セーラー服の布地に滲みこんだ甘酸っぱい匂いを嗅いでいた。そして腋のところに鼻を押しつけた時、

ズキン！

激しい衝撃を受けた。ツーンと酸っぱいような腋臭が鼻腔を襲ったからだ。

その瞬間に秀人の、ようやく精通を覚えたばかりの性欲器官は激しく膨張を始めた。

クラクラとした。

（ああ、これが姉さんの匂い……！）

秀人は呻いた。姉の制服を抱きしめたままベッドの上にうつ伏せに倒れこんだ。膨らんだ

股間が布団に押しつけられた拍子に、またズキンという衝撃。

「あうっ」

秀人は呻いた。頭がまっ白になった。痛いほど勃起したペニスが、ベッドに倒れこんだ拍子に下着と擦れ、それだけで十六歳の少年は呆気《あっけ》なく射精してしまったのだ。

「あー……」

しばらくバカみたいに唸っていた秀人がようやく我に帰って起き上がろうとした時、

「何をしてるのっ！」

背後から姉の亮子のヒステリックな声が浴びせられた。秀人は固まった。

亮子は塾にゆく途中で忘れ物をしたことに気がつき、急いで引き返してきたのだ。そして自分の部屋に忍びこんで、こともあろうに自分の制服を抱きしめたままトロンとした目をしている弟の姿を見つけてしまったのだ。

「ね、姉さん……。あー……！」

まっ赤になってオロオロしている弟に近寄り、彼の手からセーラー服をとり戻した。

「こっそり部屋に入って、何をいやらしいことしてるの！」

まさか射精したことまで気づかなかったろうが、弟が性的な目的のために部屋にいたことは一目瞭然だった。言い訳も出来ず悄気返る弟を姉は叱りつけた。

「二度と私の部屋に入らないで！　今度こんなことをしたらパパやママに言いつけるから！」

どうしてその時、すぐ両親に言いつけなかったのか、後になって不思議に思うことがある。たぶん亮子自身、それを言いつけることが恥ずかしかったのだろう。聡明な少女だ。弟を誘惑したのは自分の匂いだと気がついていたのだ。

——それ以来、姉と弟の仲は以前にも増して疎遠になった。罪悪感から秀人は姉の目をまともに見ることが出来なくなってしまった。自分の部屋にいても姉の監視の目が光っているようで落ち着かなかった。いつ、あの時のことを両親に告げ口されるかと気が気でなく、一時は好きなパソコンにも手がつかなくなった。

彼女はつくば学園都市にある四年制大学に合格した。学校の寮に入って、初めて秀人はホッと息をつけるようになった。それでも週末に姉が帰ってくると気まずい思いをする。彼女はあのことに関してはひと言も口にしない。だからといって忘れたわけではないだろう。

(姉さんはぼくのことを変態的な男だと思ったに違いない……)

しかも、そのことについてはまったく弁解が出来ないのだ。

「……というわけで、ぼくは姉さんにまったく頭が上がらないんだよ。だけど、夢精以外で射精した最初が、姉さんのセーラー服を抱いた時だったから、それ以来、セーラー服のことが頭からこびりついて離れなくなって……。やっぱり変態なんだろうなあ、ぼくは……」

　それを聞いたユカリは慰めるような顔と口調になった。

「仕方ないわよ。性欲が強い時はそのことしか頭にないんだから……。男の子がセーラー服が好きになるって、みんな似たような動機からじゃないの。好きな女の子のセーラー服姿を見てオナニーしたりしてるうちに、その女の子よりセーラー服の方がこびりついてしまうとか……。女の子は大人になって変わってしまうけど、セーラー服は変わらないんだもの」

　秀人は驚いた。このユカリという少女はなかなか洞察力に富んでいる。感心してしまった。

「まあ、ユカリの言うとおりかもしれないなあ」

「だけど可哀相ね……」

「え、同情してくれるのかい、ぼくに」

　苦笑して問いかえすと、ユカリは頭を振った。

「違うよ、お兄ちゃんじゃなくてお姉さんの方……。二十二歳ぐらいなんでしょう？　それまでセックスの歓びとか楽しみを全然知らないなんて……」

「そりゃそうだけど、女性って男性に教えられるまで、あんまり性欲って湧かないんじゃないの？　姉貴だって一生独身ってわけじゃないだろう。そのうち誰か恋人が出来れば、セックスの歓びだって味わうことが出来るんじゃないか」

「そうは簡単にゆかないわよ。一度、セックスが悪いことだなんて思いこむと、どんな人とセックスしてもダメだっていうよ。あれもクセみたいなもんだから、早いうちに気持いいことを覚えるとどんどん開発されてゆくけど、遅くなると快感を味わう能力が衰えちゃうから、一生不感症になっちゃう。そんなこと、マル鬼さんが言ってたなあ。『だからユカリはおれと出会ってよかった』って……」

（うーん、本当だったら、なんか心配だな）

ユカリの言うことは案外、あたっているかもしれない。亮子がセックスの快楽を唾棄すべきものとして思いこんでしまったとしたら、それを矯正するのは困難なことだろう。

「だけどね、マル鬼さんなら大丈夫かもしれない。『おれはどんな感じない女でも、感じるように調教できる』って自慢していたもの」

まあ、あれだけの女遍歴を誇り、手持ちのマゾペットの調教記録などを〝夢遊ネット〟で見せつけられていると、彼なら不感症の女を感じさせることも可能かもしれないと思う。

ふと、女性の性的欲望のことで思いついて聞いてみた。

「女の子でも、男のセーラー服マニアみたいに何かに執着するってこと、ある？」

ユカリはちょっと首をひねった。

「セックスを連想させる服とか下着に執着するような、そういうのはないわね。女の子は、部分というより全体に執着するの。つまりアイドルの男の子が好きになると、その子の人格が好きなわけで、下着とか服とか一部分がどうのこうのという感情はないのよ」

「じゃ、ユカリは少女時代、セックスに関連して執着してたものって無かったの」

「あったわ」

「え、どんなものに？」

「それはね……、うふっ、お兄ちゃん。つまり、年上の男の兄弟。それが欲しかったなあ」

ユカリの家は母親と彼女の二人きりで、しかも母親は夜の商売だった。一人で留守番をしていることが多い彼女は、いつも孤独だった。だから遊び相手になってくれる異性の兄弟を欲したのかもしれない。実際、自分に兄がいていつかは出会う――という空想を楽しんでいた。

「その夢がようやく叶《かな》ったの。ヒデ兄ちゃんは、ユカリが思い浮かべてたお兄ちゃんにそっくりなんだもの！」

4

（今日で、もう十回目になるか……）

夜九時少し前、いつもどおりJR御徒町で降り、ガード沿いに外神田へ向かって歩きながら、秀人は指を折って勘定してみた。

〝ミラーズハウス〟の特別観賞室に通いだすようになって二か月が過ぎていた。ほぼ週に一回というペースだった。十回もユカリとプレイを楽しんでいたが、少しも飽きるということがない。毎晩、彼女から貰った、愛液と膣分泌物の滲みこんだパンティに顔を伏せ、その匂いを嗅ぎつつオナニーに耽りながら、ユカリとのさまざまなことを思いだすのが日課になっていた。

（さて、今夜も鞭打ちプレイを楽しむぞ……）

ユカリを前から後ろから鞭打つ快楽。それは秀人が最も好むプレイになった。

（不思議なもんだな……。ユカリに教えられるまで、おれは鞭打ちなんて残酷なことは出来ないと思っていたのに……）

洗濯バサミ、鞭、蠟燭……。巨大な張形やバイブレーターによる膣や肛門の拡張責め……。ユカリは自分の体を実験台にさせて、いろんなプレイを許してくれた。

（うーん、早く会いたい……）

第二桜木コーポに近づくにつれ、股間はますます膨張してくる。しかし、三〇三号室の前に来た秀人は呆然《ぼうぜん》としてしまった。

「あれっ？　どうしたんだ……⁉」

〝竹本重信〟と書かれた表札は消え、ドアは固く閉ざされて、チャイムを鳴らしてもまったく反応がない。室内はまっ暗で耳を押し当てても人の気配はない。郵便受けに押しこまれているチラシの類から推測すると、この前ここでプレイをした直後に閉ざされたようだ。

隣人に消息を聞こうにも、この階の他の三部屋は事務所に使っていて夜間は無人なのだ。

秀人は動転した。ともかく〝ミラーズハウス〟へ行き、あの老人から事情を聞こうと思った。雑居ビルの階段はまっ暗だった。街灯の明かりを頼りに降りてゆくと、〝ミラーズハウス〟のドアは固く閉ざされていた。アクリルの看板が剝《は》ぎとられている。一週間前はあったのに。

（そんなバカな……）

ドアの隙間に目を押しつけ、覗きこんでみた。まっ暗だ。裏口に回ってみた。やはり鍵がかかっている。店が何かの都合で閉鎖されたのは明らかだった。

念のために携帯から〝ミラーズハウス〟に電話をかけてみた。「この電話はただいま使われておりません……」という女性のアナウンスが聞こえてきた。秀人は目の前がまっ暗になり、足元の大地が崩れたような気がした。

（じゃ、ユカリは？　ユカリはどこに行ったんだ……？）

まさかこんなことがあるとは思わなかったから、ユカリの携帯番号などは聞いていなかった。聞き出しておくべきだった。いや、一度尋ねたことがあるのだが「何かあったら、お店の方に電話してジューシンさんに伝言してくれればいいから」と、はぐらかされた。急に店を閉鎖したというのは当局の手入れがあったのかもしれない。だとしたらユカリも検挙されたろうか。膝がガクガク震えた。秀人には、どうしていいか分からないのだ。

（そうだ。マル鬼……！）

マル鬼の存在を思い出し、闇夜に光明を見たような気がした。

ユカリの話では、〝ミラーズハウス〟はマル鬼の援助で開店した。ユカリもマル鬼に誘われる形で勤めるようになった。特別観賞室のアイデアもマル鬼のものだ。だとしたら閉店の経緯もマル鬼が知っているに違いない。ユカリの行方も……。

（こうなりゃ彼に頼るしかないな。少し気恥ずかしいけど……）

どういうものか、マル鬼の方から何も言ってこないのをいいことに、秀人も彼に連絡をとろうとしなかった。ユカリを調教し尽したマル鬼に対して、嫉妬というかライバル意識を感じていたせいかもしれない。

とにかく家に帰った秀人は、すぐにパソコンに向かい、マル鬼にメールを送った。

《マル鬼さん。

ヒデです。ごぶさたして申し訳ありません。

実は、前に教えていただいた〃ミラーズハウス〃について、教えていただきたいのです。

というのは、今日、あの店を訪ねたら閉鎖されていたのです。一週間前に訪ねた時は、竹本さんというオーナーもユカリちゃんも、閉鎖するようなことはひと言も言いませんでした。

ひょっとして、マル鬼さんの方に連絡は入っていないでしょうか？

あのユカリちゃんという女の子にちょっと頼まれたことがあって、彼女に連絡をとりたいのですがマル鬼さんは連絡先をご存じでしょうか？

もしご存じでしたら、教えていただけませんか？　お願いします。

ヒデより》

やがて返事がきた。

《おやおやヒデくん。

ずいぶん久しぶりだね。忙しかったのかな？

〃ミラーズハウス〃は、ずっと利用していたみたいだね。ぼくは最近はご無沙汰してたけど。

実は、「噂を聞きつけて警察が内偵している」という情報が入ったんだ。それでオーナーの竹本氏は震えあがって、先週の日曜日に閉鎖してしまったんだよ。彼からは四、五日前に連絡があった。当分はおとなしくしているそうだ。

問題はユカリだね。ヒデくんはずいぶん彼女が気に入ったらしいな。残念なことに、彼女の消息はぼくも摑めない。というのは、ぼくが知っている電話番号は彼女の以前のアパートのもので、そこはもう引き払っているからだ。まあ、あの子のことだからほとぼりが冷めたら、ぼくや竹本さんに連絡してくるんじゃないかな。その時は彼女にヒデくんが心配していたと教えておくし、連絡があったことはキミに伝えるよ。

こっちからの連絡のしようがないので、他に手の打ちようがないんだ。

ところで、もしヒデくんが、いい子のいる他の店を探したいのなら、いくらでも相談にのりますよ。といっても〝ミラーズハウス〟のようなのはなかなかないけどね。その気があったら、また連絡して下さい。

マル鬼》

「そうなのかあ、クソ……！」

秀人は頭をボコボコ殴って、ユカリと直接連絡をとれるようにしておかなかった自分の愚かさを罵倒した。自分の本名や住所、電話番号なども教えておけばよかったのだ。

脳裏に、彼女の顔、肉体、声、匂いが浮かびあがる。その時、自分がどんなに彼女のすべてを愛していたか、秀人は初めて自覚した。

（ユカリ……！　会いたい……！）

こっそり隠しておいたユカリのパンティをみんな取り出してベッドの上に広げた。この二か月の間に貰ったパンティやTバックショーツは十五枚。みな、たっぷり愛液と体臭を吸った布きればかりだ。秀人はその上に倒れこみ、一枚一枚の匂いを嗅ぎ、ゴロゴロ転げ回った……。

――ユカリの消息は途絶えたままだった。

最初のうちは、秀人も、

（あれだけ慕ってくれたんだ。絶対にマル鬼経由で連絡してくるはずだ……）

そんな希望を持っていたのだが、一週間が過ぎ二週間が過ぎても何の音沙汰もない。

他の用件を装ってマル鬼にメールを入れてみたが、「それはそうと、ユカリからは何も言ってこないよ」という返事が返ってきた。マル鬼は、ユカリからの連絡を待ちわびる秀人の胸中を見透かしているに違いない。

（結局、慕われていたと思っていたのは、あれは錯覚だったのか……）

一か月過ぎた頃、秀人はようやくそれを認める気になった。

（バカだよなあ。その気になれば一か月で百万円以上稼げる魅力的な娘が、オレみたいなただの学生に執着するわけがないじゃないか。あの科白はみんな営業用だったんだ……）

だからといってユカリを責めても仕方がない。風俗営業の女性の言葉をいちいち信じていた初な自分が悪い。それでも未練たらしく、藁《わら》をも摑むような気持で手がかりを追ってみた。

ユカリの話では、竹本老人は港区にある老舗の和菓子屋の経営者だったという。そんな会社はそう多くはないはずだ。秀人は信用調査機関のデータバンクで探してみることにした。老人の居場所が分かれば、ユカリと連絡がとれるかもしれない。

こういう民間のデータバンクは誰でも利用できるというわけではない。たいていは会員制をとっていて、入会金は数十万円、月会費は数万円、一件の情報を検索するのにも数千円と、高額の使用料を払わねばならない。加入しているのはもっぱら法人である。しかし、コンピューターネットワークに自由に出入りすることを標榜《ひょうぼう》しているハッカーは、こんなデータバンクに入りこむぐらいは朝メシ前である。

こういったネットワークに侵入する方法は、ハッカーたちのネットワークを通じて日常的にやりとりされている。秀人はそういう情報網を通して常に情報を交換しあって、以前にも面白半分にこのデータバンクに侵入したことがある。この時のパスワードはすでに交換されているが、最新情報をもとにパスワードを探りあて、今度もいともやすやすと侵入してしまった。

〝港区にある和菓子の製造販売業。名のとおった老舗。全国的にチェーン店を展開中。以前の経営者の名は竹本重信。現在は女婿が社長〟

これだけのデータがあれば、簡単に調べはつくはずだった。なにしろこのデータバンクには百万件を超える企業情報が蓄積されているのだから。

予想は完全に外れた。どんなキーワードを入れても、データバンクのホストコンピュータは冷ややかな答えを表示した。

《該当する企業はありません》

「そんなバカな……」

港区を首都圏にまで広げ、和菓子を食品製造業まで広げてみた。それでも何もひっかかってこない。最後には、過去十年間に遡《さかのぼ》って全法人組織の役員名から〝竹本重信〟という名を検索してみた。

《該当する人名は見つかりません》

その表示を見て、秀人は頭を抱えてしまった。ユカリの話のどこかが違っているのだ。あるいは全くの嘘だったか。

（しかし、嘘をついているようには見えなかったけれどな……）

結局、有益な情報は一つも摑めなかった。これで独力でユカリを探す手がかりはゼロになってしまった。

そのうちにＳＭの毒による禁断症状が出てきた。

ユカリが姿を消したショックが薄れてくると、

(誰か別の女でいいから、もう一度、責めて楽しみたい……)

そういう衝動が堪え難いまでに強まってきたのだ。

まさに一度味わったらやめられない快楽が、SMプレイには潜んでいる。苦悶する女体、苦痛と屈辱に耐え、咽び泣き、呻き、哀願しながらうち顫える女体。汗と愛液と尿の匂い……。そのすべてを秀人は渇望した。

首都圏や大都市なら、SM趣味の男性を相手にするクラブが幾つもあって、そこを訪ねれば欲望は簡単に遂げられる。中には、本当に可愛い娘たちを揃えてSMプレイの相手をさせるクラブもあるという。

(よし、マル鬼に相談してみよう……。ちょっと恥ずかしいが)

とうとう決心した。こういうことは彼に電子メールで訊くのが一番だ。

《マル鬼さん。ヒデです。

SMクラブというところに行って、プレイしてみたいのですが、沢山あるのでどれを選んでいいか分かりません。ぼくのような初心者が行っても安心してプレイが出来る、そんな店を知っていたら教えてくれませんか？

ヒデ》

彼の返信には予想外のことが書きこんであった。

《初心者だって、ヒデくん？

ユカリは相当にMっ気のある子だったから、彼女を相手にひと通りのことを楽しんだのじゃないの？　だったらもうSMプレイに関しては初心者じゃないと思うけどね……。

まあ、それはともかくとして、SMクラブを教えてくれというキミのメールを受けとって、ぼくはちょっと考えこんでしまったんだ。

そりゃあ、既存のSMクラブを紹介するのは簡単だよ。可愛い子がいる店だって知ってる。だけどね、ほとんどは金を唸るほど持ってるオジン向けだから、うっかりのめりこんでしまうとエライことになるんだ。本当に楽しむなら一回、七、八万円は覚悟しないといけないからね。〝ミラーズハウス〟みたいにはゆかないんだ。それだけに若い人には紹介しにくいんだよ。

そのかわりといってはナンだけど、実は今、ぼくが考えているプロジェクトがあるんだ。そのプロジェクトにはキミみたいな人の協力が必要なので「誰に頼もうか」と思ってたところなんだ。ちょうどいいタイミングでキミの相談があったのは、何かの縁かもしれない。

ぜひ、このプロジェクトに協力してくれないか？　そうすれば金を払ってSMプレイするなんていう楽しみ方ではなく、一銭も払わずに女を責める楽しみを堪能できるんだ。

メールでは詳しいことは書けないので、ぜひオフラインで話したい。キミがそれでよければ都合のよい日時を教えて下さい。

もし顔とか素姓を知られることで躊躇いがあるのなら、心配する必要はない。ぼくは秘密を守ることでは絶大な信用がある。でなければ、この〝夢遊ネット〟の運営だって出来ないからね。それでも不安だというなら無理をして誘わないけれど、どう考えてもキミにうってつけの趣味と実益を満たす〝仕事〟だと思うので……。とにかくレスを待ってます。

マル鬼》

秀人はしばらくポカンとしてメールの文章を眺めていた。

（プロジェクト？　一銭も払わずに女を責められる……？　何なんだよ、これは……？）

それに、どうして自分のような人間に協力者としての白羽の矢を立てるのだろうか。一度も実際に会ったことがないのに……。

しかし、提案それ自体は魅力的なものがあった。

ユカリと楽しむのに一回で四万円かかっていた。それぐらいなら秀人もなんとか出来るが、七、八万円となると辛い。そういった楽しみを無料で味わえるというのだ。

（まあ、どんな話なのか聞いてみるだけでも損はない……。それに、マル鬼がどんな男か、この目で見られるわけだし……）

好奇心もあって、秀人は了承する旨の返事を書いた。

《マル鬼さん。

ぼくのような者に、どんなお手伝いが出来るかわかりませんが、出来ることだったら協力したいと思います。週末なら暇ですので、場所と時間を指定して下さい。　ヒデ》

結局、その週の土曜日の午後、新宿のシティホテル〝メトロポリス・センチュリー〟のコーヒーラウンジで会うことになった。マル鬼はこう指定してきた。

《お互い、目じるしとしてサングラスをかけることにしよう。たぶん、ぼくの方が先にキミを見つけられると思うが……。まあ、少し禿げかかったパッとしないおじさんが黒メガネをかけていたら、それがぼくです》

当日、指定された時刻に秀人はコーヒーラウンジに行った。メトロポリス・センチュリーは最高級のホテルだ。ジーンズではまずかろうと思い、着なれないワイシャツにネクタイ、ブレザーという恰好。ソワソワして落ち着かない。間もなく、サングラスをかけた男が現われた。

（えっ、あの人かな？）

最初は違うと思った。女連れだったからだ。しかし男の方は秀人を見つけると軽く頷き、女を促してツカと彼のテーブルに近づいてきた。

「やあ、ヒデくん。待たせたね。ぼくがマル鬼だよ」

「あ、マル鬼さんですか……？」

秀人は半信半疑だった。目の前にいるのは、確かにあまりパッとしない印象の、四十前後の中年男だったからだ。中肉中背、腹部に贅肉がつきはじめている。顔は全体的に丸く、額は禿げあがって白くなりはじめた髪がずうっと後退している。口にはチョビ髭。サングラスをかけていても颯爽《さっそう》とした男前とはほど遠い。

服装はバリッとしている。スーツは派手な柄で、全体的に堅気の雰囲気ではなく、遊び人風といった印象だ。ただ、こうやって近くに来ると圧倒されるような奇妙なパワーが感じられる。確かに、全身に男ざかりの精力が漲《みなぎ》っている。

(こんな男が、どうして女たちを次から次へとモノに出来るんだ……?)

不思議だった。マル鬼は向かいあって座ると、まだ立っている若い女を紹介した。

「こいつはね、ぼくの新しいペットで絵利香というんだ。わざわざ来てもらったキミへの手みやげがわりに連れてきたんだ」

啞然としている秀人に向かって、絵利香という娘は微笑を浮かべてうやうやしく挨拶した。

「初めまして、絵利香です。どうぞよろしく」

彼女はマル鬼の隣に座った。

「はあ、ヒデです……」

頭を下げながら、秀人はボーッとしてしまった。例の〝女性恐怖症〟に襲われたのだ。

マル鬼が常時、二、三人の女を調教し、愛奴として飼育していることは、〝夢遊ネット〟のボードで知ってはいる。その一人だとしたら、彼女もマゾヒストに違いないのだが、

（とても、そうは見えない）

楚々《そそ》とした感じの若い娘である。年齢は二十二、三か。姉の亮子と同じぐらいの感覚だ。しかも美人である。目もとは涼やかで鼻すじが通り、日本的な感じの、いかにも良家のお嬢さんといった感じだ。しかも成熟した女の魅力をたたえたスラリとした肉体を、クチュール感覚の黒いドレッシーなスーツに包んでいる。スチュワーデスとか秘書、あるいはコンパニオン……といった印象も強い。

どうしてこんな知的で聡明そうな女性が、目の前の、脂ぎった感じで幾分野卑なところもある中年男の愛奴として〝飼育〟されているのだろうか。そして手みやげとはどういう意味か。マル鬼が身を乗り出すようにして、太いがずっしり重みのある声で話しかけてきた。

「さっそくだがね、キミは、〝夢遊ネット〟に裏コミュニティがあるのを知ってるかい？」

意外な質問をぶつけられて秀人はちょっと驚いた。

「え、やっぱりあるんですか!?　話には聞いていたんですが……」

かねてから「〝夢遊ネット〟にはすごい裏コミュニティがあるらしい」と、パソコン通信マニアの間では噂されていたが、ハッカーが侵入に成功したという話を聞かない。いや、存

在するのかしないのか、その真偽さえもさだかではなかったのだ。

「キミを信用して打ち明けるのだがね……」

薄い唇の端をちょっと歪めるようにした笑いを浮かべながら、マル鬼は誇らし気だ。気安い口調になり、自分のことも〝ぼく〟から〝おれ〟になった。

「裏コミュニティは〝VIPサロン〟というんだが、会員は五十名ちょっといる。全員、おれが審査して誘ったんだ。地位も金もあり信用もある紳士たちばかりだよ。もちろん熱烈なサディストだ。おれは彼らにSM情報を提供し、会員同士は飼育奴隷の交換みたいなものをやっている。不要になった愛奴のオークションも、コミュの中で時々やってるよ。だけど、会員に共通した悩みは専用奴隷やペットが手に入りにくいということなんだ。おれみたいに常時三人や四人を飼っているというのは少ない。金だけ出せばいいってもんじゃない。セックス奴隷に適当な女を見つけ、調教するには、それなりのノウハウがあるからね……。そこでおれは、連中に呼びかけたんだ。『好みの女を選べて安全に遊べる最高級のSMクラブを作ろうじゃないか』ってね」

またまた秀人は驚かされた。

「最高級のSMクラブ……ですか？」

「そうさ。既存のSMクラブはとても良質のM女を提供できないからね。まあ、これまでにも会員を厳選したクラブというのはあったが、秘密は守られにくいし、高い金に見合ったサービスを提供できず、みな潰れてしまった。おれの考えているのはネットを使った秘密クラブだ。もちろん設立の暁には〝夢遊ネット〟から切り離す。ロリコンタイプから熟女タイプまで、常時、何人、いや何十人という真性マゾ女を用意しておくんだ。そのデータを登録しておく。会員はそれを見て、好みの女が見つかったら注文を出す。指定された時間に指定された場所へ女たちが配達される……。もちろん会員たちも女たちも定期的に厳重な医学的チェックを受ける。だからエイズや危険な性病に感染する危険はない。その分会費は高いが、メンバーは皆、金持ちばかりだから問題はない。現に設立資金として一人一口二百万円の基金を募っているが、全員がすんなりＯＫしたよ。中には一人で五口、十口というのもいる」

熱っぽい口調で計画を打ち明けるマル鬼。秀人は仰天した。五十人の会員が一人二百万円ずつ出しあったら一億円だ。この男は裏コミュニティを使って一億円もの資金を集めようとしている。

「凄いプロジェクトですね……。でも、どこにぼくの出る幕があるんですか？　ぼくはただの学生だし、地位も金もありません」

「いや、ぼくがキミに求めているのはそういうことじゃない。これだよ」

人差し指で自分の頭を指してみせた。

「つまり、ハッカーとしての能力だ。ハッカー仲間の間ではキミの評判はきわめて高い。特にプログラムの弱点を見破る技術にかけては日本でも十指に入るそうだね」

「そんな……それはオーバーですよ」

「今考えているSMクラブの名は〝ゴールデン・ダンジョン〟——黄金の地下牢という意味だが、その会員専用SNSにハッカーが入れないようにしてほしい。これをキミに頼みたいんだ。泥棒が入れないようにするには、泥棒に頼むのが一番だからね」

「はあ、なるほど……」

マル鬼はバカではない。システム・セキュリティの重要さに気がついている。

コンピュータ・ネットワークをハッカーの侵入から守るのは難しい。セキュリティ強度は使い易《やす》さと反比例する。あまり厳重にすれば正規のユーザーがアクセスできなくなる。適当なところで折り合いをつけるのだが、その部分がまさにハッカーの狙い目なのだ。今のコンピュータ業界が一番頭を痛めているのが、このセキュリティの問題だ。

「で、第二には、入会希望の人物についてあらゆるデータベースから情報を集めてほしい」

「ははあ」

秘密クラブはうっかりした人物を入会させられない。そのためにもあちこちから個人情報を集められるハッカーは重宝な存在だろう。

「最後に、これが一番重大なんだが、ぼくの考えている調教システムをコンピュータ化して欲しいんだ」

「調教システムのコンピュータ化？」

秀人はびっくりした。マル鬼はニタリと笑った。

「そうさ。おれは長いことかかって、どんな女でもマゾヒストに調教できるノウハウを開発したんだ。こいつを自動化したいんだよ。コンピュータ制御した機器を使ってね。そのためにキミの智恵を借りたい」

「そう言われても……見当がつきません」

「まあ、そうだろうな。そのノウハウはゆっくり教えてあげるけれど、とにかく調教ってやつは手間がかかる。つきっきりで一週間はかかるからね。こいつもそうだったけれど」

また絵利香をこづいた。ファッションモデルも羨《うらや》むような美貌と肢体の持ち主はほんのり頬を染めて俯《うつむ》いた。マル鬼に扱われても嫌がっているふうはない。

「これから——といっても一週間ぐらい後になるけど、一人の女を調教するんだが、その時の助手をつとめてくれないかね。おれも〝夢遊ネット〟の方の面倒はみなきゃいけないし〝ゴールデン・ダンジョン〟の準備もあってやたらに忙しい。そこで、おれがいない時の調教を代行して欲しいんだ。なあに、やり方は教える。一人をそうやって調教してみたら、どこをどうやって自動化したらいいか、頭のいいキミなら考えだせるだろう。そうやって一種の工場を作るのがおれの夢なんだよ。愛奴製造工場……どうだ、すごいと思わないか」

ガハハとマル鬼は笑った。

（こいつ、狂ってるんじゃないか。誇大妄想狂とか虚言癖とか……）

秀人は思わずマジマジとマル鬼を見つめてしまった。

しかし、マル鬼とのこれまでの付き合いを考えると、狂人とは思えない。

どうやら〝夢遊ネット〟全体のオーナーはマル鬼本人のようだ。彼は〝夢遊ネット〟で、自分の目的に必要な人物を探していたのだ。だとしたらすべては冷静で綿密なプランに基づいて実行されているということだ。秀人は額に汗が滲むのを覚えた。

（ここまで秘密をおれに打ち明けたということは……？）

マル鬼の計画は底が深い。

彼はハッカー仲間内での秀人の評判を口にした。つまり秀人のことを調べたわけだ。車載ROMの件で謝礼を受けたとき、銀行の口座と名義を教えている。あの時は軽い気持だったが、その時にすでに本名も住所もバレていると考えた方がいい。〝ミラーズハウス〟を紹介したのも彼だから、ユカリに聞けば、彼の性癖――責めの好みやセーラー服やパンティに対する特異な嗜癖も露顕しているはずだ。

（だとしたらユカリも、彼が仕掛けた罠だったのか……）

そこまで思い至ると秀人はギョッとした。あれだけ安い料金で魅力的な娘が性的サービスを提供する——そんな風俗営業の店が存在すること自体、おかしい。

（なぜ、〝ミラーズハウス〟はいつ行っても人の気配がしなかったのか、なぜユカリがおれに対して特別に便宜をはかってくれたのか、なぜ突然に姿を消したのか……）

どうやらマル鬼は、秀人の疑惑を透視したようだ。紫煙をふかしながら薄笑いを浮かべた。

「ユカリのことを考えていたね、ヒデくん……？」

図星をさされたので、口に出さなくても答えが表情に出た。

「そのとおりだよ。あの〝ミラーズハウス〟はね、〝夢遊ネット〟で『これ』と思った人間を行かせて審査するための試験場だったのさ。肉体的にはキミは合格だよ。ひと晩に四回は軽くセックスできる精力の持ち主だからね。もちろん精神的にもだ。キミは女の子が悶え苦しむのを見てこの上なく昂奮する、正真正銘のサディストだ」

秀人は赤くなった。思ったとおり彼の行状は筒抜けだったのだ。怒りがこみ上げてきた。マル鬼はユカリの行方を知っている。今までそ知らぬ顔をしていたに違いない。

「ユカリはあなたのスパイだったんですか」

怒気をこめて訊くと、ニンマリ笑ってたしなめる口調で答えた。

「スパイというのはおだやかじゃないな。資格審査員を兼ねた情報収集協力者とでもいおうか」

秀人は、あることを思いだして頭を殴られたようなショックを覚えた。

(ぼくはユカリに何もかも打ちあけた。姉さんとのことまで……)

自分がマル鬼のはりめぐらした蜘蛛の糸にひっかかった蝶か何かの気がした。

マル鬼は脅迫するような言葉は口にしていないが、秀人が言うことを聞かないと分かったらどんな報復手段をとるか知れたものではない。今は甘い餌をバラまいて彼を釣りあげることに全力を傾けているが。

「どうだね。一つ協力してくれないか。もちろんキミが提供してくれた才能と努力には、それなりの見返りを用意するよ」

「それなり、とは?」

「ユカリではどうかね? あいつはいま南の島に遊びに行ってるけど、帰ってきたら早速キミの所に行かせよう。彼女については、もう料金を払う必要はない。好きな時に好きなだけプレイを楽しんでいいようにする。ユカリもキミを憎からず思っているようだし……」

その言葉で秀人は決断した。

「どうもキンタマを握られたみたいですね……。分かりました。お手伝いしましょう。でも、ぼくは学生の身ですからね、法律違反や犯罪に関係してるのがバレると困るんです」

マル鬼はニヤッと笑った。会心の笑みというやつだ。

「分かっているよ。キミの存在は表面に出さないようにするから。……やれやれ、ともかくこれで〝ゴールデン・ダンジョン〟計画はずいぶん進むことになる。何しろ、有能な人材を見つけるのが先決だからね、こういうサービス業ってやつは……」

マル鬼はポケットから鍵をとり出してみせた。このホテルのルームキーだ。

「じゃ、ちょっとパートナーシップ締結のお祝いをしないかね？　部屋をとってある。シャンパンで乾杯をしようじゃないか。絵利香も一緒に……」

「はあ……」

とてつもなく美しい娘を見ながら、ふいに秀人は激しく勃起した。柔らかい肉を苛《さいな》みたいという欲望が沸騰した。

二人の男と一人の女は、二十八階にあるツインルームに入った。一泊十万円はする上等な部屋だ。既にテーブルの上にクーラーでよく冷やされたシャンパンとグラスが用意されていた。マル鬼は秀人が申し出を受け入れると信じて疑わなかったようだ。

まだ外は明るいのに、マル鬼は絵利香に命じて窓のカーテンを引かせた。そうやって室内を暗くすると妖しい雰囲気が立ちこめる。

「さあ、奉仕開始だ。奴隷のユニフォームになってヒデくんにご挨拶しろ」

「かしこまりました」

背中までかかるワンレングスの黒髪も艶やかな美女は、高価そうなスーツをあっさり脱ぎ捨てた。

(あー……!)

下着姿になった絵利香を見て、秀人は目を丸くした。

上から下まで黒いランジェリーで統一している。それもレースをたっぷり使った、繊細でセクシィなデザインのランジェリーだ。

形よい椀型の乳房を包むのはワイヤー入りのハーフカップブラ。カップの大部分はレースになっているから、黒い網目から薔薇色の乳首が透けて見える。下もそれとペアのデザインの黒いTバックショーツ。これも前の部分がレースだから悩ましい丘の秘毛のデルタ地帯がそっくり透けている。

ウエストにはガーターベルトがぴっちり締めつけられていて、四本のサスペンダーが黒いナイロンストッキングを吊っている。そして見事な脚線の仕上げをしている優美なデザインの、黒エナメルのハイヒール。

背はすんなり高く、全体としてほっそりしているが、乳房とヒップは充分なだけ女の魅力を湛えて膨らんでいる。このままミス・コンテストに出せば入賞は間違いない。

「ヒデさま。絵利香が奴隷としてご奉仕いたします。何でもお申しつけ下さいませ」

見事なプロポーションを黒い下着に包んだ美女はカーペットの上に跪いてうやうやしく服従の言葉を口にした。秀人はもう喉がカラカラで言葉も返せない。ユカリほど白い肌ではないが、キメは細かくて見るからに滑らかだ。全身からは男の理性を奪うあの甘やかな体臭が、高価な香水の芳香とミックスして立ちのぼっている。

「どうだい、ヒデくん。なかなかいい体をしているだろう？　まあ、ユカリのようにムチムチプリンじゃないし、年齢もセーラー服というわけにはゆかないが」

秀人の昂りを見て見ぬフリをしながら、また愉快そうにガハハと笑うマル鬼だった。

絵利香が二人のシャンパングラスに泡立つ淡黄色の液体を注いだ。銘柄はドム・ペリニオンだ。絵利香の悩ましいランジェリー姿に魅せられて、マル鬼とグラスを合わせてから呑み干した発泡酒の味など分かりはしない。ただカラカラに渇いた喉には心地よかった。

「おい、絵利香。ヒデくんが退屈しないようにご奉仕するんだぞ。少しでも手を抜くとそのケツが血だらけになるまでムチで打ってやるからな」

マル鬼はそう言い捨ててバスルームに入っていった。絵利香が肘掛け椅子に座っているヒデの傍に膝をついたままの姿勢でにじり寄ってきた。

「では、お口でご奉仕させていただきます」

秀人のズボンのベルトに手をかけてきた。狼狽して彼女の手を押さえる。

「わ、そ、そんな……。こんな所で。やめてよ」

「ご主人さまの言いつけに従わないと気絶するまでムチ打ちなんです。お願いです」

そう言われると怯《ひる》んでしまう。美しい娘はサッサとベルトを外し、ジッパーを下ろして、ズボンの前をあけた。ブリーフの前あきから手をさし延べて勃起している分身を握りしめた。

「あら、コチコチ。嬉しい」

喜悦する表情を見せて取りだし、顔を埋めてきた。

「あっ、シャワーぐらい使ってから……」

「いいんです。この匂いが好きなの……」

うっとりした表情で包皮をしごき、亀頭を露呈させてからルージュを塗りこめた形よい唇で咥えこんだ。

「うー……っ」

〝ミラーズハウス〟を初めて訪れた時、ユカリにされたのと同じ体勢だ。同じ快美感覚が彼の背筋を走り、理性が痺れた。しかし、ユカリの口舌奉仕で馴れていたから、巧みに舌を使われても最初の時のようにすぐ限界に達してしまうわけではない。絵利香の髪や頬や首筋を撫でたり、腰をグイと突きだして喉の方まで突きたててやったり、楽しむ余裕がある。

そうやって陶然とした気分を味わっていると、バスルームからマル鬼が出てきた。

「どう？　絵利香の奉仕の具合は？」

「ええ。大変けっこうと言うか……満足です」

「まだ教育が足りないんだけどね。おしゃぶりはユカリの域に達していない」

そう言ってソファに腰をおろし、秀人を促した。

「まずシャワーを浴びたらどう？　絵利香を相手に本格的に楽しみなさいよ……」

「はあ、そうします」

秀人のペニスから名残り惜しそうに口を離した美女は、這ったままマル鬼の股間へ移動した。秀人はバスルームに行き、裸になってシャワーを浴びた。絵利香におしゃぶりされた器官をていねいに洗う。期待で胸がドキドキいう。と同時に、

（マル鬼も一緒に絵利香を楽しむのかな。三Pというのは初めてだし……）

セックスのベテランの前でプレイするというのは、やはり怖じ気づく。しかし絵利香の悩殺的な肉体を思い浮かべると、分身はガチガチに張り切ってしまうのだ。

覚悟を決めてバスタオルを腰に巻いて戻ると、マル鬼の姿は消えていた。

さらに驚いたことに、ツインベッドの一つに絵利香が大の字に仰臥していた。四肢はそれ

ぞれ、縄でベッドの足にくくりつけられている。口には黒い布で猿ぐつわを嚙まされて。

ブラジャーの谷間のところに折り畳まれた紙片が挟みこまれていた。広げてみると、マル鬼の書いた、案外几帳面な文字が飛びこんできた。

《ヒデくん。忙しいのでぼくはこれで失礼する。

絵利香は好きに可愛がってやってくれたまえ。Aも調教ずみだよ。病気を持っていないからスキンは必要ない。鞭とかバイブなど必要なもの一式はベッドの傍の紙袋の中に入っているからね。朝まで楽しんでもかまわない。支払いはぼくの所に請求がくることになっている。キミはキーを返すだけでOK。ルームサービスで好きなものを注文したまえ。これは〝ゴールデン・ダンジョン〟の相棒に払う、まあ、契約手付け金だね。では……》

最後にMARQUISとサインがしてあった。フランス語で侯爵という意味だ。

(うーむ……。口惜しいが脱帽だ)

マル鬼の粋《いき》なやり方に秀人は感嘆した。同時に、彼の目を意識せず自分の好きなように絵利香を弄ぶことが出来ると思い、目のくらむような欲情も覚えた。

「じゃあ、マル鬼さんのせっかくのご好意だから、たっぷり弄らせてもらおうか……」

秀人は腰のバスタオルを捨てた。怒張しきった男根はすでに先端がヌラヌラになっている。仰角を保っている逞しい若牡の欲望器官を見つめる絵利香の目に陶然とした色が浮かんだ。

（うむ。この娘、本当にマゾ奴隷に調教されきっている……）

秀人は確信した。標本の蝶のように四肢を展開させられてベッドに括りつけられているのだ。猿ぐつわも噛まされて抵抗する術《すべ》もない。それなのに彼女のTバックショーツの股間は、愛液がシミを広げている。彼がシャワーを浴びている間、縛られてジッと待ちながら一人で昂奮していたのだ。それはユカリも同じだった。

芳《かんば》しい発情した牝の匂いをふかぶかと嗅ぎ、秀人はますます昂った。


——数時間後、秀人と一緒にホテルを出た絵利香は、地下鉄の駅のところで別れ際に恥ずかしそうに囁いた。

「ノーパンだとスウスウして、なんかヘン……」

彼女が穿いてきた黒いTバックと、用意してきた二枚のパンティは、それぞれ愛液と尿でたっぷり汚されて、秀人のポケットの中にある。

「ありがとう。ずいぶん楽しませて貰ったよ」

「いいえ、こちらこそ。ぜひまた、責めていただきたいわ。もちろんご主人さまの許可をいただいてからのことだけど……」

溶けるような微笑を浮かべ、魅力的な肢体と高貴ともいえる美貌を持った娘は、プリプリとヒップを揺するようにして歩み去った。その臀丘にはまだ網目状に鞭跡が残っているはずで、たぶん彼女はそれをマル鬼に見せるだろう。

四時間のうちに彼女は膣と肛門にそれぞれ二回ずつ秀人の精液を受けた。セーラー服を着せられなかったのが少しもの足りないが、いずれにしろ絵利香は成熟した女性の雰囲気が強い。セーラー服を着せても似合わなかっただろう。

（だけど、とうとうマル鬼の正体は聞き出せなかった……）

それが残念だった。鞭、洗濯バサミ、バイブ、素手や柄つきの靴ベラ、ヘアブラシによるスパンキング……さまざまに責めてみたけれど、マル鬼のことはほとんどしゃべらなかった。

「お許し下さい。私は何も知らないのです……」

苦痛と屈辱に耐えきれず涙を流し、汗まみれの裸身を悶えさせながらも、絵利香はそれ以上のことを吐かなかった。自分のことについて聞かれても、

「二十三歳。大手町の外資系証券会社に勤めるOLです。マル鬼さんとは六本木のディスコで遊んだ帰りに寄ったカフェバーで声をかけられ、それがきっかけで交際し愛奴調教を受けるようになりました」

そんなことしか言わなかった。

（どうもぼくは、拷問プレイが下手だな……。昂奮しすぎて凌辱するほうに気がいっちゃう

から……。何せ、途中で姉さんを虐《いじ》め、犯してるような気分になってしまったから)

絵利香は年齢といい体つきといい、端正な容貌まで姉の亮子と似ている。そのせいもあって、途中で、彼女を実の姉に見立てた姉弟プレイに切り換えてしまったのだ。

ユカリと楽しんだ兄妹プレイの逆だ。絵利香を「姉さん」と呼び、彼女には自分を「ヒデトくん」と呼ばせた。姉がバイブを使ってオナニーしている現場を見つけた弟が、「いやらしいことをしていると皆に言いふらす」と脅迫し、姉が仕方なく弟の言うなりになる――という即席の筋立てを考えたのだ。

絵利香はその役を楽しみながら、秀人の激情を迫真の演技で受けとめてくれた。射精するときは「姉さん！」と叫んで、絵利香の柔肉の奥へ思いきり白濁のエキスを噴きあげ、気が遠くなるような快美を味わったのだ。なんと、四度も……。絵利香も「ヒデトくん、ヒデトくんっ！　あーっ！」と叫びながら失神したようになった。

後で彼女も恥ずかしそうに告白したものだ。

「私には弟がいないけど、本当に弟に犯されているような気になっちゃった……」

第三章　奴隷製造工場

1

数日後、マル鬼からメールが届いた。

《やあ、ヒデくん。

こないだはご苦労さま。絵利香はいかがでしたかな?

彼女はボーッとして帰ってきたよ。キミの責め方がとても気に入ったようだ。

「最初に会ったときは頼りなさそうな優しそうなヒトだったから、サディストじゃないと思ったけれど、とんでもない。しっかり責められたわ。鞭なんかすごくきついの!」と感心していたよ。キミはぼくが思ったとおりの人物だ。ますます頼もしい。

話は変わるけど、この前言った女の調教を、明後日から開始したいと思う。キミの都合はどうかな？　場所は都内某所としか言えないけれど、出来ればそこに泊まりこみで四日あるいは五日ぐらいを割《さ》いてもらえないだろうか。それだけあれば、まあ充分だろうと思う。ちょっと忙しい日程なんだが、キミが手伝ってくれればうまくいくだろう。キミも責めの快楽を味わうと同時に、マル鬼流調教術というのも見て覚えられるわけだ。

返信を待ってます。　　　　　　　　　　　　　　　ＭＡＲＱＵＩＳ》

（とうとう始めるのか……！）

秀人は胸を圧迫されるような息苦しい思いと、熱い期待にワクワクするような矛盾した感情を味わっていた。マル鬼が調教しようというのだから、魅力的な美女に違いない。その間、彼女の傍につきっきりで、自分もまた彼女を辱しめ、屈伏させる役をつとめるのだ。

（これに荷担したら深みにはまってしまう。ドロドロとした淫欲の沼から抜けられなくなる）

そんな気がする。間違いなくそうなるだろう。その一方で、

（こうなったら、どんな女であろうと泣き叫び悶え狂わせてやる……！）

そういう欲望が股間を突きあげてくるのだった。

（絵利香をさんざん楽しませてもらって、逃げ出すわけにはゆくまい。こうなったら、とことん付き合ってやろうじゃないの）

一種、開き直った気持になって、秀人はメールを返した。


《了解。マル鬼さん。

ぼくの方はどうでも都合がつきます。途中、二度ほど抜けられない講義がありますが、それを除けば彼女についていられます。では、いつ、どこへ行けばよろしいでしょうか？

ヒデ》

《都合がついてよかった。感謝するよ。

では、明後日の夜、八時すぎに、この前のメトロポリス・センチュリーのロビーに居てくれないか。そこからキミをぼくのアジトへ案内する。すべてのものは用意されている。体ひとつだけで来てくれればいいからね。

MARQUIS》

——当日、秀人は家族に「コンピュータ実習が大詰めにきたので、大学の研究室に泊まりこみになるから」と言って、下着の替えを入れたショルダーバッグを持って外出した。彼が心配になるほど両親は気にしない。秀人が奇妙な人物と出会い、奇妙な計画に巻き込まれているなどと、夢にも思っていない。

八時を少し回った頃、ホテルのロビーにマル鬼がやってきた。玄関からではなくエレベーターの方からやってきたので、背を叩かれるまで彼に気づかなかった。

「やあ、来てくれたね、ヒデくん」

「あ、マル鬼さん……ここに泊まっているんですか？」

「いや、違うんだ。まあ、こっちに来てくれたまえ」

エレベーターに乗ったが、向かったのは地下二階の駐車場だった。広い駐車場の中ほどに黒っぽい塗装のシーマが駐まっていた。ナンバープレートは品川。側面には屋号も商標も書かれていない。マル鬼が商売か何かに使っているのだろう。

「さあ、乗りたまえ」

目を丸くしている若者を助手席に座らせ、マル鬼は車を動かした。シーマはなめらかに夜の新都心を抜けだし代々木ランプから首都高速に入り、環状線に入った。

「なに、そんなに遠いところじゃない。すぐだよ」

その言葉どおり、神田橋ランプで下りた。上野の方へ向かう。

「あれ、こっちは……？」

上野へ向かう中央通りを秋葉原を過ぎて間もなく左折した。正面に山手線のガード。見慣れた風景が広がって、秀人は驚きを声に出してマル鬼の顔を見た。

「ああ、そうだよ。おれたちは〝ミラーズハウス〟に来たんだ」

マル鬼は薄く笑って、驚愕している若者を愉快そうに見た。

「あそこがアジト——セックス奴隷調教工場なんだ」

時間は九時に近い。オフィスや事務所、軽工場などは閉まって、道に人影はない。マル鬼はシーマを〝ミラーズハウス〟のあるビルの、裏口の階段の前にピタリと着けた。

「さあ、ちょっと力仕事だぜ。これを地下まで下ろさないと」

運転席を出たマル鬼が、トランクの蓋を開けて積まれているものを示した。

「えっ、これは……」

最初は敷物を丸めたものだと思った。それに少し折れ曲がっている。近くから見てハッキリ正体が分かった。人間の体なのだ。それを絨毯に丸めこんで縄でぐるぐる巻きにしてある。秀人はストッキングに包まれた爪先が見えたから分かったが、離れた所から見たら、まさに丸めた絨毯にしか見えない。

「そうだよ。これが調教にかかる獲物だ。誘拐してきたんだ。さあ、そっちを持って……」

「誘拐……。いいんですか、そんなことして⁉」

秀人はギクリとした。怯んだのだ。マル鬼は苦笑した。

「なんだい。誘拐と聞いて驚いた？　バカだなあ。『あんたをこれからマゾ奴隷に調教するからね、ちょっとついて来てくれないか』なんて具合にゆくものか。誘拐するか騙《だま》して連れてくるか、二つに一つだよ。そしてこの女は、とても騙せるような女じゃない。さあ、グズグズしないでこいつを下ろしてくれ」

急《せ》かされて、アタフタと秀人は動いた。敷物でグルグル巻きにされた女は意識を失っているのだろう。グニャリとして自発的な動きは一切見られない。

「う、重い……」

抱えおろしながら秀人は呻いた。意識のない人間の体が、女であってもこんなに重く、運びにくいものだと初めて知った。

「あんまり人目につきたくないからね、手早くすませよう。さあ……」

ウンウン言いながら、細くて狭い階段を地下まで運び下ろす。一旦、ドアの前に荷物を下ろすと、マル鬼は鍵を取り出して、かつての個室ビデオ店の非常口にあたる鉄製のドアを開けた。

「あれれ!?」

中に入った秀人は、照明が点《つ》くとまたまたびっくりしてしまった。

かつての店内はガラリと変わっていて、〝ミラーズハウス〟の面影は何一つない。

壁紙は剝ぎとられてコンクリートの壁がむき出しだ。天井と壁のあちこちには空調のダクトとか給排水のパイプ、電力線などが這いまわっている。それが何か宇宙船のような現実離れしたイメージを喚起する。天井に数基とりつけられた蛍光灯が、白々とした侘しい光を放っているせいかもしれない。床も、絨毯とか下地の床もすべて剝ぎ取られて、コンクリートだけだ。入口のドアには厳重な壁が作られて、表側の階段からはまったく入れないようにしてある。こうやって仕切り壁を全部とり外してしまうと、案外広い。小さなビルのワンフロアということだから、三十坪はあるだろう。その空間の中央に、太い木の柱が四本立てられていた。

それぞれに支柱が付き、上の方は天井近くの梁で組み合わされて、櫓の形になっている。その下だけはビニールかゴム製の敷物が敷かれている。櫓の梁や柱のあちこちには鉄製の鉤やら鐶が取りつけられていた。梁からは鎖やら縄の類がぶら下がっている。ＳＭ雑誌で見たことがある。調教や拷問のために囚人を固縛したり吊るしたりする調教櫓だ。

ここは明らかに地下牢だ。マル鬼の言う〝ゴールデン・ダンジョン〟のイメージとは全然違うが、狙った女を連れこみマゾ奴隷に調教しつくす場所なのだ。

（それにしては、何と意外な場所だろう……）

何をやっても潰れる、客商売には不向きの場所柄。地下の見捨てられた店舗。そこが地下牢に改造されて、誘拐された女性が閉じこめられているなどと、誰が思うだろうか――？

「さあ、こいつをそこのベッドに……」

言われてハッと我に帰った。絨毯で簀子《すのこ》巻《ま》きにされた女体を、地下牢の片隅に置かれていたベッドのところまでズルズルと引きずってゆく。

ベッドは病院にあるような簡素な鉄パイプのもので、マットの上に白いゴワゴワしたシーツがかけられていた。この部屋にあるその他のものは、木製の肘掛け椅子だけだ。

そして最後になって気がついたのだが、非常口の横に昔のトイレがそのまま残されていた。小さな手洗いと、洋風の腰掛便器。その横には真新しい簀子が敷かれ、手洗いの蛇口と直結したホースの先端にシャワーノズルをつけたものが壁にかけられていた。

排泄と、体を洗う設備だけはついているわけだ。体を洗うといっても水しか使えないわけで、囚人にはこたえるだろう。

一角には三脚が立てられ、テレビカメラが載っていた。よく銀行の入口などに置いてある、監視用に使われる据え置き専用のやつだ。

マル鬼は絨毯を巻いている紐をほどいた。ドンと蹴飛ばすとゴロゴロと転がり、中に包まれていた女体が飛びだした。半分ねじれたような、ゴム人形のような奇妙な姿勢で顔は天井を向いている。身に着けているのはかなり高級な外出着と思われる黒のスーツ。黒いハイヒール。両手は後ろに回され、細紐で縛られている。

（美人だ。年増だが……）

秀人は息を呑んだ。

顔色は死人のように青いが、胸が規則的に上下しているから生きているのは間違いない。目を閉じ、口は半開きになっていて唾液が頰を伝っている。化粧は乱れているが、それでもハッとするような美女だ。年齢はたぶん三十代前半というところだろう。体格は普通だが、ユカリよりももう少し肉付きはよいのではないか。つまり豊満美を誇る爛熟した肉体の持ち主だ。実際、スカートの裾が膝の上までまくれ、ムッチリ肉のついた太腿が露わになっていて、それを見るだけで秀人は欲情をそそられた。

「紹介しよう。これが我々の〝ゴールデン・ダンジョン〟第一号の記念すべき奴隷だ。さる裕福なお邸の奥方だったけど、旦那はつい最近死んだから、今は未亡人だ。名前は梅本雅江だ」

二人がかりで雅江という女をベッドに載せた。ぐったりとして目を覚ます様子がない。

マル鬼は腕時計を見た。

「クロロフォルムを嗅がせたんだ。そろそろ醒める。それまで、一服しようじゃないか」

「クロロフォルムなんて、どっから手に入れるんですか?」

「キミたちハッカーは、ネット上でのつきあいがいろいろあるんだろう? 〝VIPサロン〟もね、いろんな職業の連中がいる。もちろん薬局の経営者もいる」

マル鬼はベッドの縁に腰をおろし、キャメルを取り出して火を点けた。秀人は事務用の椅子を持ってきてベッドの傍に座った。どうしても女の体から目が離せない。

「いい女だろ、え？　この雅江ってのは年齢は三十二。結婚して五年目。子供を作らないうちに亭主が死んでしまった。女ざかりの未亡人ってやつだ。……だけど、気位が高い。裕福な家でひとり娘だったから、幼い頃からわがままいっぱいに育てられた。男なんかバカにしているところが無きにしもあらず。亭主が死んでも悲しむより先に、彼の経営していた会社のことを心配するぐらいで、今は自分が社長になって会社を切り回している。一応は未亡人らしく黒い服を着てしおらしくしているけど、気は強くてね……」

秀人は心配になった。

「そういう人をマゾに調教できます？」

マル鬼は薄く笑った。かけていたサングラスを外す。初めて見る目だ。案外、小さくて細い目だが、猛禽類のような瞳が冷酷そうな光を放っていた。顔は笑っても目は笑わないタイプ。

「まあ、一番難しいタイプだが、おれの調教法なら大丈夫だ」

「会社を経営しているなら重要人物でしょう？　そんな人が消えてしまったら騒ぎになるんじゃないですか？」

「そう心配しなさんな。おれだって闇雲に女をさらってきたわけじゃないんだから。確かに、この雅江って女は、今は社員が千人ぐらいいる会社の社長夫人だ。亭主が死んで四十九日をすませたばかりなんだが、それまでは大変だった。というのも、こいつの亭主ってのはワンマン社長で、急に死んだものだから商売がガタついたわけだ。そこで急遽《きゅうきょ》社長におさまった彼女が、銀行や得意先を回って手を打った。ようやく経営の方も見通しがついてきた。四十九日もすませた、ってんで疲れがドッと出たわけだな。そこでおれが『後は部下に任せて少し休養をとったら』と勧めたんだ。

——実は香港《ホンコン》に、この女の大学時代の女友達が住んでいて、商社の支店長夫人なんだが、以前から『こっちに来て静養しないか』って誘っていた。彼女は招待を受けることにして、今日、成田から出発するはずだったんだよ。帰国の予定は一週間後。つまり、これから一週間は、会社の連中は彼女が香港に行っていると思っている……」

「でも、向こうに着かなきゃ、その女友達という人が心配しますよ」

「それは心配ない。おれがファックスを打っておいた。急用で行けなくなった——とね。一週間後、彼女は元の女社長に戻って会社に出るだろう。だがね、その時は身も心もマゾ奴隷になりきっているわけさ。おれとキミのな」

そう言いながらぐったりと横たわっている雅江という女の、黒いウールのスカートをめくりあげてゆくマル鬼。秀人は唾を呑みこんだ。

黒いパンティストッキングに包まれた脚は、なかなかスマートな曲線だ。そして膝から上の腿はむっちりと肉がついている。すっかりスカートがたくしあげられると、パンストの下は黒いパンティだった。レースをいっぱい使った贅沢なシルクの下着。

亡き夫の喪に服しているという意味での黒い下着なのだろうが、爛熟の女体を包むセクシィなランジェリーに、秀人の欲情はたちまち沸騰点に達してしまった。ジーンズの下で若い欲望器官がムクムクと自己主張を始めて股間に痛みが走った。その腿のあたりを撫で回しながら、マル鬼は言葉を続ける。

「おれはね、今は不動産関係の商売をやっている。この女の死んだ亭主とは工場の用地を手に入れてやった関係で知り合ったんだ。いろいろ不動産の問題に相談にのってやったから信用を得てね、会社にも家にも出入りするようになった。こいつはおれのことを召使みたいに思っていて、空港の送り迎えなんか当たり前のように思っているんだ。まあ、自分たちが飼っている下男のように思っていたわけよ。そういう高慢チキな女なんだ」

雅江の内腿をつけ根のほうに撫であげ、腿をさらに露出しながらマル鬼は説明し続ける。

「セックスが好きで、好奇心も強い女ってのは、マゾ調教もやりやすい。たとえばユカリみたいな女だ。キミも分かったと思うけど、ああいう娘は素直だし、もともと『人にかまわれたい、言うなりになって快楽を得たい』と思っているんだ。だから鞭と飴方式ですぐにマゾになる。早くいえば、誰でも辱しめられたい、屈伏させられたい、支配されたいっていう欲望を持っているんだ。これはおれの考えなんだが、どうも生まれた時からの本能だな。幼児期や抵抗する力がない場合は強者の言いなりになったほうが生存できるからね。自我にめざめ、自立していくに従ってこの本能は希薄になってゆく。しかし消滅するわけじゃない。眠ってるだけなんだ。特に女性の場合、セックスという行為自体が押さえつけられてペニスを突き刺されるというマゾ行為だから、男より目覚めやすい。問題は、そうでない女だ。たとえばこの雅江だが、亭主がおれに打ち明けたところでは、セックスはあんまり好きじゃない。会社で権力をふり回すのが好きな、そんな女なんだ。どう考えてもマゾ向きではない。だから面白い」

その時、

「う……」

仰向けに横たわっていた女体がヒクと身動きし、唇からため息が洩れた。目は閉じたままだが睫毛《まつげ》が微かに震えている。麻酔から醒めてきたのだ。

スカートは完全に腰の上までまくりあげられている。魅力的な腿のつけ根のふくらみ――ヴィーナスの丘を、マル鬼の指がそうっと撫で回している。時にはグッと押すようにして……。雅江が覚醒しつつあるのは、そういった秘部への刺激のせいだろう。

「じゃ、どんなふうに調教してゆくんですか」

秀人は聞いた。この女を調教する前に、方針を知っておきたかったからだ。

「キミは洗脳というのを知ってるかね？」

「はあ、監禁して思想を変えてしまうことでしょう？」

「そうだ。人間の基本的な考え方を根本から変えるんだ。おれがやろうとするのは洗脳の一種だよ。今まで『男なんて』と思っていたこいつに、『自分は男の言いなりになって、奉仕することで歓びを得る女だ』と思わせるんだからね……。具体的に言うと、最初は少し手荒く扱う。まず女の誇りを奪い、自分が無力な存在であることを思い知らせる。これまで築きあげた自我を崩壊させるわけだ。そこまでやれば、九十パーセントは成功だ。言うなりになったらセックスの歓びを与えてやる。やがて苦痛と屈辱が快感に結びつく。最後には自らすすんで苦痛と屈辱を受けいれるようになる」

「そんなにうまくいきますか？　すすんで苦痛を求めるようになるなんて……」

まだ秀人が信用しないようなので、マル鬼は苦笑した。

「キミはエンドルフィン理論というのを知ってる？」

「エンドルフィン……？　何ですか、それ」

「脳内麻薬物質というんだがね、脳の中ではモルヒネみたいに麻酔作用をもつ物質が、日常的に生成されているんだ。その一番強力なのがβ《ベータ》エンドルフィンというやつで、これはモルヒネの数十倍という強い陶酔と鎮痛作用をもつ」

コンピュータ以外のことにはうとい秀人は、目を丸くした。

「本当ですか？　どうして、そんなものが脳の中に出来るんです？」

「痛みを忘れさせるためさ。肉体的苦痛ばかりではなく精神的苦痛も。でないと、堪え難い苦痛に襲われた人間は消耗してすぐに死んでしまう。出産、怪我、病気、さらに過酷な環境での労働……。それに耐えさせるために、神が与えてくれた天然の麻薬だと思えばいい。こいつのおかげで人間は苦痛にめげず生きのびてこられたわけだ」

「というと、マゾヒストの快楽というのはβエンドルフィンのせいなんですか？」

若者の質問にマル鬼は頷いた。

「そうだと思うよ。キミはまだ徹底してハードなプレイをやったことが無いと思うけど、血《ち》飛沫《しぶき》が飛ぶほどの強烈な鞭打ちを何十発も浴びせているうちに、最初はただ痛がっていただけの女が陶酔して、小便を洩らすようになる。後で聞くと『ボーッと宙に浮いたような気分になって、セックスの時のオルガスムスそっくりの快感が得られる』って言うんだな」

「へぇー」

「苦痛がある限界を超えると大量のβエンドルフィンが分泌されることが確認されている。

つまり、マゾヒストの陶酔というのは、責めによってエンドルフィン分泌が早めに始まる結果なんだ。責めの苦痛と屈辱を繰り返し与えられているうちに、マゾヒストは条件反射的にすみやかにエンドルフィンの支配下に入る。陶酔が始まり、発情メカニズムが作動する。早く言えば、昂奮し、濡れてくる。肉体的な反応が心理的な反応と置き替わるわけだ。エンドルフィン理論はおれの経験とぴったり合う」

「ふーん、そうなってるんですか……」

自信たっぷりのマル鬼の言葉に秀人は感心していると、フッと雅江の目が開いた。マル鬼はニタリと不気味な笑いを浮かべた。

「おやおや、未亡人が目を覚ましたようだ。じゃあヒデくん、この女を使って、おれの調教法がうまくゆくか、実験してみようじゃないか……」

最初は焦点の合わなかった未亡人の目が、ようやくマル鬼の顔に向けられた。

「あー、松木!? 私、どうしたの……？」

最初にマル鬼を見て叫んだ言葉から、秀人は彼の名前を初めて知った。

「いやぁ、ぐっすり眠ってましたね、奥さん……。気分はどうですかな……」

松木と呼ばれた男は、薄笑いを浮かべて答えた。

「あら、何なのこれ？　いやっ、どうしてこんな所に？」

　体を動かそうとして後ろ手に縛られていることに気がつき、さらにスカートがたくしあげられてパンティがまる見えになっていること、そして地下牢のような陰惨な部屋にいることに気がつき、雅江は仰天した。あわてて身を起こし、必死にもがいて縛めを解こうとする。

「ムダなあがきはやめたほうがいい。エネルギーを消耗するだけですよ、雅江さんよ」

　マル鬼が言うと、雅江はようやく罠にかかったと知った。柳眉《りゅうび》を逆立て、切れ長の目でキッと彼を睨んだ。

「騙したのね、私を！　空港まで送ってやると親切なことを言って。思いだしたわ……。成田に行く途中で『車の具合が悪い』って途中で駐めて、それから何かを私に嗅がした……。あれは麻酔薬だったのね⁉」

「そうですよ」

　松木は平然として答える。

「何のために？」

　女の声は今や金切り声に近い。動転しているのだ。無理もない。誘拐されたことに気がついたのだ。松木の方はふてぶてしく落ち着いている。冷たい目で見つめながら。

「さあ、何のためだと思いますか？」

「お金ね？　私の財産……会社の財産を狙っているんでしょう？」

「さすが、頭がいいですなあ。女社長の資格は充分だ」

「ああ、最初から腹黒いやつだと思っていたけど、ここまで悪人だとは思わなかった。だけど無理よ。私がいなくなれば大騒ぎになって警察を動かすわよ。今のうちに私を釈放するのね。そうしたらこれまでのことは忘れてあげる。でないと後悔するわよ！」

「黙れ！」

キンキン甲高い声だ。いつも命令しなれている、男を男とも思っていない性格の女だ。

〝警察〟という言葉を口にしたとたん、松木は女の上に覆いかぶさるようにしていきなり強烈な平手打ちを食らわした。

バシ、バシッ！

「ひっ！」

連続ビンタを食って、ようやく雅江の表情に脅えが浮かんだ。それほど松木の顔に残忍な表情が浮かんでいたからだ。獲物を追いつめて最後の跳躍にかかろうとする猫科の猛獣のような……。秀人はその豹変ぶりに驚かされた。腰を浮かして呆然として見ている。

「おい、ヒデくん。こいつをあの柱にくくりつけちゃおう」

「は、はい……」

二人の男に抱きかかえられてベッドから下ろされると、豊艶な未亡人は後ろ手に縛られた体で必死に抵抗した。

「何をする気？　やめてよ、離して！」

いくらあがいても無駄だ。地下牢の中央に組まれた櫓の、一本の太い柱に背を押しつけるように立たされた女体の、胴のくびれの部分に縄をかけて、松木が柱にくくりつけてしまった。秀人も縄を手渡されたので、彼女の足首の部分を揃えて、同じように柱にゆわえつけてしまう。動転した雅江は、秀人にも呼びかけた。

「あんた！　誰なの、キミは!?　松木に言ってやめさせないとキミも同罪よ。誘拐と監禁がどんな犯罪になるか、分かってるでしょう！」

そう言われると秀人はまた怯んだ。この計画に入る前は、そんなに深刻に考えていなかった。ユカリのような、ある程度セックスやSMに興味のある女を連れこむのかと思っていたが、まったく違う。社会的地位のある、美しい女経営者を拉致して監禁したのだ。この時点では完全な誘拐罪が成立する。膝がガクガク震えてきた。松木の方は平然としている。

「わはは。誘拐と監禁？　そんなことを言ってられるのは明日あたりまでだな。明後日ぐらいには『ここから出たくない』って言うようになる」

「何を寝惚《ねぼ》けたこと言ってるのっ！　やめてといったらやめてよ！」

旅行に出かけるために綺麗にセットしたはずの黒髪は無残に乱れて、それを振り乱しながら叫びもがく未亡人は、柱にガッチリと縛りつけられてしまった。手首の縄はいったんほどかれて、改めて体の前で縛り合わされ、今度は頭上の梁から吊られた。まったく無防備の体勢だ。


「邪魔だな、この服は」

松木は上着の内ポケットからナイフを取り出した。鋭利なことで有名なガーバーのハンティングナイフだ。パチリと、氷のように冷たく光る鋼鉄の刃を出し、雅江に近づいた。

「あー、やめて……！」

さすがに刃物を目にしたとたん、雅江の表情に脅えが走った。悲鳴をあげる。

「ふふ。心配するな、傷つけやしない。おとなしくしていれば、の話だが」

着ていたウールのスーツをザクッザクッと切り裂き始めた。ズタズタのボロきれと化して床に山となってゆく高価なブランドスーツ。その下は黒いスリップだったが、レースを多く使った艶やかなナイロンも、肩紐をスパッと両断されただけで脚元に落ちてしまった。パンティとペアデザインのブラジャーも胸の谷間のところで切断されて白い乳房が二つとも露呈されてしまった。そして黒いパンティストッキングも腰ゴムのところを切り裂かれ、セロファンの包装を破くようにして毟りとられてしまった。

（うわ、すごい体……！）

黒い下着がかろうじて秘部を覆っているだけの女体を見て、秀人は唸ってしまった。

ユカリの豊満さが娘ざかりの健康美だとすれば、雅江の豊満さは女ざかりの成熟美だった。

ブラジャーの支えを失ってもまだ充分な張りを保っている乳房。乳暈と乳首はさすがに色素が濃くダークローズの色を呈しているが、出産体験があるわけではないから決して見苦しい色ではない。乳暈はかなり大きく、半球の量感はユカリに負けない。脂肪をほどよく載せた肌はなめらかで、醜い痣《あざ》もシミもない。

ウエストから腹部にかけてはいくぶん余分な肉がついているが、それだって醜いたるみを作るほどではなく、熟女の魅力の一部になっている。

黒いパンティ──左右が持ち上がった形のハイレッグカットのショーツは、この前絵利香が穿いていたのよりはおとなしいデザインで、秘毛の透け具合もそれほどではないが、全体的にはけっこうセクシィだ。何といっても豊かな大陰唇が形づくる悩ましい谷に食いこんでいる有り様がハッキリ分かる。

「こんないい体して、セックスが好きじゃないなんて信じられないな」

うっとり見惚《みと》れて正直な感想を口にした。犯罪行為を実行していることなど忘れた。松木はうふふと笑った。

「そうなんだよ。もったいないねぇ。亭主にもあんまり触らせなかったというんだから……」

「何てことを……。主人とそんな話までしてたの？」

　雅江は愕然として、またヒステリックに叫んだ。

「そうだよ。『セックスも正常位でしかやらしてくれないし、おしゃぶりもダメ。あんまり続けて求めると〝色狂い〟とバカにされる』って。あの世でもさぞ恨んでるだろうよ……」

　豊艶な女体美をさらけ出した未亡人の前で腕組みしながら鑑賞する態の中年男。ヒップに貼りつくような黒い薄布の部分だけが直視を避けているが、残りの全体はマル鬼と秀人のギラギラした視線によってたっぷり犯されている。

「どうする気なのっ、松木！　私をこんな目にあわせて⁉」

　かろうじて残る気力で羞恥を抑えて睨みつけた。

「そうさなあ。さしあたってはギャアギャアうるさいから、口を塞《ふさ》いでやる」

　黒スリップをズタズタに裂き、丸めて口に押し込む。さらに梱包用の布製の粘着テープを持ち出し、口に横一文字にベッタリと貼りつけてしまった。

「む、むむ……」

　発声を禁じられた女が恨めしそうな目になった。ゾクゾクするような凄艶な美。マル鬼はその凄艶な視線をも、スリップを帯状に切り取った布で目隠ししてしまった。視覚も奪われてしまったのだ。松木は彼女に背を向けて秀人に告げた。

「じゃ、ヒデくん。ひと休みしようじゃないか。腹も減ったし……」

櫓の上の蛍光灯を一灯だけ残して、残りの照明を消してしまった。

「え……？」

秀人はびっくりした。これから、彼が期待していた女体拷問が始まると思っていたのに。

「いいんだ」

疑わしそうな顔をしているのに答えて、松木は三脚に載せた監視用テレビカメラを少しいじってから、耳打ちした。

「このモニターカメラは赤外線用レンズがついている。暗くてもハッキリした映像が映る。四六時中、彼女の動きを監視している。マイクで音も拾っている。さあ……」

二人は地下牢を出た。驚いたことに、松木はま向かいの第二桜木コーポに入り、ズンズンと階段を上がり三〇三号室のドアを開けたではないか。

「えーっ、ここも……」

「そうさ。あんな地下牢にずっと居られるものか。ここはわれわれの休憩室兼監視室だ」

部屋の造作は、あの特別観賞室時代と変わっていない。ユカリとのさまざまな思い出がドッと甦る。淀んだ空気の中にも彼女の匂いがこもっているようだった。

洋間に入ると、松木はすぐにテレビを点けた。チャンネルを十一に合わせる。モノクロの画面が映しだされた。

「なーるほど」

中央に映っている雅江の裸像を見て、秀人は納得した。地下牢からここまで、有線のケーブルが引きこまれて、このテレビに接続されているのだ。

「すごいですね。この計画は……」

地下牢といい、監視装置といい、松木は何から何まで考え抜いて実行している。

「さっきも言ったように、〝VIPサロン〟の会員はさまざまだ。こういった機械の製造販売業者もいれば、建築屋とか工務店をやってる親爺もいる。おれが何かを頼めば喜んで手を貸してくれる。ここを〝特別観賞室〟に改造するのだってそうだ。まあ、手持ちのペットを一日、二日貸し出してやるのと引き換えでね……」

やはりマル鬼＝松木は、〝ミラーズハウス〟の営業とは深く関わっていたのだ。では、竹本老人はどうしたのだろうか？

「何も食ってなかったから腹が減った。勝負は長い。腹ごしらえしようや」

松木は鮨屋に電話をかけて三人前の鮨をとった。

「あの人には食べさせないんですか」

「そうだ。屈伏させるまではメシなど食わせない。水もやらん」

「ちょっと可哀相ですね」

松木は苦笑した。

「同情するなよ、奴隷調教する女に……。まあ、人の言うなりにさせるには、まず徹底的に孤独な環境に置く。視覚も奪う。飢えと渇きに苦しませる。それが第一段階だ」

旨そうにビールを呑み、鮨を食いながら松木は説明する。秀人も空腹だったから結局、二人で三人前の鮨をアッという間に食べてしまった。

その間、マル鬼は新しい情報を助手の若者に告げた。

「〝ゴールデン・ダンジョン〟計画で、なぜ雅江をマゾ奴隷第一号に選んだか教えてやろう。亭主が死んだから、あいつは莫大な遺産を一人で継承した。つまり資産を自由にできる。あの女がおれたちに屈伏して言いなりになれば、まあ、時価、三十億……いや、五十億はする財産がおれたちのものになる」

「えっ、五十億……？」

秀人は絶句した。

「そうだ。葉山と油壺にヨットを二隻持っていた。どっちも一億円以上するやつで、しかも、その両方に別荘を持っているんだから。都内に別宅が二軒、軽井沢、西伊豆、そして那須に別荘がある。どれを処分しても何億円という金になる。それだけあれば都心の一等地に〝ゴールデン・ダンジョン〟の本拠が作れる。あそこの地下室じゃ、どうも高級感がないからなぁ」

「はあー……」

その計画の壮大さは、秀人の想像力を超えていた。

「おれはね、最初からそれを考えて雅江の亭主と親しくなったんだ。一年間、雅江のご機嫌をとってな……。ふふ」

薄く笑った。秀人は身震いを禁じえなかった。

（この男、心底から冷酷なやつだ……！）

誘拐、監禁という大仕事を終えてホッとしたのだろう、口が軽くなった松木は、

「どうしてインターネットの世界に目をつけたんですか」という質問に、こう答えた。

「キミと同じだよ。好色な男というのはいつも情報を集めている。特にSMマニアなんていうのはね……。そういうアダルト向けのSNSがあちこち出来たっていうんで、無理してパソコンを買って、そういうところにアクセスしてみた。ところがどこも満足できるところがない。それだったら、自分でSNSを開局してやれ、って思ってね……。まあ、キミみたいに技術的な知識が無かったから、えらく苦労したけれど」

納得できる答えだが、秀人は松木が慎重に言葉を選んでいるように見えた。過去のことはあまり話したがらない。秘密にしておきたい何かがあるのだろう。

夜が更けていった。松木はモニターを眺め続けている。秀人は少し眠気を覚え、ソファに横になり、うたた寝した。

「おっ、そろそろ始まったぞ」

松木が秀人を揺り起こした。

「どうしたんですか」

モニター画面に映っている雅江の裸像を眺めた。あいかわらず柱に縛りつけられたままである。

「よく見てろ。腰をモジモジさせていないか？」

「はあー、そう言えば、そうですねぇ。あんな姿勢でずっと立ちっぱなしだから、筋肉が疲れたんじゃないですか？」

「違うよ。あれは小便を我慢しているんだ」

「小便!? はあー、そう言われれば……」

確かにそう見える。目隠しされて口に粘着テープを貼られているから顔の大部分は見えないのだが、表情がひきつっているようだ。

「誘拐してから四時間ぐらいたってる。その前にレストランに入ってビールを呑ませた。そろそろ小便がしたくなる時間なんだ」

「どうするんですか。トイレに連れてゆくんですか」

マル鬼は頭を振った。唇を歪めるような薄笑い。

「いいんだ。このまま放っておく。垂れ流しにさせるんだ。そのために床はビニールカーペットにしてある」

「わざとお洩らしさせちゃうんですか」

「そうだ。失禁というやつは尿にしても大便にしても、そいつの自我にダメージを与える。誇りを傷つけるからね。どんな高慢チキな女でも、洩らしたとたんに性格が変わってくるんだ」

「なるほど……そんなものですか」

「彼女は今、目隠しをされて真っ暗なところに放置されている。声も出せないから助けを呼ぶことも出来ない。感覚遮断といって外界からの情報を完全に遮断されて幽閉されていると、時間の感覚が狂い、理性的な判断力も失われる。恐怖と不安が一杯に膨れあがってきている。そこに尿意が加わると彼女は狂乱状態に陥る。ほら、見てみろ」

「うー、むー……」

猿ぐつわの奥から呻き声が洩れてきて、柱に縛りつけられている雅江が必死になってもがきはじめた。ひとしきり体をくねらせ櫓を揺すりたてていたが、ふいに体を硬直させた。

ジュルジュルジュ……。

モニターカメラのマイクが放水の音を拾った。

黒いパンティの股間の底から布地の内側に溢れて浸透した液体が腿を伝い脚に滴り、床に水溜りを広げてゆく。温かい湯気のたつ水溜り。

「…………！」

雅江がフウッという吐息をついてガクッと頭を垂れた。堪えていた尿を放出する間は陶然とした表情をしていたが、我に帰ったとたん、激しい羞恥を覚えたものらしい。しかもぐっしょり濡らしてしまった下着を自分で取り替えることも出来ない。濡れたナイロンが股にまつわりつく感触は、さぞ気持悪いだろう。

「うう……」

くぐもった声が聞こえてきた。泣いているのだ。

「わはは。高慢チキな女社長も、小便を洩らしたとたんにあのザマだ」

マル鬼は愉快そうに腹を揺すって笑った。秀人は感心した。ユカリも、この前の絵利香も、既に調教されきった女だから、目の前での放尿を命じても嬉々《きき》として従ったが、あの雅江は違う。上流階級の夫人として何不自由ない暮らしをしてきた女なのだ。もの心ついて以来、お洩らしなど初めての経験だろう。

しばらくして、彼女はガタガタ震えはじめた。

「そろそろ冷えてきたな。放尿すると体温が奪われる。その上、濡れた下着、濡れた肌だからますます冷える」

「風邪をひいてしまいますよ」

「じゃあ、そろそろ行こうか……。いいかい、おれに合わせてさも彼女を軽蔑するような態度をとるんだ。そうやってあいつを羞恥と屈辱のドン底につき落としてやる。肉体を責めるのはそれからだよ」

「分かりました」

二人は一緒にまた裏口の階段を降り、地下牢に入っていった。

雅江は、二人の足音を耳にしてハッとしたようだ。

孤独な世界に放置されていたのだから、マル鬼のような憎むべき男であっても、誰かが来てくれることでホッとしたに違いない。しかし、パンティを着けたまま放尿してしまった恥ずかしい姿を見られてしまう。その気持は複雑なものだろう。

地下牢の中には甘ったるい尿の匂いがたちこめていた。秀人はその匂いを嗅ぐと昂奮した。

ユカリや絵利香に放尿させて、その滴がしたたる部分を舌で舐めてやった記憶が甦る。

「おやおや、雅江奥さま。ハデにお洩らししましたなあ……」

マル鬼が野卑な胴間声《どうまごえ》を張り上げ、ガハハと笑った。目隠しを外す。濡れた下半身を嘲笑されて、雅江の肌がサッと紅潮した。先刻までのきつい視線ではない。失禁の現場を見られてしまった羞恥と困惑、そして狼狽。

「…………！」

「うわ、凄い水溜りだ」

秀人も驚いてみせる。

「く……」

涙が頬を伝う。屈辱の涙だ。マル鬼と秀人は顔を見合わせて笑った。

「まあ、やってしまったものは仕方がない。とにかく後始末をせんとな」

マル鬼は秀人に命じて、階段の隅に放置されていた古いモップで床を拭かせた。自分は彼女の濡れた下着に手をかける。

「……っ！」

尿で濡らしたとはいえ、秘部を守る最後の布きれだ。それを脱がされる時、熟女はさすがに体を強張《こわば》らせた。パンティを脱がせるためには足首を縛った縄を解く必要がある。下半身が自由になったから暴れるかと思ったが、彼女としては羞恥と屈辱に圧倒されているのだろう、抵抗のそぶりを見せない。

「ヒデくん。悪いけどこいつの濡れた部分も綺麗にしてやってくれないか」

「はい、はい」

秀人はタオルを持っていそいそと全裸にされた雅江の傍に近づいた。尿の匂いもそうだが、全身から匂いたつ熟女の匂いも芳しく、彼の理性をクラクラとさせた。

「あれ、けっこう毛深いんですね……」

いつか見た裏ビデオに出演していたセーラー服の女優を思いだした。彼女もあの娘と同様に縮れてゴワゴワした秘毛の持ち主だ。それが密生していて臍の方まで続いている。秘毛全体は菱形だ。それが尿にまみれて肌にへばりついているのを、楽しみながら秀人は拭ってやった。

「………」

彼が跪いて股間を拭こうとすると、必死になって腿をぴったりと閉ざした。彼女の一番恥ずかしい部分だけは触らせまいとする。見ていたマル鬼が頬を張りとばした。

「なんだ、その態度は。せっかく体を綺麗にしてやろうというのに」

腿にこめていた力が緩んだ。秀人は濡れた谷間を丁寧に拭ってやった。

「よく毛饅頭って言うけど、この人を見ていると食欲が湧いてくるな。本当に毛の生えた饅頭だ。ほら土手がこんなに盛り上がって、肉ビラも分厚いし……」

片方の指で秘裂を割ってみた。

「おう、おれも初めて見るけど、確かに壮観だ……。うーむ、ここをダンナのがズボズボと出入りしてたわけだな。具合よさそうな道具だ。ただ、毛を掻き分け掻き分けしないと、どこにあるか分からんというのが欠点だな……」

ウヒウヒといやらしく笑う。使用人同様の目で見ていた男の目に秘部をさらけ出し、粘膜の奥まで視姦されているのだ。全身がさらに桜色に染まり、頬を伝う涙がボタボタと秀人の手に落ちてきた。

「おやおや、よっぽど毛饅頭を見られるのが好きみたいですね。嬉し涙を流してます」

秀人は調子に乗って卑猥な言葉で責めたてた。マル鬼もそれに合わせてくる。

「そうだね。じゃあ、もう少し奥まで見せてもらおうじゃないか……」

彼は一度解いた縄を再び左足の足首に結んだ。それから頭上の櫓の梁についている鉤に引っ掛けて端をグイと引いた。

「ひ……!」

粘着テープの下から驚愕の悲鳴が洩れた。片足を水平になるぐらいまで引きあげられたため股間が完全にさらけ出されてしまう。イヤイヤをするように必死に頭を振る。

「あー、これだとよく見えますよ。うーん、大密林の奥の深い谷……。これは凄い」

年上の女の股間に頭をさし延べ、息がかかるぐらいの近くまで目と鼻を近づけた。尿の匂いが薄れたあとに強い乳酪臭が匂った。クラクラッとした。成熟した牝の、膣分泌物が蒸れた匂い。どんな男をも狂わせるきつい芳香だ。

（うーん、たまらん）

ユカリだったら、縛られて無理やり秘部を開陳させられたら、たちまち激しく愛液を溢れさせるだろうが、雅江の秘部はなんのうるおいもない。彼女が視姦されることに快感を味わっていないのは明らかだ。ということは、やはりマゾの気質ではないのだろう。

「マル鬼さん。舐めていいですか。ずいぶんおいしそうな匂いがするので……」

彼は肩をすくめた。

「いいんじゃないの。きっと喜んでくれると思うよ。自分のあそこがヒデくんを満足させるんだから」

「それじゃ遠慮なく」

濃厚な匂いをふかぶかと嗅ぎ、秘毛をかきわけてようやく露出させた秘核の回りへ唇を押しつけていった。

「む」

ビクンと顫える豊満な肉体。たぶんそういった行為をされるのは、亡夫以外は初めてなのだろう。案外、亡夫にもさせなかったのかもしれない。

(感じさせてやるぞ……)

性的な快感を味わってしまえば女は屈伏するとマル鬼は言った。秀人は夢中で舌を使った。考えてみればユカリの次に絵利香だから、この雅江は三人目の女なわけだが、ユカリを歓ばせるためにずいぶんクンニリングスを行なったたし、それで何度もイカせたことがあるから自信はあった。しかし、予期した反応は得られなかった。真珠粒のような肉芽はいくぶん膨張したように見えたが、肝心の柔肉が濡れてこない。ビクビクと腰を打ち揺するのだが、快感というより擽ったさとか痛みを感じているせいかもしれない。

唾液で潤滑して指をさし入れてみた。僅かな湿りは感じられるが、ユカリや絵利香の器官のように指を歓迎してくれる気配はない。

(これはダメだ……)

失望してマル鬼を見ると、彼も肩をすくめてみせた。

「分かった。奥さまは今はその気ではないようだな。まあ、それはそれとして、ヒデくんもここまで来てやめたら眠れないだろう。犯してやれよ」

その言葉を聞いて、また裸身がおののき震えた。

雅江は覚悟はしていたのだろうが、いざ、強姦される段になったら気が遠くなりかけた。

顔が一気に青ざめる。

「いいんですか」

マル鬼より先にこの熟した肉を味わうのが悪い気がした。

「いいとも。堪能してくれたまえ。東京は山の手、上流階級の奥方のお××こなんか、そうそうめったに味わえるものじゃないぞ」

「じゃあ、いただきます。えっと、このままやっちゃっていいですか」

「かまわないよ」

「でも妊娠したら……」

マル鬼は苦笑いしてみせた。

「おいおい。レイプする方が考えることじゃない」

「はあ、それもそうですね」

秀人はジーンズとブリーフを脱いだ。先刻から猛《たけ》り狂っている欲望器官は天井を仰ぎ、赤紫色を呈した亀頭はヌラヌラと濡れている。ふだんは切れ長の雅江の目がそれを見てまん丸くなり、サッと顔をそむけた。

「それじゃ、遠慮なく……」

秀人は唾液で膣口を濡らしてから亀頭先端をあてがい、片手で彼女の腰のくびれを、もう一方の手で豊臀の下を抱えるようにした。豊かな胸の隆起に体を押しつけて、熟女の肌の匂いと両手に伝わる豊かな量感に一層昂り、沈めた腰を突きあげていった。

「ぐ……!」

艶麗な裸身が反りかえった。ユカリも絵利香も賞嘆してくれた、鉄のような強度を誇る分身が膣口をこじ開けて侵入していった。

「む、う……っ、ぐ……」

濡れていない粘膜の筒にこじ入れられる苦痛。苦悶する女体の震え、滲む汗、体臭、吐息、そのすべてが秀人の昂奮を倍加させた。

(おれは、この女を強姦しているんだ……)

秀人は自分がもう後戻りできない地点まで深入りしていることを実感しながら、ギリギリと抉るようにしながら熟女の性愛器官を侵略していった。

——十五分後、二人は再びマンションに戻った。モニターテレビの画面には、今度はベッドの上に横たえられた雅江の裸身が映し出されている。

マットの上にシーツを敷いただけだ。シーツはビニール製だ。上がけはない。

雅江の四肢はベッドの四隅の柱に縄でくくりつけられて、大の字に固定されているのだ。

身には一糸も着けていない。その股間からは先刻、秀人が子宮口まで抉り抜いた後に噴きあげた白濁液が、溢れ出てきている。

失禁したうえ、松木の見ている前で年若い青年にレイプされたのだ。雅江はまだショックから醒めず、放心状態だろう。もちろん猿ぐつわはそのままだし、再び目隠しもされている。

秀人が射精した後、始末もせずにベッドに縛りつけて出てきたのだ。

秀人は残っていたビールをひと息に呑んだ。膝になんとなく力が入らない。

「どうだい、雅江を犯《や》って……。昂奮したかね」

松木が訊いた。

「はあー、犯る前は昂奮したんですがね、射精してしまうと何だか気が抜けたという感じですね。充実感がないというか、虚《むな》しいというか……。反応がないせいでしょうか」

秀人は正直な感想を述べた。松木は頷いた。

「レイプってのはそんなもんさ。されるほうは心を閉じてしまう。早く終わって欲しいと願っているだけだからね、よっぽどマゾ的な気質の女じゃないかぎり、レイプされて濡れたり昂奮する女はいない。それを相手にしたって面白くもおかしくもないのは当たり前だ。レイプが好きだなんてやつは、女にまともに相手されないやつとか、童貞のガキだけだ」

松木は吐き捨てるように言ってのけた。

「そうですねぇ、最後までダッチワイフを相手にしてるみたいな感じでしたから」

雅江は貫き抉られる苦痛に呻き、悶えていたが、心を閉ざしていたのは間違いない。

「女ってやつはタフだよ。肉体的にも精神的にもな。強姦されたからって、なかなか参るもんじゃない。『これは事故だ、犬に嚙まれたのだ』と自分に言い訳して忘れてしまう」

「じゃ、レイプは調教にならないいんですか」

松木は冷ややかな目で秀人が女囚を犯すのを見ていたが、自分は凌辱劇に加わろうとはしなかった。昂奮していた様子もない。

「そんなことはない。女に自分の弱い立場を思い知らせるっていう意味では、調教の最初のレイプは意味がある。ヤクザなんかは、これはと目をつけた女は三日間ぐらい閉じ込めて仲間で輪姦する。足腰がたたないぐらいに姦りまくって理性を失わせ、女に『これでもう、ふつうの女じゃなくなった……』と思いこませる。そうなったら娼婦にするのもソープで稼がせるのも思いのまま。あれも一種の調教法だ。だからキミは、雅江の前に出るたびにレイプしたまえ」

松木は身仕度をした。

「今夜はこれまでだ。おれは帰って、明日の夜また来る。キミはだな……」

こまごまとした指示を与えた。中には、秀人が仰天するような行為もあった。

「いいかい、言われたとおりにやってくれ。そのとおりにすれば成功するんだから」

松木はシーマを運転して帰っていった。

秀人はシャワーを浴びて雅江の匂いを洗い流し、再び洋間に戻った。ビールを呑みながら、モニター画面の中の雅江の姿を眺め続けた。彼女は眠りに落ちたのだろうか、わずかに胸を上下させているだけだ。しかし、両手両足を固定されたままの眠りは、とても安らかとは言えないだろう。さらに、間もなく別の苦しみが襲いかかってくるのだ……。

2

翌朝、秀人が目を覚ますと十時を回っていた。

「いけねぇ、寝すごした」

眠ったあとだから猛烈な朝立ちだ。秀人は雅江を閉じこめている地下牢へ下りていった。

調教室のドアを開けると、また強い尿の臭気がたちこめている。

「おやおや、女社長さんはまたお洩らししちゃったのか」

秀人は嘲笑した。目隠しを外すと恨めしそうな顔。羞恥の色が濃い。それでも長い間放置されていただけに、彼が来てくれたことにホッとしている。

「ビチョビチョだねー、こりゃまた拭かないと」

またタオルで下半身を拭う。

「それにしても凄い毛だな。拭きにくくてかなわん」

体を洗っていないから体臭はきつい。それが秀人の欲望を刺激した。まだ朝立ちの収まっていない男根がブリーフを突き破りそうだ。

「どれ、起き抜けの一発だ。楽しませてもらおう」

ユカリと違って雅江は上つきだ。下に何もあてがわなくても挿入はラクだった。ズボンと下着を脱ぎ、秀人は雅江の上にのしかかっていった。

侵入は緊かったが、膣の中には昨夜放出した精液が生乾きで残っていたせいか、抽送は昨日ほどギシギシしたものではなかった。

ベッドのスプリングがギシギシ軋み、「ムー……」「ぐ……」と苦痛を押し殺したような呻きが雅江の猿ぐつわの奥から洩れた。

途中で、松木に教えられたとおりの科白を言った。

「奥さん。あそこのテレビカメラが見えるだろ？　ぼくたちの姿は離れた所のテレビに実況中継されてるんだ。上品な奥さんが強姦されるのを見たい、って好き者が集まってね、涎を垂らして見ているよ。もちろんビデオにも録画されている。分かってるね、言うことを聞かないとそのビデオが誰のところに送られるか……。あんたの知ってる人、全員のところに送りつけられるんだ……」

雅江の目がカッと瞠《みひら》かれた。頬が紅潮した。この密室の中でなら二人だけのことだ。どんなことをされても知るものはいない。それだけが心の慰めなのに、屈辱的な光景がすべて他者に見られており、さらにビデオに録画されてバラ撒《ま》かれる可能性があると言われては、当然、激しくショックを受ける。

「なんのために、こんなことを言うかというとだね、これが終わったらあんたの猿ぐつわを外してあげる。そうしたら『お金は払うから逃がしてくれ』とか何とか、うるさいことを言うに決まってる。だけどね、そんなことを言ったってムダなの。みんなが見てるんだから……」

失望の色が広がった。雅江は、松木よりは優しく見える青年が一人で入ってきたので、口が自由になり次第、あらゆる手練手管で彼を籠絡《ろうらく》して脱出しようと考えていたに違いない。

昨夜は立位だったが、今日は正常位で、それもベッドの上だ。ずっと犯しやすく、女体を楽しめる。彼はしだいに抽送のスピードを上げていった。密室に濡れた肌と肌が打ちあわされる淫靡な音が響き、やがて秀人はめくるめくような快感を味わいながら噴きあげた。

確かにダッチワイフを抱いているような気がしないでもないが、それでも激しく突きたてられるたびに雅江は呻き、悶えた。快感というよりも、快感なしに犯される苦痛のせいの呻きだろうが、それでも反応はある。温かく湿って、弾力に富んだ生身の肉体を凌辱している実感が、彼の昂奮を早めた。

「おおっ、おおお……！」

痙攣が走り、秀人は背をのけ反らせて柔襞のトンネルの最奥へ噴きあげた。

秀人はいつも射精の瞬間、頭がまっ白になったような気がする。噴きあげてから全身の力が抜け、秀人は豊満な胸の谷間に汗まみれの顔を埋めるようにして最後の一滴まで注ぎこんだ。ユカリも絵利香も、その状態のペニスを緊く咥えこんで断続的に絞るような動きを示した。どうやら精液を子宮内へ吸い込もうとする女体のメカニズムにもとづいた反射的な収縮運動らしいが。もちろん雅江の場合は、そんな反応はない。ただ、昨夜よりはわずかにどよめくような動きが心なしか感じられた。

満足して引き抜くと、周囲に散らかっている彼女の衣服の残骸を使って濡れたペニスを拭う。めくれかえったような秘唇からトロトロと溢れてくる白濁した液体。

「さて、と……。これで猿ぐつわをとってやる。さっき言ったように、よけいな口をきくなよ。うるさくわめきたてたりしたら、ペンチで舌をねじきって、二度としゃべれないようにしてやる」

脅しつけておいて、粘着テープを剝ぎ、口の中に押しこめておいたスリップの残骸を引き出した。唾液を吸うだけ吸ってグチョグチョになっている。

「はーっ」

ようやく正常に口を使える状態になって、雅江は二度、三度と深呼吸した。それから囁くような声で訴えた。正常に言葉を出しにくいようだ。

「お願い。水を飲ませて……。喉が渇いて死にそうなの……」

それも松木が言ったとおりだった。口の中に衣類を詰めた猿ぐつわをされると、唾液がそれに吸い取られてしまう。一滴の水も与えられずにひと晩も放置されたのだ。喉はカラカラになって焼けつくような渇きに悩まされているに違いない。

「水ねぇ……。飲ませてあげないことはないが、奥さんは囚人だし、まだおれたちの言うなりにならない反抗的な囚人だから、ふつうの水はやらないよ」

「ふつうの水じゃない？　どんな水？」

「おれのここに入ってる水だ」

秀人は下腹を指さして見せた。雅江は信じられないというように目を丸くした。嫌悪の表情を浮かべる。

「そんな……、おしっこを……。ひどいわ！」

バシッ！

秀人は雅江の美貌がひん曲がるほど強力な平手打ちを食らわしてやった。

「何だと、このアマ！　人がせっかく親切に言ってるのに！　贅沢を言える身か⁉　おれの小便を飲まない限り、一滴だって水はやらない」

再び口をこじあけ、用意してきたビキニパンティを丸めて押しこんだ。これは木綿だから、たっぷり唾液を吸ってくれる。再び粘着テープを貼りつけ、吐き出せないようにしてしまう。

「あーあ、たっぷり呑ませてやろうと思って溜めてきたのに」

地下牢の片隅に残っている便器に向かって、秀人はジョウジョウと放水してみせた。

「じゃあな、奥さんよ。もう少し自分の立場を考えてもらう。もし分かったら、あの鏡の方に向かって首を縦に何度も振ってみな。『おしっこでもいいから飲ませて下さい』って合図だ。考えなおすまで、おれはもうここに来ない」

そう言い捨てて再び地下牢を出た。監視室に入り、エアコンを暖房に入れ、強さを最強にした。店舗用の大型冷暖房装置がゴーッと唸って、天井のダクトから熱気がドウッと吹き出してくるのを確かめてから外に出た。

近くの食堂に行き、たっぷり食事をとった。それから部屋に戻り、監視モニターの映像を眺めながらコーヒーを呑んだ。

ベッドの上に縛りつけられた雅江は胸と腹部をふいごのように上下させている。鼻で激しく息をしているのだ。全身に汗が浮いている。大型のエアコンが二基、フル運転して密室を温めているのだ。中はサウナ風呂のような状態だろう。ただでさえ喉の渇きに苦しめられている雅江の体から水分が急速に失われてゆく。

（それにしても、マル鬼――松木ってやつは凄い男だな。こんな拷問を考えるとは……）

誘拐された雅江は、凌辱されたうえ、視覚を奪われて密室にほおっておかれた。今度は熱気と渇きの責めを受けている。神経はズタズタになっているだろう。一方、責める側はほとんどエネルギーを使わない。

昨夜の睡眠不足がたたって、ついウトウトしてしまった。ハッと目を覚ますと一時間ほど眠りこんでしまっていた。あわててモニター画面を見た。

雅江は首を縦に振っていた。身を起こして必死に鏡――監視用モニターカメラの方を見て、二度、三度と首を振る。それだけで力を使い果たしたようにグッタリと仰向けになる。もう汗も出尽くしたのか、肌は乾き始めている。

「いけねぇ」

たぶん眠っている間に、雅江は忍耐の限度に達していたに違いない。彼の小便でもいいから飲む気になったのだ。

彼が調教室のドアを開けると、もの凄い熱気がドッと全身を包んだ。女の汗の匂いが充満した熱気。こんな中にもう少し放置しておいたら、熱射病を起こしたかもしれない。

とりあえずエアコンを停め、雅江の猿ぐつわを解いた。

「飲ませて……、おしっこでも何でも飲みます……」

もう声を出す気力も残っていないのだろう。蚊の啼《な》くような声で訴えた。

「よしよし。ようやく分かったな。飲ませてやるぞ。その替わり、おれにケツの穴を犯させるんだぞ。それでも良かったら飲ませてやる」

「ケツの穴……犯す……?」

理性が薄れてきているから、理解するのに時間がかかった。

「アナル・セックスということですか……?」

「そうだ。したことがあるか?」

「いえ……」

「いやだったら、小便は飲ませない……」

「分かりました……」

「じゃ、テレビで見てる奴らにも聞こえるようにハッキリ言え！　大きな声で、『おしっこを飲ませていただいたら、お尻の穴をあなた様に捧げます』って……」

僅かに残る羞恥が彼女を躊躇わせたが、渇きの苦痛がそれを圧倒してしまった。

「はい、おしっこを飲ませて下さい。そうしたらお尻の穴をあなた様に捧げます……」

「よしよし。だいぶ素直になった」

秀人は雅江の縛めを用心深く解いた。必ず手か足かどちらか拘束されている状態で、不意の攻撃に備えながら。松木は何度も念を押したのだ。いいつけを守って、攻撃の隙を見せぬようにして後ろ手に縛り、調教櫓の柱に正座の状態で縛りつけた。ペニスを取り出す。

「さあ、言え。『雅江に、ヒデ様のおしっこを飲ませて下さい』と」

雅江がそのとおりに復唱すると、大きく口を開けさせた。嚙みつかれでもしたらコトだから首のところに縄をかけて柱にゆわえつけてある。仁王立ちになって彼女に命じた。

「さあ、ヒデ様のおいしいおしっこを呑ませてやる。口を開けろ。こぼすなよ」

餌をねだる雛のように、何の躊躇もなく雅江は大きく口を開けた。それだけ渇きに責め苛まれていたということだ。

「うむ」

秀人はいきんだ。女の顔面に小便するというのは勝手が違う。出すのに手間取ったが、放水が始まると一気に淡黄色の温水が噴射され、待ち受けた熟女の口の中にそそぎこまれた。泡立つ尿を、雅江は夢中で呑みこんだ。ゴクゴクと喉を鳴らし、強い匂いに噎《む》せながらも、拒否する気配も嫌悪するふうもなく、それこそ砂漠で泉を見つけた旅人のように夢中で呑んだ。

秀人は、昨夜、松木から「尿を飲ませろ」と命じられて仰天した。

「小便はアンモニアが入ってるんでしょう？　毒じゃないですか？」

「そう思うやつが多いけど、出したばかりの小便にはアンモニアなんて入ってない。あれは尿素が空気に触れて酸化してアンモニアになるんだ。健康な人間の小便の中には、人間が飲んで毒になるようなものは何も入ってない」

「はあー、そうなんですか。だけど……、飲みますかね？」

いくら喉が渇いても自分だったら考えられない。独特の臭気を考えただけでおぞましい。

「飲むさ。喉の渇きってやつは一番こたえる。水さえあれば食い物が無くても十日や二十日は持ちこたえられるが、水が無ければ三日ともたん」

だから、唾液を吸わせるために口の中に布を押しこんでおくこと、暖房をかけて発汗させるようにと指示した。彼の言うとおりだった。ひと晩で雅江は屈伏した。自らすすんで若者に尿を飲ませてくれと懇願した。そして今、自分の膀胱から排出される泡立つ液体を、美味な飲料水か何かのようにゴクゴクと夢中になって飲んでいる。秀人は昂揚した気分になった。人を見下すような雰囲気をもつ怜悧《れいり》そうな美女をここまで隷従させることに成功したのだ。

膀胱がカラになった。飲みきれずに溢れた液体は雅江の顎から胸に垂れて下腹部まで濡らしている。確かに喉の渇きは癒された。それまでは夢中だった雅江は、ようやく人心地ついた瞬間、自分が完全に屈伏したことをイヤでも思い知らされたに違いない。打ちのめされたような表情になった。唇を嚙んだ。秀人はその頰を張りとばした。

「なんだ、その態度は！　飲ませてもらったお礼は、どうした!?」

「は、はい……。おしっこを飲ませていただき、ありがとうございました」

「よし。その次の科白を言え」

アナルを捧げるという約束を思いだして、表情がこわばった。

躊躇っている横っ面《つら》に、またビンタを食らわす。頰が腫《は》れあがるほどに。悲鳴をあげた。

「やめて、ぶたないで！」

「だったら言え！」

「わ、私のお尻の穴を犯して下さい……！」

唇がワナワナと震え、語尾がかすれた。さすがに屈辱と無念さがこみあげてきたのだ。

「よしよし」

首と柱をゆわえている縄を解いた。その時、いきなり、雅江が体当たりを食わせてきた。後ろ手に縛られているのだが、足は自由だ。ドーンと彼を突きころばした。

「クソ」

不意をつかれた秀人は床に転がった。雅江は一目散に地下牢のドアに駆け寄った。後ろ手に縛られた両手を使ってドアノブを捻《ひね》る。動かない。顔色が変わった。必死になって体当たりをする。それでもビクともしない。

「バカだなあ。そのドアは閉まると自動的にロックされるんだ。開けるにはどっち側からも鍵が必要なんだよ」

「あー……」

立ちあがった秀人はポケットから鍵をとり出して笑って見せた。

雅江は絶望的な表情を浮かべた。ドアの前でガクリと膝を折り、床にへたりこむ。

(さすがだな。こういう場合も考えてドアを作ってあるとは……)

松木の用意周倒さに感謝しながら、秀人はホッとした。ヘタをしたら非常口のドアから外まで飛びだしたかもしれない。白昼、縛られた女が裸で飛びだしてきたら大変な騒ぎになる。

(舐められてた)

怒りが湧いてきた。この女は屈伏したように見せかけてチャンスを窺《うかが》っていたのだ。秀人は雅江の黒髪を摑んでひきずり立たせ、思いきり腰を蹴った。

「きゃあっ！」

床にぶっ倒れて悲鳴をあげる。

「甘く見たな、おれを！」

別な縄を持ってきて調教櫓の梁に取りつけてある鉤に、後ろ手にくくり合わせている縄をひっかけてグイと引っ張った。

「ひーっ！」

縄に繫《つな》がれた手首が持ちあげられると、裸女の体は両腕を捩じりあげられる感じで前へのめってしまう。肩と肘の関節が痛めつけられる姿勢で、雅江はまた悲鳴をあげた。

「ゆ、許して！　痛い、痛いーっ！」

悲鳴と絶叫が彼をさらに昂らせた。それ以上やると関節が外れそうなぐらいまで吊りあげておいて、秀人は鞭をとりあげた。松木が用意しておいた乗馬鞭だ。黒革製で先端がわずかに篦《へら》状になっている。ユカリや絵利香に使用したプレイ用の房鞭とは違う。

ヒュッ。

狙いすませて白い豊臀の右側にふり下ろした。

ビシッ！

自分でも驚くほどのしたたかな手ごたえがあって、

「ぎゃーっ！」

雅江は絶叫した。ガクガクと吊られた肉体が揺れ、ギシギシと梁が軋んだ。

秀人の中に潜んでいたサディズムの血が沸騰した。常に自分は無視され嘲笑されてきたという被害妄想的な感情がはぐくんできた、美しい女たちへの復讐心が転換した嗜虐の欲望が。

「思いしれ！」

バシーン！

もう一方の尻たぶを打ち据える。

「あーっ！」

喉を反らせてのけぞり悶える白い裸身。

我を忘れて秀人は鞭を揮った。苦悶する女体。ぶるんぶるん揺れる乳房と臀部。サアッと走る赤い打痕がみるみるうちにムクムクと膨れあがってゆく。

「殺すぞ、今度逃げ出そうとしたら！」

自分でも恐ろしくなるほどの怒号と罵声《ばせい》が吹き出る。

「許して、許して下さいっ！　ひーっ！　あうっ！」

肉をぶっ叩く無残な音が悲鳴、号泣、哀願と交錯した。

（いかん、夢中になりすぎた……）

ハッと気がついたとき、雅江はガク、と首を前倒しにしてダラリと縄に吊られた恰好になった。失神したのだ。足元に水溜りが出来て湯気をあげている。失禁したのだ。

あわてて駆け寄り、梁から吊っている縄を外した。ドタッとビニタイルの床に倒れこんだ裸女は、ピクリとも動かない。

（死んだんじゃないだろうな……!?）

ハードな鞭打ちを経験したことがない秀人は、思わず青くなった。ユカリにも絵利香にも、けっこうきつい鞭を揮ったが、それはあくまでもプレイであって、懲罰ではなかった。

抱き起こしてみると、顔色は青白いが脈はあるし呼吸もしている。

（よかった）

とりあえずベッドの上に運び、横に寝かせる。臀部には一面に蚯蚓《みみず》腫れが網目状に走り、ところどころで皮膚が裂けて血が流れている。見るも無残な眺めだ。

（ぼくはこんなに残酷な男だったのか……）

自分の中に隠れていた真のサディストが目を覚ましたのだろうか。しばらく呆然として立ちすくんでいると、

「けっこうハードに責めてたじゃないか、ヒデくん」

背後から声がかかった。振り向くといつの間に入ってきたのか、松木が立っていた。面白がる表情をしている。秀人は狼狽した。

「あー、いや、その……。逃げようとしたので、ついカッとなって……」

「まあ、それぐらいの罰を加えて丁度いいんだ。ところで小便は飲ませたかい？」

「ええ」

秀人は昨夜から今までのことを、松木に詳しく報告した。

「やっぱり飲んだか」

松木は満足そうな顔になった。

「よし、それじゃエンドルフィン理論の証明にとりかかるとしよう」

3

水をぶっかけられて正気にもどされた雅江は、二人の男によって宙吊りにされた。

熟女の一糸纏わぬ豊艶な裸身が、空中に浮いている。

両手両足が調教櫓の四本の柱にそれぞれ縄で吊られ、まるでハンモックのようだ。

高さは床から一メートル少し。つまり男性が立ったまま犯せる位置にある。両足は四十五度ぐらいの角度に開かれているから、秘部は完全に露呈されている。

「うー……、むー……」

再び猿ぐつわを嚙まされた雅江は、ただ呻くだけだ。四本の縄で体の重みは四分割されているというものの、宙吊りにされれば関節にかかる苦痛は相当なものだ。

「お××こはどんな具合かね」

松木に言われ、秀人は濃密な繁茂を掻き分けて秘唇を指で広げてみた。チーズの臭気はさらに濃密になって鼻腔を刺激する。指を突きいれてみた。今朝犯した時に残っていた精液が少しこぼれてきたが、粘膜は濡れていない。

「では、痛めつけながら性的昂奮状態に陥るかどうか、試してみるぞ」

松木も秀人も下着一枚の裸だ。ずんぐりした体格の松木だが、下腹の贅肉は少なく、案外引きしまった筋肉をつけている。何かで体を鍛えているらしい。ブリーフは黒いシルクで、案外おしゃれなのだ。股間の膨らみを見ると、欲望器官は秀人よりひと回りは大きそうだ。

彼は持ちこんできた紙袋の中から蠟燭を取りだした。ごくふつうの蠟燭だが相当に太い。

「鞭よりもね、こいつの方が効く。持続した一定量の苦痛を与えられるからね」

ライターで点火する。ゆらめく炎に溶ける蠟。

「しかも、傷がつかない、跡が残らないという利点がある。もちろんあまり近づければ火傷《やけど》はするが、これぐらいの高さならね……」

溶けた蠟を三十センチぐらい上から、乳房の上に垂らした。

「むーっ、うぐぐ！」

宙吊りの裸身が痙攣した。四本の縄がピンと張り、櫓全体が軋んだ。白目をむき出して悶絶する雅江。体中の筋肉がわなわなと震え、背はのけ反り、反動で曲がる。すべての関節が操り人形のように激しい屈伸運動を展開する。

（ほーっ……、凄いや……！）

秀人はただ感心して見ているだけだ。

みるみるうちに蠟の滴が乳房を覆いつくしてゆく。執拗に乳首を狙う松木。彼の目は少し細められて、何か精巧な細工をしている職人のようだ。

「むー、うーっ、あぐぐ……！」

熱蠟責めはえんえんと続いた。

悶えくねる女体の動きが、俎の上でビンビン跳ねる魚のようだったのが、やや緩慢になってきた。呻き声も心なしか弱々しい。

（消耗してきたな……）

秀人が思ったとき、松木が促した。

「そろそろエンドルフィン分泌が始まったと思うよ。さっきキミが鞭をふるって準備運動をさせておいたからかな……。調べてみたら？」

秀人は秘唇にまた指をさしこんだ。心なしか湿り気が感じられる。とはいえ、濡れたという状態ではない。

「そうか。もう少し続けてみるか。キミも少しいじってやってくれないか」

昨夜は秘部を舐めてやったが、少しも濡れなかった。強い匂いの源泉に顔を突っ込み、秀人は舌を使って秘核を責めた。

「くっ……くー……」

全身に鳥肌がたった。

「おお、いい兆候だな。感じてる証拠だよ、この鳥肌は」

そう言って、臍の回りに再び熱蠟をたらす松木。

クリトリスを舐めながら膣口から指を差しいれていると、熱蠟を浴びるたびにギュッと締めつけられる。昨夜はあんなに弛緩《しかん》していたのが、今日はだいぶ感じが違う。

（お!?）

鼠蹊部あたりに蠟涙《ろうるい》の爆撃が始まった途端、変化が明らかになってきた。

「濡れてきましたよ、松木さん……」

「ほう、そうか……」

松木も指を差し込んでみる。膣口から白い液体がこぼれ出てきた。心底サディストの血が流れている中年男は頬を歪めるようにして笑った。

「やっぱりなあ……。ヒデくん。これがエンドルフィン分泌による性的陶酔だよ。いま、苦痛が限界点を超えて、快感に転換したんだ。ホンの少しの性感刺激でも増幅して受け止めるようになる。よし、もう少しだ……」

松木はさらに蠟涙を秘毛の丘へと垂らしていった。時にはクリトリスを直撃もする。

「が、ぐ！」

悶絶また悶絶。全身から噴き出した汗がボタボタと床に滴り落ちる。腹部はふいごのように上下している。エネルギーの消耗度はすごいはずだ。

秀人は膣全体が完全にヌルヌルになったので秘唇に指を二本、三本と押しこんでいった。クリトリスにかぶさっていた蠟涙をのけると、それは驚くほど膨張していた。昨夜は探すのが難しいほど小粒な真珠のようだったのが、今日は小指の先ぐらいになってせり出している。激しく肉体的苦痛を与えられながら、雅江が性的な快感を味わっているのは明らかだ。

（ホントにこれが、エンドルフィンのせいなのか……？）

昨夜は秀人が乳房を揉み、舌を使って秘唇を刺激してやったのに、少しも感じなかったのだ。しかも雅江は、全身蠟涙で覆われた状態になりながら、松木が熱蠟を垂らすのをやめると、「もっと垂らして」と訴えるように、自分から腰を揺すりあげるのだ。

　さらに五分後、抽送する三本の指をグイグイ締めつけながら、雅江は激しい絶頂の歓びを全身で表現してみせた。

「うぐー……！」

　ひときわ激しく全身を痙攣させると、秘唇から透明な液をおびただしく噴出させた。

　凄絶かつ凄艶な女体絶頂図に、秀人は完全に圧倒されてしまった。

「おやおや、潮を噴いたぞ。雅江のやつ、案外、感度のいい体を持ってるんだなあ。亭主の開発の仕方が悪かったんだ……」

　松木は満足そうに言い、蠟燭の炎を吹き消した。

「どうだね、ヒデくん。エンドルフィン理論が証明されたと思わない？」

「はあー……、そうですね」

　秀人も認めざるを得ない。苦痛の極限で彼女は快感を覚えたのだ。

「では、賞味したまえよ。性感に目覚めた熟女の体をたっぷり可愛がってやるといい」

　床におろすと、雅江は精も根も尽き果てて腰が抜けている。シャワーのある簀子のところまでひきずってゆき、全身に冷水をぶっかけた。乳房から腿までを覆っていた蠟を剝がし、ついでに石鹸を使って洗ってやった。昨日から汗まみれ尿まみれの裸身は、再び眩しいような輝きをとり戻した。

秀人は肛門にも指を入れてグリグリと抉った。

「さっき、アナル・セックスもさせると誓わせたんですよ。やっていいですか？」

熱蠟責めの揚句に絶頂した女体を見て、秀人の欲望器官はいきり立っている。

「いいとも。じゃ、おれは前を可愛がる。二人でサンドイッチ責めとゆこう」

改めて後ろ手に縛りなおし、乳房が紡錘状に突起するほどギッチリと胸にも縄をかけた。

トロンとした表情の雅江は、もう、されるがままだ。まだ腰が抜けたような状態なのだ。

「たぶん、生まれて初めて味わった快感なんだ。亭主の話では、これまでちゃんとイッたふうがないそうだからな……。まあ、男が悪いとそういうことになる。性感の開発が遅れれば遅れるほど、眠ってしまった能力を目覚めさせるのは難しくなるんだぜ」

猿ぐつわを吐き出させてから、秀人に命じた。

「もう、フェラチオをやらせても大丈夫だ。嚙みきったりしない」

「そうですかね……」

さっきのことがあるから心配だ。松木はニヤリと笑ってみせた。

「信用しないな……？　こいつはあれだけ汗をかいたから、また喉が渇いている。小便は塩分を含んでいるからね、飲んだ時は一時的に渇きを忘れるが、すぐまた渇く」

　正座させた雅江に尋問した。

「喉が渇いているかね、奥さん？」

「はい……」

　素直にコクリと頷いた。

「じゃあ、おれのこれをおしゃぶりしろ。ちゃんと立たせたら小便を飲ませてやる」

　絹のブリーフをおろして、巨大なサイズの肉茎を突きつけた。先端は黒みを帯びた紫色
――茄子《なす》の色で、先端が松茸《まつたけ》のようになった、いわゆる雁高という理想的な形状だ。まだ
完全に勃起していない状態で、長さも太さも秀人の勃起状態を上回る。

（う、名器だな……）

　標準サイズと自覚している秀人は少し圧倒された。

　びしょ濡れの黒髪を鷲摑みにして、グイと顔を引きあげ凶器めいた器官を押しつけた。

「さあ、口を開けて……。牝犬奥さん、おれを歓ばせるんだ。でないと水も飲まさないし、
食い物もやらん」

　最初はさすがに目をそむけるようにしたが、とうとう諦めたように口を開けた。すかさず
松木が腰を押しつけた。喉元までぶちこまれた巨根。

「ぐ……え」

目を白黒させて苦悶するのを構わず、

「ほら、舌を使え。もっとだ……」

喉の奥から唇まで、荒々しく抽送しながら命令する。

「ああ、その調子だ。そうだ……」

唾液で塗《まみ》れた醜い木の幹のようにねじれた肉茎がピストン運動するのを、秀人は呆然として見ていた。つい先刻、秀人をつき倒して逃げようとした気の強い女が、今は完全に松木の命令にしたがって口を犯されている。その気になれば、自分を誘拐した男の逸物を、歯をたてて嚙み切れるのに、そんな考えは毛頭浮かばないようだ。苦痛と屈辱と羞恥の極限でオルガスムスを味わった瞬間、彼女の心の中で崩れてしまったものがある。

「いいぞ、奥さん、その調子だ。そうだ……」

松木は愉快そうな表情で秀人を促した。

「ヒデくん。それじゃキミは後ろからやりたまえ。ナマでやるのがいやだったら、その紙袋の中にコンドームと潤滑ゼリーが入っている……」

雅江はベッドの上に這わせられた。

彼女の頭の方で、松木は全裸になって尻をマットにつけて座り、両足をひろげた。また首根っ子を押さえつけるようにして屹立した自分のものをしゃぶらせる。正座状態で前倒しにされたので、熟女の臀部は後ろへ高く突きだされた。

猛った秀人は、コンドームを装着するのももどかしく、彼女の足の間に入り、尻たぶを割った。肛門の周囲まで黒い毛が密集している。菊襞状の排泄孔にたっぷり潤滑用ゼリーを塗りたくる。指を突きたてて奥の方まで潤滑してやった。

「いきます」

松木に言い、雅江の豊臀を抱えあげるようにした。

ペニスをアヌスに垂直になるようにして、怒張しきったものを押しつける。

アヌスは無理やりに突きたてても苦痛を与え、傷つけるだけだ。ユカリとのプレイで、彼女からジワジワと圧迫をかけながらめりこませるのが最良の方法だと教えられている。特に、雅江のように初めて受けいれる女性には。

「あっ、う……」

松木の股間に顔を伏せて彼の怒張をしゃぶっていた美麗な未亡人は、若者が狭い菊門を襲ってくると、口を離して苦痛の悲鳴をあげた。

「息を吐いてラクにしろ」

松木が言う。彼の手は雅江の秘部をまさぐりはじめた。

「うー……」

抵抗に負けずグイグイと圧力をかけてゆくと、ズボッという形で亀頭部がめりこんだ。

「ひーっ！」

雅江が悲鳴をあげた。

「うぬ」

一番緊い部分を抜けると、あとはラクだ。根元まで一気に嵌入《かんにゅう》する。

「おー、あうっ」

ガクッと頭を垂れる雅江。

「奥さま。ケツの孔《あな》に入れられる感じはどうかな……。ここよりもひと味違って、なかなかいいもんじゃやないの？」

雅江の乳房も秘部もまさぐりながら松木がいやらしい声で言う。後ろ手に縛られたままで屈辱的なアヌス・レイプを受ける美女は、固く目を閉じ、唇を嚙む。しかし切ない吐息が洩れるのを止めることが出来ない。

「おやおや、女社長さんはケツの孔を掘られても感じてるようだぜ……。ヒデくん、もっと奥まで、そうだなあ、子宮の方に強く当たるようにピストンしてみて」

「はあ」

言われたとおりに角度をつけ、ズンズンと勢いよく抽送する。ユカリのより緊い感じだ。

（ふだんなら口をきくこともない金持の女のアヌスを、こうやって凌辱している……）

その思いだけで激しく昂る。

「あー、あうっ、ひーっ……」

雅江の唇から切ない声が噴きこぼれた。

「おお、感じてる感じてる。ヒデくん、こっちは洪水だよ」

秘唇をまさぐり、指を突きたて抉っているのが、薄い壁を隔てて伝わってくる。

「そんなに感じるんですか、肛門って……」

「性感帯を充分刺激して、子宮を昂奮させておけばね。たぶん、子宮を中心とした部分が激しく突き動かされるからだと思う」

その言葉に励まされるようにして、秀人は猛烈なピストン運動を繰り広げた。

「お、う、うっーうー！　あうああう！」

ひとしきり黒髪を振り乱し、よがり声を噴きこぼした妖艶美女は、やがてまた汗まみれの裸身を弓なりにのけぞらした。

（うっ、凄い締めつけ！）

アヌスの括約筋が歯のついた生き物の口のように噛みついてきた。

「あ、あっ。くそ……、おうっ！」

秀人も吠え、濃厚な牡のエキスを噴きあげた。

「がはは。前も後ろもヒデくんに捧げたわけだな、雅江奥さま……。この気持よさは一生忘れられんだろうが」

松木は哄笑《こうしょう》した。今度は彼が犯す番だ。伸びてしまった雅江を仰臥させ、両足を肩に担ぐ姿勢になり、抜身のまま秘唇へ凶器と化した器官をぶちこんだ——。

彼のぶっといのがズンズンとリズミカルに子宮口へ叩きこまれるのを見て、秀人は信じられない思いだった。

（あれじゃ、女の体が壊れてしまう……）

しかし、再び狂乱しはじめた雅江の表情は、苦痛よりも陶酔と歓喜のそれだった。腹膜を破りかねないような乱暴なピストン運動は、凌辱される女体をさらに昂らせている。

「うっ、あっ、うぐく、ぐうっ！　わーっ、ああっ、あおおお！　おーうっ！」

最後は白目をむいてまたまた悶絶し、松木は失神した女体の肉奥へ射精した。

（すっげぇ迫力……！）

秀人は舌を巻いた。

前と後ろの孔を抉り抜かれた女囚は、汗まみれの裸身をベッドの上に横たえてぐったりとなりしばらくは死んだようになっていた。

「これで第一段階は達成だな」

引き抜いてもまだ萎えない器官を雅江の下着の残骸で拭い、松木は言ってのけた。彼は少し汗ばんでいるだけで、特に消耗した様子もない。

秀人が外に出てビールを買ってくると、松木はまた、雅江に尿を飲ませていた。

やがて彼女が腰をモジモジさせて訴えた。恥ずかしそうな声だ。

「あの……、トイレに行かせてください」

松木が秀人を見て薄く笑った。

「ヒデくんが直腸をさんざん刺激したから、便が下りてきたんだよ。ちょうどいい、こいつがモリモリ脱糞するシーンをビデオに撮影しておこうじゃないか」

数分後、洋式便器の便座の上に逆向きに跨ることを強制された雅江は、秀人が操作するビデオカメラの前で、大量の汚物を排泄した。

「わははは。こりゃ傑作だ。太いのがグングンと出てくる。壮観このうえない。こいつを会社の部下に見られたらどうするね、社長殿？」

「うっうっ……うー……」

汚辱のどん底で泣き咽ぶ雅江だ。

しかし、彼女は脱糞のシーンを撮影されながら、激しく昂奮し愛液を溢れさせていたのだ。

第四章　ドミナ・システム

1

雅江は完全に屈伏した。その上、かつてない肉の歓びまで教えられた。秀人は驚嘆した。

（信じられない……。調教とはこうやるのか……）

感覚遮断状態で放置し、理性を狂わせる。次に渇きに苦しめさせる。小便まで飲ませられる屈辱で、自我が崩壊してしまった。つまり、外界に対して張りめぐらせていた人格の防御壁が崩れ落ちたということだ。

どうやら、そういう壁が強固であればあるほど、セックスを充分に楽しめないようだ。壁が崩れたとたん、子宮に火がついた。苦痛が快感に、屈辱が陶酔に転換していった。それは間違いなくエンドルフィン分泌によるものだろう。壁を突き崩されているから、エンドルフインの分泌もめざましい効果をあげたのかもしれない。

(ふーむ、これを利用すれば、どんな女でも快感を得られるようになる……)

松木が彼を置いて帰った後、三〇三号室で監視しながら、秀人は考えていた。

「ここまでくれば、後は簡単だよ。毎日、痛めつける。その後、喜ばせてやる。これで条件づけられるから、後は反射的に性的昂奮が起こる。これを三日間続けよう」

一週間の休暇のうち、最後の二日は松木が同道して香港へ行き、トンボ帰りをする。出迎えの社員の目に、確かに彼女が香港旅行から帰ったことを印象づけるためだ。

翌日、秀人が地下牢に入ってゆくと、雅江は目覚めていた。猿ぐつわをとると哀願した。

「何か食べ物を……、お願い」

腹部がグルグルといっている。松木の指示で、昨夜は水を与えたが食べ物は与えていない。つまり誘拐してからまる二日、何も食べさせていないのだ。責められてエネルギーを大量に消耗して飢餓状態に陥っている。

「その前に日課だ。よく泣け」

調教櫓のまん中にバンザイの形に両手両足を拘束し、鞭を使った。

乳房、腹、腿と乗馬鞭で打擲し、背、臀部と責めた。特に豊満な臀部は臀裂の谷まで強烈な鞭を炸裂させた。

最後は絶叫して尿をほとばしらせた雅江だったが、膣に指をいれてみるとしとどに濡れていた。熱で溶かした蜜壺のようだ。

（エンドルフィン分泌が早まったようだ……）

脳の中の麻薬だ。人間がヘロインやコカインなどの麻薬に中毒するように、一度大量に分泌されたエンドルフィンの陶酔を味わうと、再びその状態を渇望するようになるのかもしれない。ベッドに仰向けに縛りつけ、乳房と腹、腿に熱蠟を垂らし、散々に苦悶させた。雅江の悲鳴と呻き声は甘美なものになる。その劇的な変化は、目を疑わせるものだった。

たまらずに覆いかぶさり、猛烈に犯した。食いちぎられるかと思うほどの強さで膣は反応した。これが昨日まで性の歓びを知らなかった女とは思えない。

「お願い、食べさせて……」

そのために彼女のほうでも必死に奉仕したのだろう。正気に帰ると必死になって哀願した。もちろん食事は用意してある。といってもバナナ一本とコップ一杯の牛乳。それが彼女の一食ぶんだ。

「なあに、水さえやってれば四日か五日、食べなくても大丈夫だ。その分は脂肪を燃焼させるから、贅肉落としに丁度いい。少し太り過ぎだったからな……」

松木はそう言った。秀人はこの機会を利用することにした。

「では、おれの質問に答えろ。正直に白状したら、食い物をやる」

木製の椅子にくくりつけ、太いバイブレーターを性器に挿入し、指でクリトリスを責めながらの悦楽責めだ。乳首にはガッチリと洗濯バサミを嚙ませ、悶え苦しむ姿を鏡に映しながら。数時間にわたる苦痛と悦楽の交互責めで、驚くほど大量の愛液を洩らしつつ雅江は自分のこと、松木とのことを全て、若者に白状した。

――雅江の性は梅本。結婚前も同じだ。姓が変わらなかったのはひとり娘なので、婿養子をとる形になったからだ。

実家は都内でも有数の老舗の蕎麦屋だった。そういえば、〝梅もと〟という暖簾《のれん》をかけた蕎麦屋は、都内のあちこちにある。

最近は都下に近代的な工場を作り、蕎麦と蕎麦つゆの生産を行なっている。老舗のブランドということで食通に好まれ、全国的に供給されて莫大な利益をあげている。最近は蕎麦ばかりではなく蕎麦懐石という高価な料理が看板の和食レストランを開業させて成功している。

婿養子に入った夫は、事業欲が旺盛で、海外にまで支店網を広げていた。

しかし事業に夢中になるあまり、妻の相手をする時間がなかった。性戯も下手だった。

名門のお嬢さん高校から女子大を出た雅江は、二十四歳で結婚するまで処女を守っていた。

初夜、さしたる前戯もなく荒々しくペニスを突きたてられて、苦痛と汚辱しか感じなかった雅江は、それ以来、セックスが嫌いになり、なるべく夫の相手をしないですまそうとした。そのために彼が浮気をしても見て見ぬふりをしていたのだという。

（なるほどね……、やっぱり男がちゃんとセックスに目覚めさせてやらないといかんのか）

秀人はふと、姉の亮子のことを思い浮かべた。彼女は二十二歳。真面目で几帳面な性格。ボーイフレンドはいない。たぶん処女だろう。男にはあまり関心がない。

親がうるさく言って、たぶん誰かと結婚させるだろうが、相手が悪かったら、この雅江のようにセックスにさして興味を持たないいまま一生を終えてしまうかもしれない。

「それで、亭主はなんで死んだのだ？」

好奇心を覚えて質問してみた。

「交通事故です。車を運転していて崖から落ちて……。スピードの出しすぎだと警察は言ってました」

この女は夫を失って不幸になったのか、それとも幸福になったのか、秀人には分からない。松木が彼女を誘拐してマゾ奴隷調教を行なわなければ、彼女は女社長として〝梅もと〟チェーンに君臨していけたはずだ。そのかわり失神するような性の歓びは一生、経験しないで終わったかもしれない。松木が荒療治したからこそ、あれだけ感じることが出来たのだ。

（そのかわり、松木のような寄生虫というかダニみたいなのに一生、生き血を吸われるわけだ……。あいつはたぶん、自分が作りあげる〝ゴールデン・ダンジョン〟の従業員、つまり客に提供するマゾ奴隷の中に、この女も登録するに違いない……）

昼は富裕な女経営者、夜はサディストたちのセックス奴隷として働く――そんな生活を過ごすようになるのだ。

（おれも、その計画に手を貸しているのだからなあ。どうしたものか……）

今さら抜けるというわけにはゆかない。それに、雅江を責めたてて、ハードなプレイの醍醐味も覚えた。松木にくっついている限り、そういった女たちに不足することはない。彼はすでにユカリ、絵利香、そして雅江と、三人の違ったタイプの女を与えられた。そして〝ゴールデン・ダンジョン〟は、たぶん莫大な利益を松木にもたらすだろう。そのおこぼれにもあずかれるわけだ。松木はコンピュータに詳しい人間、ハッカーを求めているのだから。

「それで、松木さんとおまえはどんな関係なんだ？」

雅江が言うには、最初に彼と親しくなったのは、今は亡き夫だという。

「会社が八王子に新しい工場を作ろうとした時、買った土地に住んでいた人が一人、依怙地《いこじ》になって立ち退《の》いてくれなかったので、計画が立ち往生してしまったのです。その時、どこからその話を聞きつけたか、あの人が現われてうまく説得してくれたんです。地上げ屋みたいな人間でしたが、いろんなトラブルを解決するのが上手で、主人は何か揉めごとがあるたび、彼の手を借りていました。そんな関係で気やすく家にも出入りするようになって……。ただ、私の体を狙っているなんて気配は全然、感じませんでした」

（なるほど、示談屋をやってたのか……）

〝不動産関係〟というのは、ユカリも言っていたし、松木本人も口にしている。しかし正規の取引ではなく、かなり危ない橋を渡って荒稼ぎをしているような感じだ。八王子の件にしても相手の秘密を摑んで脅迫したのではないだろうか。

松木には、そういったことを感じさせる薄気味悪いところがあった。

秀人は、自分が彼女を責めたてて松木のことを聞き出したのを、彼女に対して口どめはしなかった。そんなことをしても、松木が責めれば雅江はすすんで白状してしまうに違いない。この地下牢での会話すべてが何かに記録されているということも充分考えられる。でなければ調教経験のほとんど無い秀人に任せて、自分は帰ってしまうわけがない。

（まあ、おれが松木のことを知りたがるのはユカリや絵利香からも聞いて知っているだろう。それに当然のことだからな……）

松木はまだ、秀人に対して自分の正体を曝露していない。一種の事業パートナーである秀人が、あらゆる機会を利用して知ろうとするのは、当然のことでもある。

白状した褒美に、一本のバナナと一杯のミルクを与えると、雅江は感謝の言葉を述べるのもそこそこにガツガツと食べ、一気に呑んだ。相当に飢えていたのだ。

「覚えておけ。これから調教することに反抗したら、痛い目にもあうし、水も食い物もやらない。分かったか」

「分かりました……」

素直に頷く。もう、昨日のように脱出しようなどと考えていない。

秀人は松木に指示されたとおりに、新しい段階の調教にかかった。マゾ奴隷のマナーを教えこむのだ。

「日常的な行動の一つ一つに奴隷の意味を教えこむのが重要なのさ」

松木は説明した。女囚に、自分が行なうすべての行動を「これはご主人さま＝男性を歓ばせる、奉仕するために行なうのだ」と教えこむ。頭ではなく、子宮で記憶させる。そうすれば解放された後でも、排泄するたび、入浴するたび、化粧をするたび、彼女はマゾ奴隷であることを意識して忘れることがない。

夕刻、松木がやってきた。秀人が縄を解くと雅江は床にひれ伏し、奴隷の誓いの言葉を述べた。体は綺麗に洗い、ほんのりと化粧もさせている。身も心も奴隷になり切る――と誓わせた上で、少しずつ彼女を人間扱いしてゆく。

「ご主人さま。私、雅江はあなた様のマゾ奴隷です。……私は男の人たちを歓ばせるために何でもするために生まれてきました。どうぞお好きなように扱って下さい……」

「ほう、ちゃんと躾《しつ》けたね。感心、感心。それじゃ、さっそく喜ばせてもらうか」

松木が肘掛け椅子にふんぞりかえると股を広げた。命じられなくともすぐに察知した熟女は膝でにじり寄り、ズボンの前を開け、摑みだした欲望器官に接吻し、熱烈なフェラチオを繰り広げた。

「ふむ、なかなか上達した。ヒデくんの教え方はうまい」

もちろん、徹底して教えこむために、彼女の背から尻は鞭の跡だらけだ。

その夜も、鞭、熱蠟の責めが展開された。二人がかりで責められ、雅江は何度も失神するほどのオルガスムスを味わった。

四日目。雅江は調教時以外は緊縛を解かれた。自分で体を洗い、排泄し、化粧をして、パンティを身につけることが許された。秀人や松木が入ってくると、パンティを脱ぎ捨てて全裸になって膝立ちになり、両手を頭の後ろへ回し、股を広げて秘毛のデルタゾーンを見せつけなければいけない。同時に「ご主人さま。私、雅江はあなた様のマゾ奴隷です……」という誓いの言葉を述べなければいけない。

五日目。連日連夜の調教によって、雅江は完全に奴隷化してしまった。秀人が地下牢に入って行くと、奴隷の誓いの言葉を述べる雅江はすでに秘部を濡らしていたのだ。これから始まる日課としての過酷な調教を待ちかねて……。

夜、松木は言った。

「これで完了だ。マゾ奴隷調教の最後の教程として、剃毛《ていもう》しておこう」

「そうですね。これまで蠟燭の炎で焼いたりしてボロボロだし」

調教櫓に再び宙吊りにされた雅江は、濃密に繁茂していた秘毛を一本余さず剃《そ》りあげられた。秘唇に近い部分は色素が沈着しているから、童女のように――というわけにはゆかないが、豊麗な熟女が秘叢を刈り取られた姿は不思議なエロティシズムがあって秀人は異様に昂った。

「明日、こいつを香港へ連れてゆく。帰ってきたらまた、時折再調教する」

二人がかりの凌辱に何度も失神するほどのオルガスムスを味わった雅江は、もはや支配者としての男性なしにはいられない色欲獣となっていた。

「どうぞ、お好きな時に呼び出して下さい。どんな時でも駆けつけてご奉仕いたします」

陶然とした表情で、うっすら頬を染めて自らすすんでそう言う美麗な未亡人を眺め、秀人はたった五日間でここまで調教しきった松木の手腕に、改めて舌を巻いてしまった。

(この男なら、本当にどんな女でもマゾ奴隷に出来そうだな……)

松木も得意そうだ。今夜は成田のホテルに雅江を連れてゆき、そこで泊まるという。盛装させた彼女の後ろ手に手錠をかけてシーマに乗せた。

「じゃあ、いろいろご苦労さんだったね。キミのおかげで二週間はかかる調教がこんなに短く済んだ。一人でやってたら本当に身が持たん。キミもだいたいおれのやり方が分かってくれたと思う。この重労働をコンピュータでどこまで能率化できるか、それを考えてくれないか」

「分かりました」

「あ、そうだ」

シーマを動かそうとして松木は言った。

「今度のことでお礼を用意してあるよ。メトロポリス・センチュリーに今夜、キミの部屋をとってある。二九〇一号室だ」

秀人はドキッとした。

「お礼って……ユカリですか。絵利香ですか」

松木はニンマリ笑った。

「さあ、どっちだろうかね。とにかく行ってみることだ。この前と同じに私のツケだ」

松木を見送ると、秀人は大あわてで新宿のシティホテルに飛んでいった。

二九〇一号室をノックすると、

「はい」

女の声がしてドアがスッと開かれた。

「待ってました。秀人クン」

絵利香だった。この前と同じブラジャーとパンティ、それにガーターベルトとストッキングという悩殺的な恰好だ。それも、ハイヒールまで全部、赤で統一されている。

(絵利香でもいいや、また姉弟プレイを楽しめる……)

そう思って一歩、室内に足を踏み込んだ秀人は、もう一度視覚的衝撃を受けた。

ベッドに仰向けに少女が縛りつけられていた。

白萩女学館の制服を纏ったユカリだった。口には猿ぐつわを嚙まされて、それでも潤んだ目を久しぶりに見る年上の若者にヒタと向ける。

絵利香が彼の股間のふくらみを撫でた。

「熟女を相手にしたら、若いピチピチした肌が恋しくなったでしょう? 今夜は私たち二人がご奉仕します。ユカリの兄妹プレイ、私の姉弟プレイ、どっちが先……?」

——兄妹プレイが先に行なわれた。絵利香はその間、クロゼットの中に緊縛されて吊られた。

朝までに二人の女はそれぞれ二度、秀人の牡のエキスを体内に注ぎこまれた。膣と肛門に。

二人の女たちはまた、相手の体に注ぎこまれた白濁液を、命令されるまでもなく嬉々として舐め啜り、淫猥なレズビアン・プレイを繰り広げた。

秀人が帰宅した翌日、すぐにまた松木から、マル鬼名義のメールが送られてきた。

《やあ、ヒデくん。雅江の調教につきあってくれてありがとう。改めて感謝するよ。

今日、雅江を香港から連れ帰った。会社の連中は、彼女がずっと香港にいたものと思って、まったく疑っていなかったよ……。

香港のホテルでも調教プレイを行なったが、雅江は私に、遺産相続が決定しだい、〝ゴールデン・ダンジョン〟創設のために元麻布にある邸宅——以前は彼女の父親が使っていたという屋敷を私の自由に使わせると約束した。資金が必要だったら、その一画を売却してもいいと言っている。何しろ五百坪あるんだ。すごい財産だ。これで〝ゴールデン・ダンジョン〟の資金面の手当てはついた。ぼくたちの未来は洋々たるものだよ。後は、会員に提供するマゾ奴隷をもっと集めることだ。

ユカリ、絵利香、雅江の三人を登録することに異存はないね？　少女、ＯＬ、熟女——と、三つのタイプが揃ったから、次は女子大生か若妻といきたいところだね。もしキミの方に心当たりがあったら教えてくれないか。共同してまた調教しようじゃないか。

キミのコンピュータ化のアイデアも聞きたい。どうだね、週末あたり、また会おうじゃないか。雅江がぼくたちに渡してくれる邸を見せたい。〝VIPサロン〟もこっちに移して、〝夢遊ネット〟の方はこれまでの会員の誰かに任せるつもりだ。あれはあれで、キミのような有為な人材を見つけるのに必要だからね。

では、連絡してくれたまえ。　　　　　　　　　　　　　　　　　MARQUIS》

（あの男の構想は、だんだん実現してゆく……。数十人のマゾ奴隷を抱えた理想のSMクラブが……）

秀人は改めて松木のすさまじい執念に感心した。このために二年がかりで梅本家に食いこみ、その努力が、ようやく実を結んだのだ。

その週末、松木と秀人はメトロポリス・センチュリーで待ち合わせた。年上の男は若者をシーマに乗せて元麻布に向かった。

「〝ゴールデン・ダンジョン〟の本拠地に昨日、引っ越しをしたんだ」

坂と各国大使館の多い、都心でも有数の高級住宅地である。昔は宏壮な邸宅が並んでいたが今ではほとんどマンションに建て替えられた。地価が高騰した結果、相続税が払えずに法人などに売却されてしまうのである。

梅本家が先代の住んでいたという邸を持ち続けていられるのも、名目上、会社の宿泊施設にしてあるからだ。この一等地に個人で邸宅をもつというのは、並みたいていのことではない。

「雅江が自分の会社に貸してある施設を、また俺が借りる――という形で、ここを〝ゴールデン・ダンジョン〟が使う。改造して、一か月後ぐらいにオープンしたい。それまでに十人以上はマゾ奴隷を揃えたいもんだな……」

松木は熱っぽい口調で計画を秀人に語るのだった。やがて周囲に高い塀をめぐらせた邸の前に車を駐めた。急な坂の中途に門があり、シーマの中からリモートコントロールで、自動的にガレージのドアを開ける。秀人は圧倒された。

「凄いお邸ですね……」

「ああ、雅江の親爺というのは〝梅もと〟の社長から会長に引退したあと、ここにしばらく隠居してたのだ」

「その人は死んだんですか？」

「いや、死んではいないはずだ。何せトシだからね、どこかの完全介護の老人ホームに入所していると いう話だ……」

邸は典型的な和洋折衷邸宅だった。正面に二階建ての洋館があり、横手に和風の母屋がある。洋館と母屋は渡り廊下でL字型につながり、広い庭に面していた。

戦災から焼け残ったのだろうか、洋館の部分は昭和初期のどっしりした構えで、外壁は大谷石を使っている。側面にはいたるところに蔦《つた》が絡まり、陰鬱な風情を醸し出している。

（なるほど、サディストたちの享楽の場としては、うってつけの場所かもしれない……）

秀人はそう思った。

内部は空き家になっていたにもかかわらず、さほど傷んでいない。広い玄関ホール。左に庭を眺める応接間。右に書斎。突き当たりには二階へ上がる踊り場つきの階段。吹き抜けの天井からは豪華なシャンデリアがぶら下がり、内装はチークを豊富に使っている。まるでゴシックロマンの世界に迷いこんだふうな感じだ。

応接間は二十坪ぐらいある大広間で、ちょっとしたダンスパーティも出来そうだ。

「この応接間は会員の集会に使える。月に一回ぐらいのオフ会をやったり、奴隷のオークションをやったり……。母屋は純和風だから、和風の責めが好きなやつにスタジオとして提供できるだろう。そうとう手をいれなきゃいけないが……」

書斎には頑丈なデスクの上に秀人も見慣れたパソコンが載っていた。小規模なネットワークのサーバーだ。電源はつけっぱなしで機器類はブーンと唸っている。

「これが裏コミュの〝ＶＩＰサロン〟の本体だよ。まあ、五十人規模だからこんなものだけどね」

接続されたハードディスクを叩いて、ニヤリと笑ってみせた。

「この中に、五十人の特別会員の住所や名前、趣味嗜好、資産、信用状態がインプットされている。これだけは絶対の秘密だ。バレて悪用でもされたらえらいことになる。一応ハッカー侵入対策はとってあるが、キミみたいな有能なハッカーにかかったらひとたまりもない。そのうちもっと厳重なセキュリティを頼むよ」

「調教室はどこになるんですか？」

「庭の向こうにちょっとした物置みたいなのがあるんだが、安普請《やすぶしん》で壊れかけているんでね、ここの地下室を改造しようかと考えているんだ。こっちに来てくれたまえ」

階段の踊り場の下のチークの鏡板をひょいと押すとパカッと内側に開いた。隠しドアになっているのだ。

地下に続く階段がある。湿ったカビ臭い空気が流れ出してきた。

「戦争中、空襲に備えて作った防空壕なんだ。その後はワインの貯蔵とかに使っていたんだが、今はまったく何もない。おれもここにこんなものがあるなんて、昨日、引っ越しをするまで知らなかった。雅江がうろ覚えでありかを知っていたから入れたんでね、知らない人間には永久に分からないよ。まあ、入ってみたまえ……」

小さな裸電球の明かりを頼りにコンクリートの階段を降りてゆくと、鉄の頑丈な扉があった。中に入ると、〝ミラーズハウス〟の調教用地下牢とほぼ同じ程度の空間が広がっていた。ただ天井がもっと低い。床も天井もコンクリートむき出しの空間だ。今は埃だらけの裸電球が侘しい光を放っているだけだ。不要になった壊れた家具が隅に積み重ねてある。

「ここに、あそこの調教櫓など一式を運びこもうと思う。空調、照明、水回りの設備などが必要だが、まあ、それは会員の中の建築屋に頼めば無料でやってくれる……」

二人は応接間に戻った。フランス窓の向こうの庭には中央に広い芝生があり、周囲に鬱蒼とした樹々が生い茂っている。芝生は手入れをされていないから雑草が伸び放題だ。母屋の濡れ縁のところは日本風になっていて、小さな池とか石灯籠《いしどうろう》があって、邸全体がそうであるように、庭もまた和洋折衷方式だ。

その和風の庭の向こうに、僅かに屋根が見えた。平屋の建物だ。多分、松木が言った物置に使っているという建物だろう。

「さて、ところで調教システムの方だが、キミは何かアイデアを考えてくれたかい？」

「ええ。少し……」

持参してきたバッグから、秀人は図面を取りだした。

「ほう……奇妙な仕掛けだね」

松木は興味津々という目でテーブルの上に広げられた図面を眺めた。革製の下着に見える絵と、その分解図だ。

「そいつはバイブレーターと張形を装着できる責め用の貞操帯みたいだね」

「そうです、早く言えば、膣と肛門と、両方を張形で責められるようになっている革のパンティです。肛門の方は単なる電極です。このコードで変圧器につなぎます」

「というと、肛門の中に電極が入るわけだな」

「そうです。そしてもう一方がこれです」

「犬の首輪のようだが……」

「そうです。首輪の内側に薄いアルミの電極板を貼りつけてあって、これもコードで変圧器にいきます」

「ということは、人体内に電流を流すということ？　つまり感電させるのだね」

「そういうことです。もちろん、変圧器の電流量はコンピュータ制御されます。ですからパソコンが必要になります」

「かまわん。金はどんどん入ってくる。調教用のパソコンを一台用意しよう」

貞操帯に装着されるべき、もう一本の張形は、内部の詳細図が描かれていた。

「やたら細かい仕掛けがしてあるなあ」

「なに、簡単なセンサー類です。中に温度センサー、圧力センサー、そして湿度センサーがつくんです」

「ふむ。膣内の温度、膣圧、愛液の分泌量を計るわけか……」

「そのセンサーの基準値を決定するのが難しいんです。ぼくはあまりデータがなくて」

「簡単だ。婦人科の医者もいる。必要なデータを教えてくれるだろう」

「要するに昂奮してきたら膣の変化がセンサーに感応してコンピュータに教えてくれる——という仕組みです。エンドルフィン分泌が始まったかどうか、いちいち見たりしなくても、コンピュータが察知してくれるわけですね」

「なーるほど。電撃ショックでエンドルフィンを分泌させようというわけだね」

松木は唸ってみせた。

「そうです。首輪と肛門の中に電極間に一定量のパルス電流を流せば、囚人は苦しみだす。その苦痛がやがてエンドルフィン分泌につながるわけですから、それをコンピュータが制御する。たぶん個人差があるでしょうからね……。オルガズムに達すれば圧力センサーで分かります。コンピュータに学習機能を持たせれば、やがて最短時間での調教が可能になります」

「ふーむ、なるほどね……」

「もちろんバイブレーション用の振動子がありますから、それで効果を早められます」

「うーむ、凄いアイデアだな。こいつを穿かせて放置しておけば、後はコンピュータが勝手にスイッチを入れたり切ったりして、エンドルフィン分泌の陶酔まで導いてくれるわけだ……。会員の中には趣味で拷問道具を作っている、手の器用なやつもいる。機械工具メーカーの社長だがね。詳細な図面を書いてくれたら、彼に送って作らせるよ」

「それだったら、お願いしようかなぁ」

　松木は大袈裟に感心してみせた後、

「こっちに面白いものがあるんだ。ほら、これだ」

　一枚のＤＶＤを取り出して見せた。

「何のビデオですか？」

「サブリミナル・ビデオさ」

「サブリミナル……？　ああ、何年か前に流行りましたよね。どんなものでしたっけ？」

「サブリミナルってのは潜在意識とか潜在意識下って意味だな。それを刺激するビデオだよ。ほら、映画なんかの中に、極めて短時間、別の映像のコマを嵌めこんでおくって話、一時よく聞かれただろう？」

「ああ。あれですか。最近は『ヤル気を起こさせるビデオ』とか『禁煙ビデオ』というのが出てましたね。黙って見てるだけでその気になるという……」

「そうだよ。原理は簡単なんだ。視覚が認識できるギリギリの時間だけメッセージが入っている。これは映像でもいいし文字メッセージでもいい。『ヤル気を起こさせるビデオ』っていうのは五秒か十秒間隔で二十四分の一秒だけ『今日は元気だ。ヤル気がいっぱい』なんてメッセージの文字が表示されているにすぎない。ただ網膜の残像になって残らないので、当人は意識しないが潜在意識には働きかけるから効果が出る」

「知らないうちに催眠術をかけられてるようなものですね」

「簡単な原理だけに怖いんだ。誰にでも出来る。だからどこの国でも放送や何かに、このサブリミナル・メッセージを挟むというのは、禁止している。うまく使われると革命を起こすことだって可能だからね。……実は、特別会員の中に、このサブリミナル・ビデオの制作をかつてやっていた会社の役員がいるんだ。そいつがヒントを出してくれたんで、彼に頼んで作らせたのさ。中身は浜辺に波が打ち寄せている画面と波の音、それとムードミュージックの組み合わせだけどね、映像と音響の双方に『おまえは男たちに奉仕するために生まれてきた』というのと『マゾ奴隷になるのはあなたの運命でもあり歓びでもあるのです』という二つのメッセージが隠されている。それと欲情を刺激するような映像も……」

「じゃあ、それを見せるだけで調教が可能でしょう」

「これだけじゃ無理だろうなぁ。その会員も、効果は半々と言っている。効くやつもいれば効かないやつもいる。しかし例の感覚遮断の時期は外部の刺激に敏感に反応するからその時にこれを見せれば、効くのじゃないか……」

「それだったら、挟みこむ映像も幾つか用意すると面白いですね。見ている女の膣の中にそのセンサーを入れておけば、特に昂奮するような映像が映るとそれを知ることが出来る。たとえば特定の趣味なんかが分かる」

「おいおい、キミもやるなあ。なるほど、そういう手もある。よし、一つ頼んでみよう」

　松木は最後に質問してきた。

「ところで、調教室が完成するまでに次のマゾ奴隷候補を選んでおかなきゃならん。この前も言ったけど、キミの方で心あたりのある女性はいないかね？　この前の苦労に報いるために、今度はキミが『この女を奴隷にしてやりたい』と思うやつを調教してもいいぜ」

「はあー、……そうですねぇ」

　秀人はしばらく躊躇った。なかなか声が出ない。やがて決心したように言った。

「一人いるんです。大学生ですけど」

「いいねぇ、女子学生……。で、どんな女？」

「絵利香に似た感じなんですけど、なかなか美人です。名前は杉下亮子っていいます」

　松木はゆっくり頷いていた。ひょっとしたら、最初から分かっていたのかもしれない。

テーブルごしに身を乗り出し、若者の肩をトンと叩いた。

「よろしい。その女を誘拐してここへ連れこもう。キミが思う存分に調教してみるといい」

——一週間後、秀人が口にした娘、杉下亮子は誘拐された。

2

杉下亮子は、つくば学園都市の大学の文学部国文学科に学んでいる。

卒業を控えた四年生だが就職はしない。主任教授の勧めと学問への強い情熱から、大学院に進むことにした。その後も研究室に残り博士課程をとるつもりだ。

当初は教員になるつもりだったが、今では一生を学問に捧げる気になっている。

彼女の専攻は日本の近代女流文学で、精緻をきわめた考証と、フェミニズムの時代の新しい観点に立った分析は、主任教授を驚倒させた。

亮子は行動力に富み、疑問を抱くと即座に動く性格だ。大学三年の夏休みに、課題として与えられたある作家の論文を書くために、図書館、博物館、資料館などの渉猟はもとより、作家の生家から始まり、流転の後を追って没した土地まで行った。数十人の関係者に会い、これまで通説とされてきた事実を次々とひっくり返してしまった。

「一介の教員になってその才能を眠らせるのは惜しい」と教授に説得されて大学に残ることにした。二年生までは家を出て大学の女子寮にいたが、三年からは大学の近くにアパートを借り、そこから通っている。電車なら一時間ちょっとの距離なので、週末にはなるべく帰るようにしている。月曜の朝早くに起き、つくばに戻るのだ。

今は卒業論文に専念している。テーマは、現在も生存している高名な作家の弟子で、夭折《ようせつ》した無名の女流作家の評論である。論文の執筆はヤマ場を迎えていた。

「お母さん、私、来週は帰らないから。ずっと図書館にこもって論文書くつもり」

母親にはそう告げて、月曜の朝にいつもどおり家を出た。母親は溜め息をついた。この調子ではボーイフレンドとか恋人とか、まして結婚などは頭の中に無いに違いない。

(秀人は秀人で、コンピュータに夢中だし、亮子は勉強ばかりだし、2人とも異性のことなど頭にないみたいで……。いいのやら悪いのやら……)

亮子はあまり服装とか髪形にも気をつかわず、ガリ勉女子学生の見本のような地味な恰好をしていたが、知性的な美貌と均整のよくとれたのびやかな体の持ち主だったせいで、逆に、ケバケバしい装いの女子学生の中でも群を抜いて目立つ存在だった。そんな容姿だから入学したての頃は男子学生に執拗にアタックされたが、今では彼女を喫茶店に誘おうとする者さえいなくなった。

亮子は人の欠点をズバズバ指摘するし、特に男性に対しては厳しかった。近代の女性たちが男性優位主義の圧制下でいかに才能を潰されてきたかということを研究しているのだから批判の目が厳しくなるのも無理はない。たいていの男子学生は彼女と議論するとアッという間に言い負かされ、スゴスゴと退却せざるを得ない。

その朝も亮子は、家を出てから私鉄駅までの道を歩きながら、論文のことで頭がいっぱいだった。門の前に停まっていた濃紺のシーマがゆっくり動いては停まり、彼女の後をつけてきたのにまったく気がつかない。

やがて広い通りに出ると、シーマは歩道を歩く亮子の傍らにぴったりと寄せるようにして停まった。

「すみません、ちょっとお尋ねしたいのですが……」

呼び止められて亮子は立ち止まった。それが男性だったら警戒するのだが、声をかけてきたのは助手席に乗っていた三十すぎの女性だった。ハッとするような美女で、にこやかな笑みを浮かべている。裕福なことは身なりからも分かる。女優かタレントかもしれない。運転しているのはもっと若い女性で、後部座席にいるのはセーラー服を着た少女だ。女性三人づれに警戒心を抱く者はいない。

「はあ、なんでしょう？」

「ちょっと道をお尋ねしたいの。教えて下さる？」

熟女は開いた窓から手にした紙片を示した。簡単な地図なので よく分からないらしい。亮子は反射的にそれを受けとった。そのためには窓に顔を近づけなければいけない。一歩、歩道に足をおろした。熟女のつけている官能的な香水がプンと匂うほど近くまで寄ったとき、強い力で片手を摑まれた。

「何を……、アッ」

いきなり白い布を顔に押しつけられた。甘ったるいような刺激臭を吸い込んで、フーッと意識が遠のいた。後部座席にいたセーラー服の少女がすばやく飛びだしてきて、背後から彼女を抱きかかえた。運転席からも若い娘が降りてきて、車の前を回って亮子の前に立った。二人の女に挟まれて抱きかかえられ、意識を失った亮子はシーマの後部座席に引きずりこまれた。

通勤ラッシュにはまだ少し早い時間だが、歩道には何人かの歩行者がいた。亮子が車の中に連れこまれるのを目撃した者もいたが、女性たちが気分が悪くなった女性を介抱していると思ったに違いない。シーマはスピードを上げて走りさった。

亮子は意識をとり戻した。

しばらくは自分のいる場所も、置かれた環境も分からなかった。

頭がひどく痛み、吐き気がした。息苦しい。

(私、どうしたのかしら……)

無理やりという感じで目を開いた。目の前に誰かがいる。焦点がなかなか合わない。

椅子に座った若い女。いや、座っているにしては姿勢がヘンだ。それに洋服を着ていない。

徐々にぼやけた視野がハッキリしてきた。

(あ……!)

亮子は目をパッチリ開いて、その娘を見た。

椅子に座った若い女は白いブラジャーとパンティだけで、しかも縄で縛りつけられている。

口には粘着テープを貼りつけられて。

立ちあがろうとして、亮子は自分もまたしっかり縛りつけられていることに気がついた。

同じような形の椅子に、同じような下着姿で。

(えっ、何なの⁉ どうして⁉)

仰天した。もがいた。両腕は木製の簡素な椅子の背もたれの後ろに回されて手首をがっちり括られている。胸も縄でくびられて背もたれに拘束されていた。

「むー……」

声を出そうとして、猿ぐつわを噛まされているのに気がついた。それでひどく息苦しかったのだ。目の前の娘ももがいている。目に恐怖の色を浮かべて。

（鏡！）

ようやく理解できた。亮子は自分自身が映った鏡の前に座らされていたのだ。

（悪夢の続きだわ、これは……）

どうして自分が、そんな状態に陥っているのか見当もつかない。きつく目を閉じ、「夢から醒めて」と自分に言い聞かせて、再び目を開けた。

やっぱり同じだった。鏡に映った女性がパッチリ目を開いて見返している。

周囲を見渡してみた。天井も壁も打ちっぱなしのコンクリートだ。それも相当な年数を経ているらしく、埃だらけだし汚れている。黴《かび》臭い匂いがたちこめ、窓は一つもない。首をねじってみると背後には木の柱を組み合わせた櫓のようなものが天井にまで届く高さで立っている。それが何なのか分からない。あちこちに鉤が取りつけてあり、縄やら鎖がぶら下がっている。床だけは一面にビニールのタイルが敷きつめられている。片隅には洋式の便器と、簀子を置いただけのかんたんなシャワー設備。一方の隅には病院に置かれているような鉄パイプのベッド。マットの上には白いビニールのシーツ。

何の物音も聞こえず、天井に取りつけられた蛍光灯の青白い光は、まるでこの部屋が遺体安置所か何かを思わせるような不気味な印象を与えるのだった。

——亮子は知らないことだが、〝ミラーズハウス〟跡の地下牢の設備が、そっくりここに移されていた。

ここは、梅本雅江が所有する元麻布の邸宅である。地下室は松木の協力者たちの手によって、あの地下牢より完璧な形で改造されていた。調教監獄としては理想的な形に。

地下室は二つに仕切られて、調教室の前に監視室が設けられていた。誘拐された亮子は、監視室の仕切りに設けられたハーフミラーの前に置かれた椅子に縛りつけられているのだ。ハーフミラーの向こうには監視用テレビカメラが設置され、その姿は階上のオフィスに置かれているモニター画面に映し出されている。

(私は誘拐されたんだ……。しかも特別な部屋に幽閉されている……)

聡明な娘が、現実を理解するのにそう時間はかからなかった。

分からないのは、誰が、何のために自分を誘拐したのかだ。

身代金目当てというのは考えられなかった。彼女の家は特に裕福というわけではない。これといった資産もない。父親は平凡なサラリーマンなのだ。

(だとしたら、何なのだろう？)

幾ら考えても分からない。三人もの女性が堂々と通りで彼女を攫《さら》い、こんな場所につれてきたのだから、何か組織のようなものが絡んでいる可能性が強い。

(私の体が目当てなのかしら……？)

肉体を弄ぶために誘拐されたのだとしても、かわいくて性的魅力に富んだ娘なら他にいっぱいいる。自分のような、化粧っ気もなく地味な装いの娘を誰が誘拐しようとするのか。

亮子は自分のことを特に美人だとか魅力があるなどと思ったことがない。男性の目というのをあまり意識したことがないからだ。

そもそもセックスということに興味がない。潔癖症というか、淫らなこと、エロティックなことを〝汚《けが》らわしい〟と思う気持が強い。高校時代まで厳格なミッション・スクールに隔離されてカトリック的な教育を受けたせいだ。一時は修道女たちに憧れ、入信しようとさえ思った。両親に説得されて入信は諦めたが、今でも考え方は禁欲的だ。男性には興味はないから、今の今までセックスの経験はない。実際のところオナニーもしたことが無い。セックスというのは愛しあった男女が子供をもうけるために行なう行為だと思っている。

男女の交際などより学問の方が面白くて、男子学生から「今どき珍しい女だ」と揶揄《やゆ》されているが気にしていない。セックスを遊びにしている連中などと付き合う気にもならない。

そんな娘の肉体を弄ぶために誘拐するなどと考える人間がいるだろうか？

(だけど、いつまで放置する気かしら……？)

時間の感覚が薄れている。麻酔を嗅がされて意識を失ってから、どのぐらい経過したか分からないし、意識をとり戻したのが十分前なのか、すでに何時間もたっているのかもハッキリしなくなっていた。何の物音も聞こえないし、室内には自分以外、動くものがない。

（体が痛い……）

亮子は顔を顰めた。鏡の中の自分の姿はあまり見ないようにして顔を背けたり俯いていた。ブラジャーとパンティだけに剝かれた自分は、あまりに惨めで哀れな存在に見えた。

（意識を失っている間に、犯されたのかしら……？）

そんな疑惑にギョッとしたが、だったら股間に痛みとか異和感があるはずだ。そういう形跡がないところを見ると、単に服を脱がされただけらしい。

（今は生理じゃないし、下着も新しいのに穿き替えてきてよかった……）

潔癖症の彼女は日に二回は、おりものの多い時期には三回ほども取り替える。汚れた下着や生理用ショーツを他人に見られるのは死にたくなるほどの恥辱だろう。

といっても、今の姿だって充分恥ずかしいのだ。

小学校六年生で初潮を経験してから、親にも弟にもなるべく肌をさらさないようにしてきた。弟が成長してきて自分を異性として意識するようになってからは、特に神経質に……。

（そうだ。家や学校は……？）

彼女は母に、卒論に没頭するので二週間は帰宅しない——と告げたことを思いだした。母親はつくばにいる彼女のことを余り気にかけないから、よっぽどの緊急のことが無いと電話してこない。大学の講義も四年になると週に一、二回だし、学生が講義をサボるのは日常茶飯事のことで、彼女が出席しなくても教授や講師たちが気にするはずがない。ごく少ない友人たちも、彼女が自分のアパートに帰っていなくても心配しないだろう。東京の家に戻っているか、やはりどこかで卒論を書いているだろうと思うに違いない。

(私が失踪したことは、当分の間、誰も気がつかない可能性が強い……！)

そのことに気づいて彼女は愕然とした。その間、自分を誘拐した何者かは、この地下の牢獄のような所に閉じ込めたまま、好き勝手なことが出来るのだ。

しばらくして、鏡を嵌めこんだ仕切り壁の向こうで足音がして、鏡の横に取りつけられていたドアが開いた。

「…………！」

入ってきたのは男だった。中肉中背の中年男。頭はやや禿げあがり、サングラスをかけ、薄い唇の上に口髭をたくわえている。

派手な柄の背広を着ているが、全体に粗野で横暴な雰囲気が感じられた。女をセックスの対象としてしか見ない、亮子の一番嫌いなタイプだ。

「お目覚めかね、お嬢さん……」

冷笑を浮かべながら近づいてきた。口のきけない亮子はキッと睨みつけた。

「おやおや、怖い顔をしてるなぁ。まあ、いきなりこんな所に連れてきたのだから無理もないだろうが……」

濃いサングラスをしているが、その奥の瞳は好色で残忍な欲望にギラついているのは間違いない。その視線でブラジャーとパンティだけの姿を見られるのは耐えられなかった。屈辱と羞恥で体が震えた。意志と関係なく肌が桜色に染まる。出来るだけ腿をぴったりと閉じた。

「とにかく、あんたをここにご招待した理由を教えておこう。杉下亮子さん……」

彼女は名前を呼ばれても驚かなかった。自分の名前は財布の中の学生証や定期に書かれているし、それ以前にあの三人の女性たちが無作為に通りがかりの女性を狙ったとは思えない。裏に何か計画があって、そのために彼女が狙われたような気がしてきた。

脂ぎったような感じの中年男は、自信たっぷりの態度で言葉を続けた。

「われわれは——といってもあんたは知らんだろうが、ちょっとした会員制のクラブを経営しているんだ。会員は男だけでね、そのクラブでは彼らに好みの女性——まあ、コンパニオンと呼んでもいいが、女性を紹介してあげることで利益を得る。問題はそのコンパニオンでね、不足しているんだよ。というのも、そこいらにゴロゴロしているような女じゃダメなんだ。会員の好みというのがSMなもんでね」

〝SM〟という言葉を耳にして、鞭で打たれたような気がした。セックスという言葉でさえおぞましいのに、男が女をいたぶることを意味するSMはもっとおぞましく忌まわしく響く。亮子に言わせれば、そんな趣味は病気――それもどこかに監禁してしまわねばいけない心の病気にほかならない。

しかし、〝SM〟という言葉で、この地下室の目的や自分が半分裸で縛られていることが分かった。そうやって女を閉じ込め、縛ったり痛めつけたりして喜ぶ男たちのために作られた設備なのだ。亮子は再び気が遠くなりそうな気がした。

「おやおや。SMって聞いて驚いたようだね……。何、そんなに驚くことはない。男と女の関係は太古の昔からSMの関係だったのさ。男が女を支配し、女は男に隷従する。女は男に奉仕してその欲望を満たす道具として存在し続けてきた。何千年も何万年もね……。いまになってフェミニズムだの女の自立だなんて言ってるけど、長い人類の歴史の中でのちょっとした逆行現象に過ぎん。大河の流れの小波さ。女が男を歓ばせるために存在しているというのは、太陽が東から昇り、西に沈むのと同じ、永遠不滅の原理だ」

（何を言ってるの、この男!?）

亮子は口がきけたら唾を吐きかけてやりたかった。彼女は男性の自分勝手な考え方にいつも怒り、非難してきた。男は彼女の怒りなど知らぬフリだ。

「ところが最近は、男に奉仕して歓びを得る——という女本来の歓びを知らない女がやたらに増えてきた。もちろん誰も相手にしないブスとか頭がパーの女なら、いくらでもいる。われわれが欲しいのは、そんな女じゃない。あんたのような、頭がよくて美人でなかなかいい体をしている、そんな女さ。そういう女を自分たちの言いなりにさせたい——っていうのが、男どもの本性なんだ。いや、本能と言ってもいい。逆に、そうやって男たちに屈伏させられたい、言いなりになって辱められたい——というものまた、女の本性であり本能だ。残念なことに、時代の風潮ってやつでその本能が眠ってしまっている。これは人間の退化だね。われわれは、眠れる本能を目覚めさせて、キミのようないい女たちに、コンパニオンになって欲しいのさ」

(冗談じゃないわ!)

亮子は、この男が精神異常者だと信じて疑わなかった。自分は狂人の手にかかったのだ。夢中で首を横に振る。頭に血が昇った。男はいやらしく笑った。

「あはは。理解できないようだな。それはね、子供の頃からチヤホヤされて甘やかされて育ったからだよ。まあ、見てごらん。私たちはキミの本能を目覚めさせてあげる。本当の自分というものがどんな存在なのか、それを教えるために、キミをここに連れこんだのだ。そうだなあ、二、三日もしたら、キミはおれの言うことが正しかったと思いしるようになる。そうしてわれわれの事業に協力してくれるようになる。そう確信しているよ」

彼は椅子のすぐ後ろに立った。鏡の中に縛られた自分と男が一緒に映っている。

男の手がブラジャーの上から亮子のふくらみを摑んだ。

「う」

鷲摑みにされて美しい女子大生は悶えた。男の手でそうやって握られたなど生まれて初めての経験だ。痛みとおぞましさに全身に鳥肌が立った。

「たとえば、このおっぱいだ。ほう、ちょうどいいサイズだな、掌にすっぽりとおさまる」

白い、簡素なデザインのブラのカップが押しさげられて、椀型のふくらみがむき出しにされた。バストは八十五センチ。大きくもなくさりとて小さくもなく、確かに男の掌ですっぽりとくるみこむことができる。

「どうして、こんなふうに柔らかくてプリンプリンするものが胸についているのか？　赤ん坊におっぱいをやるだけなら、犬や猫みたいに妊娠した時だけ大きくなればいい。これはね、男たちを誘惑し、触れられるためにこうやって盛り上がってるんだ。触覚の快楽を味わってもらうためにね。ほら、おれは今、こうやって楽しんでる……」

強い力でブラジャーの吊り紐が千切られた。二つの可憐なふくらみがそっくり露わにされてしまう。ピンク色の乳暈はわりと控え目で乳首はその中心にやや陥没したようになっている。今まで男に吸われたことも触れられたこともない乳首は清純なピンク色だ。

「いやあ、いい眺めだ……。おやおや少し凹《へこ》んでいるね。こういうタイプの乳首の持ち主っていうのは、燃えにくいんだが、いったん火がついたら淫乱そのものになるんだ。キミもどうやらそうらしいな……」

男は彼女の真後ろに立ち、椅子にくくりつけられている若い娘の乳房を背後からぐりぐりと揉みしだく。鏡の中でパンティ一枚の裸身が悶えくねり、若い牝の甘酸っぱい体臭が立ちのぼる。

（やめて、やめてぇっ。汚らわしい……、その手を離して……！）

猿ぐつわの奥で亮子は絶叫したが、荒い鼻息とくぐもった呻き声しか洩れてこない。

「わはははは。いやあ、いいおっぱいだ。ほら、触っただけでおれはこんなに昂奮してしまった。分かるかね？」

股間の膨らみを背後で括られた亮子の手指に押しつけてくる。

（いやっ！）

それはズボンの上からでも分かる巨大な隆起だった。しかも熱をもっている。亮子は男性性器に対する嫌悪感が強い。蛇にでも触れたようなおぞましさを感じ、払いのけようとした。

図にのって男は股間を押しつけてくる。無理やりに全容を触覚で理解させようとする。

「がはは。何を恐がっているのだ。おれのペニスがこんなに勃起してズキンズキンいってるのはおまえの責任だよ。おまえの匂い、おまえのムチムチした肌の感触、ピンク色の乳首の眺め、全身から発散するエロティシズム、そして呻き声……。それが男の五官を狂わせるのだ。つまり、女が男のサディズムを誘発するんだ。おれを非難するな。存在するだけでおまえたちは男を狂わせるんだから……。自分からそうやって狂わせておいて、男を非難するのは身勝手というものじゃないか、え？」

揶揄し冷笑しながら、ごつい手はしばらく乳房を弄んだあと、ゆっくりと下へ下へと這いおりていった。

（やめてっ、そこは……！　ああっ！）

彼の狙いは明らかだった。純白で清楚なコットンパンティに包まれた秘部——亮子にとって一番誰にも触れてもらいたくない部分だ。

彼女は両腿を固く閉じ合わせた。同時に瞼《まぶた》も。

「ふふふ、お嬢さん、実にいい体をしてるね。太ってもいないし痩せてもいない。膨らむところは適度に膨らみ、ひっこむところは適度にひっこみ、肌はスベスベ……」

男はさらに淫靡な含み笑いを洩らしながら指を形よい臍の下からさらに這い下ろしてゆく。

パンティの上から股間の悩ましい膨らみをなぞった。

「う」

ピクンとうち顫える裸身。

「ほらほら、そんなに固くならないで……。おっぱいもここも、男にこうやって撫でられるために存在してるんだから……」

男は熱い息を亮子の貝殻のような耳朶《みみたぶ》に吹きかけながら、いやらしく腿のつけ根の膨らみを撫で回した。力を揮えば亮子がいくら抵抗しようが、腿をこじ開けてもっと露骨に触れることは出来るはずだが、なぜかそうはせず、中途で指が離れた。亮子はホッとした。

「まあ、今はここまでにしておこうか」

アッサリと言うと、男はポケットから黒い布を取り出した。それで目隠しをしてしまう。亮子は暗黒の世界に突き落とされた。

「だけど、おまえがわれわれの言いなりになって、マゾ奴隷になると誓わない限り、ここからは出られないんだぞ。それをよく覚えているがいい」

ドアが閉まる音がした。

亮子はわけも分からず全身をガタガタ顫わせていた。涙が溢れてきた。ひとつの恐怖が去ってもう一つの恐怖が押し寄せてきた。

（おれは何て悪魔的なことをしているんだ……？）

下着姿に剝かれた姉が松木の手によって嬲られ、悶えるのを、秀人はハーフミラーごしに眺めていた。彼は監視室にいて、亮子が意識を回復した時、上の階にいる松木に連絡したのだ。姉が松木にいたぶられているのを眺めながら、自分の悪魔的な行為を中断させたものかどうか、思い迷っていた。

（だけど、すべてはおれが言いだしたんだからな）

彼が実の姉を目標に選び、誘拐計画をたてて、一番いいタイミングを見はからって雅江たちに実行させたのだ。

（ここまで来たら、止《や》めるわけにはいかない……）

実際、姉の苦悶と啜り泣きを聞きながら、彼のペニスはギンギンに勃起している。

嬲るのをやめて調教室から出た松木が入ってきた。秀人に向かってニヤリと笑いかけた。

声を低めて言う。

「どうだい？　姉さんが虐められているのを見て？」

秀人は赤くなった。

「ええ……、まあ、昂奮しますけど、少し可哀そうな気もしますね……」

「しかしだな、これは姉さんのためでもあるんだ。じゃないと一生、セックスが嫌いなままで終わる。ハッキリ言ってまだ処女だなんて信じられないよ。あんな美人なのに……」

「本当に処女ですか？」

たぶんそうだろうと思うが、秀人には確信が持てない。自分の知らないところで姉が男性と交渉を持ったことがあるかもしれない。松木は自信たっぷりに答えた。

「間違いないよ。匂いで分かる。乳房の弾力で分かる。肌を見た感じで分かる。頬から項にかけてうぶ毛が多いだろ？　処女でなくなるとうぶ毛は消えるものだ。……まあ、後で処女膜検査をしてハッキリ見てみようじゃないか。キミも処女と非処女の違いを知っておいたほうがいい。……とりあえず放置失禁させて、それから〝ドミナ〟にかけよう」

松木は出ていった。〝ドミナ〟とは秀人が考案したエンドルフィン分泌を促進するためのシステムのことだ。女王という意味で、松木がそう命名したのだ。

目隠しをされ猿ぐつわを噛まされた亮子は、調教牢獄に放置されたまま啜り泣いている。松木のような脂ぎった中年男に体を触られたのがひどいショックだったのだ。

（やっぱり、女だなあ……）

そんなふうな姉の姿を初めて見た。幼い頃から気が強く、ふだんはおとなしいのをいいことに近所のいじめっ子が安心していじめたところ、噛みつく引っ掻く蹴飛ばすの逆襲に出て、そのいじめっ子を泣かせてしまったことがある。秀人は、もの心ついてから姉の泣いたところを見たことがない。

その姉が泣いている。裸に剝かれ乳房と股間を弄ばれた屈辱と、放置されたことによる不安と恐怖のせいだ。

哀れに思う心と同時に、秀人の胸中には激しい昂奮が渦巻いていた。

それほど姉を憎んでいたのだろうか。自分でも驚く。

彼がパソコンにうちこむようになってからは、どんどん疎遠になり、特にセーラー服を抱き締めているところを目撃されて以来、姉は冷ややかな目で彼を見るようになった。

何かおぞましいものを見る目付き。その視線を秀人は、「あんたは異常よ。私に近づかないで」という意味に受けとっていた。

あの時以来、秀人は決定的に女性に対して自由に振る舞えなくなってしまった。異性の目を見るたび、亮子の冷ややかな視線を思い出すからだ。

「バカね、何をしてるの？」

せめて、そう言って軽くたしなめるだけだったら、秀人の女性コンプレックスもそんなに強くならなかったに違いない。女性を責め苛んで楽しみを覚えるような性格になったのは、姉に対して怨《うら》みをもったせいでもある。

(だとしたら姉さん……、今、こんなふうになったのも自業自得というやつだ)

無理やり自分を納得させた秀人は、壁に取りつけてある空調装置のダイヤルを「冷」の方へと回した。

(待ってなよ、姉さん。苦痛と屈辱の果てにある快楽を教えてあげるからな)

3

(寒い……)

ひとしきり嗚咽《おえつ》して、ようやく落ち着きを取り戻した亮子は、今度はガタガタ震えだした。

さっきまではそんなに寒いとは思わなかったのに、急に冷気が身に滲みる。スウスウと冷たい風が肌を撫でて鳥肌を立てさせる。ブルブル小刻みに震えながら、知的な美貌をもつ女子大生は高まってくる尿意を堪えた。

(困った……。おしっこが……)

尿意を訴えるにも身動きは出来ないし声も出ない。

(ああ、洩れちゃう……)

潔癖症なだけに、当惑と狼狽は大きかった。この状態では垂れ流すしかない。

(神様、誰かを助けに寄越して下さい……)

唇を噛みしめ、腰をよじり、必死に耐えに耐えたが、膀胱の内側からかかる圧力は、まるで無数の針にチクチク突つかれるような苦痛だった。

無限とも思える時間が過ぎて、とうとう堰が切れた。

(ああ、ダメ！)

ハーフミラーごしに弟が血走った目で見つめているとも知らず、美しい女子大生はパンティを穿いたまま、尿を洩らした。いや、洩らしたなどというものではない。噴射だ。

ジョオッ、ジュルル。

凄い勢いで布地を盛りあげた温かい液体が、パンティの股と尻のところから溢れでて腿を伝い床に滴り落ちる。

(あー……)

放尿の快感と同時に気が遠くなるような羞恥。お洩らしした姿を他人に見られる恥辱。

「う、くー……」

亮子はまた泣きじゃくった。

ドアが開いた。甘ったるい尿の匂いがこもる部屋に誰かが入ってきたのだ。彼女がお洩らしするのを待ち兼ねてでもいたように。

「おやおや、才媛そのものというお嬢さんが、盛大にお洩らししてしまったな……」

さっきの男だ。愉快そうにククと笑った。

「おい、ユカリ。縄をとけ。後始末をするから」

「はい」

その声を聞いて亮子は飛びあがった。あの中年男だけでなく、若い娘が一緒に入ってきたからだ。たぶんシーマの後部座席に乗っていたセーラー服の少女だ。

同性の目に屈辱的な姿を晒すというのは、耐えられない辱しめだった。不思議な心理だった。

そんな彼女の狼狽を楽しむように、二人の男女は縄を解いて囚人を立ちあがらせた。目隠しが外される若い娘が濡れて透明になり、秘毛をすっかり透かせて見せているパンティに手をかけた。

(イヤッ!)

腿を閉じ、腰をよじって抵抗したが、濡れた下着はあっけなく引きおろされて足首から抜きとられてしまった。

「はい、おとなしくして……。綺麗綺麗にしてあげますからね」

看護婦か保母のような役割を楽しむかのように、娘がタオルで濡れた肌を拭く。

「股もだぞ」

「はい」

（あっ、ああー……！）

背後から彼女を抱き支えている男が亮子の体を床から浮かせ、娘が亮子の片方の脚をひょいと持ちあげて自分の肩にかけてしまった。

娘の目に尿に濡れてべっとり肌に貼りついた秘毛と、秘唇の眺めが露呈されてしまった。

「まあ、綺麗なお○○こ」

目を細めるようにして娘は言った。

「私のも綺麗だってお兄ちゃんが言ってくれたけど、この人のも綺麗だわ」

「うー、うっ」

「そうか。じゃ、おれもよく見てみよう」

若い娘の手によって失禁の後始末をしてもらった女子大生は、後ろ手に縛られたまま調教櫓の下へ連れてゆかれた。

「むー、うー……！」

暴れるのを二人がかりで押さえこみ、四肢をそれぞれ四本の柱の中ほどの鉤にひっかけた縄で固定してしまう。雅江もされた人間ハンモック吊りだ。それからまた目隠しされた。

「よし。じゃあ、見るぞ。おい……」

鏡の方に合図した。少ししてドアが開いた。

「あー」

もう一人、男が入ってきたようだ。

亮子はもう、羞恥のどん底に叩き落とされて理性が麻痺してきた。

「ほら、見てごらん」

「………」

「ね、すっごく綺麗でしょ、お兄ちゃん」

「………」

〝お兄ちゃん〟と呼ばれるからには自分と同年代の若い男と思って間違いない。その人物にまる出しの秘部を凝視されているのだ。

なぜか後から入ってきた若い男は声を出さない。ただ「ふーむ」と感嘆しつつ眺めている気配。亮子はまた啜り泣いた。

(見ないで……、許して)

その願いも虚しく、若い娘のらしい指が秘唇を左右に広げてしまった。

「見てみな。この部分が膣口だ。で、ここがこう狭くなっているな。これが処女膜だ」

「これがそうなの、へぇー。こんなふうになってるの。知らなかった」

交互に亮子の股間に顔を突っ込んで眺めているに違いない、息が秘毛の谷や鼠蹊部にかかるのが分かる。

「うーん、酸っぱい匂いがするね」と、若い娘。

「それが処女の匂いさ」

中年男が言った。少女が呟く。

「使ってないんだ。もったいない……」

「ユカリはもう充分に使ったか」

二人の男女が笑いあっている。父と子のようだ。もう一人の若者はひどく無口なのか、それとも驚嘆のあまり声が出ないのだろうか。まったく声を出さない。ふいに若い娘が言った。

「わ、お兄ちゃん、こんなに固くして……。やっぱり感じてるんだ？」

「それじゃあ、その固くなったやつでとにかくロストバージンしてもらおうか」

「残念だねぇ、こんなに綺麗なの破いちゃうなんて……」

「バカ。これは使わなきゃいいってもんじゃないぞ。処女膜はだんだん固くなっていって、三十も過ぎたらふつうのセックスじゃ破れなくなってしまう」

「本当？　だったら、今入れてあげるのがこの人のためね」

「そういうこと」

羞恥のあまり半分気が遠くなっていた亮子だが、自分がこれから犯されるのだということだけは分かった。それも若い男性に。

(こんなふうに宙吊りにされたまま、他の人間に見られながら辱しめられる……!)

最後の気力をふり絞って暴れてみたが甲斐のない努力だった。

「ユカリがおっぱいを吸ってあげる」

「おれはこっちだ」

二人の男女が左右から乳首に吸いついてきた。

「むう」

巧みに乳首を吸われ舌と歯で刺激された。宙吊りのオールヌードが揺れた。

「凄い、もうそんなにヌラヌラ」

ユカリという娘の声が聞こえた。若者がズボンを脱いだのだ。

「じゃ、おしゃぶりで大きくしてあげる」

猫がミルクを舐めるような音。まったくセックス体験のない亮子にも、〝おしゃぶり〟という行為は容易に想像できた。

「お嬢さんの方も舐めてやれ」

「はあい」

「ひっ」

若い娘が股間に顔を伏せてきた。

（や、やめて……、そんなところを……あーっ）

猿ぐつわの中で亮子は絶叫していた。同性に秘部を接吻され、粘膜の奥を舐められたのだ。半狂乱の状態になった。ユカリという娘はそういう行為に何の嫌悪もないようだ。

しばらくして不満そうに言った。

「うーん、セックスが嫌いみたいね。濡れないよ、この人」

「まあ、コチコチのお嬢さんだし、最初だから無理もないな。こいつを使うか」

ゼリーらしい、ヌルヌルしたものが膣口周辺に塗りたくられた。

（死にたい）

亮子は、猿ぐつわが無ければ舌を噛み切りたいと思った。完全な玩具として扱われている。分からないのは明るい声の娘だ。自分が二人にさんざん弄ばれているのを、彼女は楽しそうに協力している。

（悪魔……、三人とも悪魔だわ……）

亮子は彼らを呪った。

「念願がかなうわね、お兄ちゃん……」

ユカリが囁くのが聞こえた。

「姤《や》けちゃう」

その途端、尻を抱えあげられた。熱い、固いものが秘唇に押しつけられた。

(いやだ！)

両足を必死にバタつかせたが、中年男と娘が両方の腿を押さえつける。

「そうだ、その角度……」

「うぬ」

若い男が唸った。ズンと突かれた。

ズキーンという衝撃的な苦痛が体の芯を頭まで突き抜けた。

一糸纏わぬのびやかな裸身が痙攣し、苦悶した。

「あっ、あー、ううっ。おおお！」

無慈悲な抽送が始まってから五分後、それまでは荒い息を吐いていただけの若者が、最後の時だけ驚くような声をあげた。

亮子の体の奥で勢いよく射精したのだ。凌辱者はコンドームを装着していた。しかし亮子はそのことを知らない。

苦痛と屈辱の極限で、一時的に彼女はすべての感覚が麻痺したようになっていた。汗まみれの上体が彼女の体を抱き締め、青年の痙攣が伝わってくる。ガクッと頭が垂れて乳房の谷間に頭を埋めてきた。

「これで無事、ロストバージンというわけだ。めでたいめでたい」

中年男が言い、ユカリに命じた。

「おい、おれもぶちかましてやる。しゃぶれ」

「はい」

若者が引き抜いた後、中年男が貫いてきた。再び肉体を切り裂かれる苦痛が走り、みずみずしいヌードがそりかえった。

若者よりも余裕を持って、じっくり若い娘の新鮮な肉体を味わう。しかし抽送を早めてゆくと、子宮まで突き破られるような苦痛があり、清純な女子大生は呻き悶え、猿ぐつわの奥で悲鳴をあげっぱなしの状態になった。

「む……、うっ」

低く呻き、ようやく射精した。

それより前に、亮子は再び意識を失ってしまった。

――また気がついた時も、視野はまっ暗だった。目隠しをされたまま放置されていた。

宙吊りではないが、ベッドの上に両手両足を大の字に広げた形で縛りつけられていた。シーツはビニール製で、濡れた肌にベトベトする感覚がいやらしい。

猿ぐつわもそのままだ。

（暑い……。喉がカラカラ……！）

さっきはあんなに寒かったのに、今はサウナ風呂の中のような熱気が包んでいる。彼女の裸身から噴き出した汗でビニールのシーツがベタベタするのだ。

（ああ、たまらない……。水、水を……）

雅江が責められたのと同じ渇き責めで、翌日、知的で美しい女子大生は松木の尿を飲むことを受け入れた――。

渇き責めは二日続けられた。六時間おきに尿を与えられたが、渇きが癒されるのはほんの数分のことだ。ただひたすら水のことしか考えられない状態に置かれた亮子の内部で、自我崩壊はすみやかに進行していった。

朝と晩、目隠しされた状態でいる時に若者が入ってきた。松木ではないことは、彼が射精時以外は無言でいることと、逞しくしなやかな筋肉の感触で分かった。松木のは、やや贅肉のついた中年男の体だ。

三度目までは処女膜の痕跡をさらに裂かれる苦痛があったが、四度目からは苦痛は耐えられるまでになった。しかし秘部を弄られ乳首を吸われても快感は生まれなかった。亮子に出来ることは、少しでも早く残酷な儀式を終えて欲しいと願うことだけだ。

幽閉されて三日目の夜――亮子本人には百日にも思える時間がたった後のことだが、ふと気がつくと目隠しがとり外されていた。

部屋の照明は消されていたが、ベッドの反対側の壁が明るい。見ると、一台の液晶モニターが置かれて、画像を映しだしていた。

（何かしら……？　これは……？）

ベッドの上に縛りつけられた亮子に見せるために、その位置に置かれている。ブラウン管には白い砂浜、青い珊瑚礁、ヤシの木、水平線などが映し出されていた。打ち寄せる波の音と、ゆったりとしたムードミュージックのＢＧＭ。

（環境ビデオじゃないの……。なんでこんな時に……？）

亮子は笑いだしたくなった。陰惨な性的拷問が繰り返されている地下牢と、ビデオ画面の内容がまったくマッチしなかったからだ。

不思議なことに、いつの間にか画面に見入っていた。殺風景な地下牢の中には、それしか見るものが無い――といえばそれまでだが、ほとんど変化のない画面からなぜか目が離せない。気がつくと眠りにおちていて、再び目隠しをされていた。

その後も断続的に環境ビデオを見せられた。

四日目、本格的な調教が始まった。

松木とユカリが入ってきた。松木が尿を飲ませたあと、ユカリが大型のガラス製浣腸器で大量の薬液を亮子の腸へ注ぎこんだ。

「綺麗なアヌスだわ。締まりがよさそうね。痔もないし」

浣腸を施しながら、まだ女子高生のように可憐な娘は批評し、亮子の羞恥を煽った。

二人の見ている前で、美しい娘は体内の汚物を全部排出させられた。汚辱の涙にくれる彼女を押さえつけ、二度、三度と大量の水が注入されて腸を洗浄された。

排泄するたびに松木は脅迫の言葉を口にした。

「この姿は全部ビデオに撮影されている。われわれの言う通りにならなければ、親兄弟、友人知人、それに学校の教授にも見せてやるぞ」

浣腸が終わると全身に冷水を浴びせられて体を洗われ、調教櫓にハンモック吊りだ。

ユカリは亮子の首に大型犬用の革製の首輪を嵌めた。首輪そのものは珍しいものではないがコードがついている。

それから奇妙な形の革製品が持ちこまれた。金属の棒とシリコンゴムの棒が二本とりつけられた貞操帯のようなパンティだ。これもコードがついている。

潤滑ゼリーを塗られた棒が亮子の前後の孔に挿入された。宙吊りにされて下肢は大きく割り広げられているから、亮子には抵抗する術がない。苦痛の涙と呻きを洩らしながら肛門にペニスと同じ程度の金属棒を受け入れさせられた。膣にはシリコンゴムの棒が嵌めこまれている。亮子はまだ見たことがないのだが、それは自慰用バイブレーターを改造したものなのだ。

コードは箱形の機械に接続され、そこからさらに監視室のある部屋へと伸びている。

「さあ、始めるぞ」

松木はブリーフ一枚の裸になった。ハーフミラーの方を向き、合図をする。

「あ、あっ……！」

亮子の体に戦慄が走った。

監視室の中にいる秀人は、ハーフミラーごしに吊られている姉を眺め、時々、設置されているパソコンのディスプレイ画面を眺める。彼が設計したプログラムを内蔵した女体調教システム〝ドミナ〟である。

彼の手元には変圧器があり、そのダイアルを回してゆくと、変化してゆく電流量がパソコンに表示されるのだ。

亮子の首輪の内側の金属箔と、肛門に挿入されている電極の間に流れている電流だ。

最初は数ボルトという電圧だったから、亮子は自分が感電しているとは気がつかなかった。

二十ボルト、三十ボルトと電圧が上がってゆくと、たおやかな若い肉体がブルブル、ガクガクとうち顫え始めた。

「あ、あわわーっ。うあーっ……！」

悲鳴と痙攣の様子を見てスイッチを切る。まるで操り糸の切れた人形のようにガクリと脱力する亮子。

（難しい……）

額の汗を手の甲で拭いながら、秀人は何度もスイッチを入れ、電圧を調整した。人体の抵抗値は一定だから、電圧が上がると電流も上がる。人体に与えるダメージは電流に比例する。下手をすると心臓を停止させてしまう。苦悶を与えながら気絶させない程度の微妙な値を探しだして、その電圧でスイッチを断続させてやる。この〝ドミナ〟を作るには〝ゴールデン・ダンジョン〟のメンバーである婦人科の医師、機械工具会社の社長が援助してくれた。

俎の上の瀕死の魚のように、ビンビンと跳ねる女体。そのたびに尿を洩らして苦悶し、のたうち、絶叫する女体。

（待ってろよ、姉さん……。苦しみの後には快楽が待っているんだ。今に、この世のものとは思えない快楽を与えてやるよ）

膣に挿入されたバイブレーターの中に仕込まれたセンサーが、圧力、温度、湿度をパソコンに伝えてくる。

それもディスプレイの画面に表示される。パソコンはそのデータとスイッチが入っていた時間、電流量を元に複雑な計算を行なっている。

電気責めが始まってから十五分後、膣壁の温度と湿度がジワジワと上がっていった。

温度は最初は三十七度少しだったのが、やがて三十七度五分を超えた。湿度は二十五パーセントだったのが五十パーセントを超えてゆく。最初は五㎜／Hgだった圧力も、ピーク時で十㎜／Hgを記録するようになった。

（エンドルフィン分泌が始まったな……）

秀人はホッとした。絶え間なく与えられる電流の苦痛に対抗して、それを和らげるためのエンドルフィンが脳内で大量に生産されだしたのだ。強い陶酔感をもたらすエンドルフィンは、同時に性感を刺激する。

やがて、松木が貞操帯の内側に指を差しこみ、指でＯＫのサインを出した。膣口まで愛液が溢れてきたのだ。

最初はスイッチを入れるたびに「ギャーッ！」というけたたましい悲鳴を上げていた亮子が、今では「うーっ、ううう……」というくぐもった呻きを洩らすだけだ。見ようによっては悦楽と陶酔のように思われる表情が浮かんできた。

「美しい……」

秀人は、宙吊りにされて汗まみれの裸身をくねらせている姉を眺めながら、思わず賛嘆の声を洩らした。

膣圧が断続的に上がり、下がる。温度は三十八度を超した。湿度は百パーセント。膣内は熱い愛液で溢れ、膣壁はピーク時で三十〜四十㎜／Hgの収縮を繰りかえしている。これまでは男根を受けいれても何の反応もなかった女体が、刺激に目覚め始めたのだ。子宮を中心とした性愛器官全体が充血し、あらゆる刺激に敏感になっている。亮子は完全な恍惚と陶酔の中にいる。ふつうなら堪え難い電流責めを受けながら……。

その証拠に、ユカリが指と舌を使って責めている乳首は、平常の陥没状態からは信じられないほど突出し勃起している。

秀人はもう一つのスイッチを入れた。それは張型に内蔵されたバイブレーターを振動させるスイッチだ。ゆるやかにうねるような悶えを見せていた女体が劇的に変化した。

「あーっ、あうう、うっ、ひーっ……！　む、うううっ、うう」

亮子は悩乱の声を張り上げ、激しく首を左右に振り、全身を弓のようにのけぞらせ、蜘蛛の糸にかかった蝶か何かのように暴れた。

「ああおっ、うっ、ひいっ！　あああーっ！」

パソコンの画面に〝ドミナ〟が次々に文字列を表示してゆく。

《被験者は強烈な性的快感を味わっています》

《被験者はオルガスムスに近づいています》

《被験者はオルガスムスに達しました》

圧力センサーのグラフが一瞬、六十㎜／Hgを記録した。バナナを挿入していたら切断される値である。これまでユカリ、絵利香、雅江を実験台にして膣圧を測定してきたが、一番の名器と思われるユカリでさえ最高値は四十五㎜／Hgだった。

ガクッと亮子の全身から力が抜けた。すさまじいオルガスムスの爆発で意識はバラバラに飛散し、気絶してしまったのだ。秀人はあわてて変圧器のスイッチを切った。

貞操帯の股間のところから夥しい透明な液が溢れて床に滴り落ちた。

ユカリが呆然とそれを見つめて呟いた。

「潮を噴いたのよ、このお姉さん……」

松木は亮子に目隠しをした。監視室から秀人が出てくると肩を叩いた。

「凄いな、この〝ドミナ〟の効果は……。信じられないよ。この娘がここまで感じてしまうのなら、〝ドミナ〟はどんな女も調教できる——ということだ」

ぐったりした亮子は装置を外されてベッドに運ばれた。秀人は無言のまま全裸になり、まだ淫らに腰をくねらせている姉の体に覆いかぶさっていった——。


五日目で亮子はマゾ奴隷と化した。雅江と同様に、松木やユカリの命令に喜んで従い、どんな屈辱的な責め、苦痛を伴った鞭や蠟燭の責めにも喜んで耐えるようになったのだ。

環境ビデオの映像と音楽の中に隠されていたメッセージが、彼女の潜在意識に働きかけ、亮子は今ではすっかり「自分は男性を歓ばせるための存在だ」と思いこんでいる。肉体と精神、両方から人格の改造が行なわれたのだ。そのめざましい効果は、秀人でさえ恐ろしくなる。

六日目、亮子は〝ゴールデン・ダンジョン〟のスタッフ全員、雅江や絵利香も見守る中で剃毛された。会員の一人が呼ばれた。彼はアメリカから電動の刺青機を買って、自分の手で愛奴に刺青を施しているほどの刺青マニアだ。彼の手で、雅江、絵利香、ユカリは既に刺青を受けている。剃毛した秘部、ヴィーナスの丘の麓に〝ＭＡＲＱＵＩＳ〟という小さな文字が、青い色で彫りこまれているのだ。マーク化された小さな刺青だから秘毛が生い茂れば隠れる。

猿ぐつわを噛まされてベッドに仰臥姿勢で縛りつけられた亮子は、苦痛と汚辱の涙を流しながらも、刺青を施される間、驚くほどの愛液を溢れさせて、女たちを呆《あき》れさせた。

七日目、亮子は家に帰された。ここで行なわれたすべてのことを秘密にし、また、呼び出しがあれば何をおいても応じると誓わされて。

少しやつれを見せているが、ふだんとは特に変わった様子も見せないので、両親はこの一週間、娘がどんな過酷な試練を味わったか、まったく気づかなかった。

秀人も何食わぬ顔で家に帰り、姉の様子を窺った。地下牢の中で繰り返し彼女を犯し、絶頂を与えてやった若者が自分だと気づいている様子はない。ホッとした。それに、あの地下牢の過酷な体験の後なのに、彼女の表情に暗い翳りが見られない。

(女性というのは、どんな環境でもたちまち適応してしまうタフな生き物だ――と松木は言っていたが、そのとおりだ……)

秀人はしかし、姉とすれ違うたびに鼻を擽る微かな体臭に激しくそそられずにはいられなかった。地下牢に閉じこめていた時は毎日、二度、三度と、肛門まで犯していたのに、家ではそれが許されない。

（なんとも不思議な関係だな……）

秀人は溜め息をついた。実の弟に犯されてマゾ奴隷にされたのだと知ったら、姉は発狂するかもしれない——という恐れを抱いている。

（このことは、絶対に秘密だ……）

自分に言いきかせる秀人だった。彼の胸中にはすでに、姉に対する怨みも憎しみもない。

第五章　ＹＯＵ夢ネット

1

松木の宿願だった〝ゴールデン・ダンジョン〟は、いよいよ現実のものとなってきた。
元麻布の本拠地の鉄製の門には、『会員制クラブ・黄金獄』と彫りこまれた、目立たない
が凝った表札が掲げられた。
彼が〝夢遊ネット〟の裏コミュニティ〝ＶＩＰルーム〟で集めた五十人の会員からは次々
と二百万円の入会金が振りこまれてくる。
建物内部の改造も進められていた。
華麗にして淫靡なオープニング・パーティを催すために、応接間は豪奢な内装を施され、
高価な家具が運びこまれた。二階に四室あるプレイルームは、マゾ奴隷を責めて楽しむため

のさまざまな設備や責め具が用意された。特に悲鳴や絶叫が洩れるのを防ぐため、どの部屋も厳重な防音工事がなされている。

地下の調教監獄もさらに電子機器が運びこまれ、監視室はちょっとした研究室のようだ。

「おれはこの調教監獄で、マゾ奴隷の調教を請け負うことにする。会員から依頼があったら、その女を〝ドミナ〟で一週間で身も心もマゾ奴隷にさせて渡してやるんだ」

松木は工事を指揮しながら得意そうだ。建設会社を経営する会員が作業員を派遣している。彼らは地下室の奇妙な内装に首を傾げているが、彼らの口から秘密が洩れる気づかいはない。

書斎を改造したオフィスにも〝ゴールデン・ダンジョン〟専用の通信ネットワークを構築するため、新しいパソコン一式が導入された。

毎日、秀人はそこでセキュリティ・システムの構築に熱中した。彼の考えは、ハッカーの侵入を防ぐよりもデータの漏洩を防ぐことだった。どんなに厳重な関門を設けてもハッカーは侵入してくる。そこでデータを全部、暗号化することにした。解読法を知らない限り、侵入に成功してもハッカーは何も得られない。そのための独自の暗号プログラムを秀人は作りあげた。面接審査は随時、行なわれている。会員はまず、松木の指定する病院で血液検査、身体検査を受ける。もちろんその病院の院長も会員なのだ。悪質な病気を持っていないことが分かると松木が面接し、〝ゴールデン・ダンジョン〟の規約を厳守し、秘密を口外しない、という誓約書を書かされて、初めて正規会員に登録される。

彼らは、それ以前に秀人が民間のデータベースを使って、徹底的に自分のバックグラウンド――経歴、資産状況、信用度などを調べていることを知らない。

秀人は会員たちの身元を調べながら驚嘆してしまった。

有名タレントもいれば国会議員もいた。一流企業の役員、医師、弁護士、大学教授……。社会的信用を集めた男たちが、永久に隠し続けなければいけない歪んだ欲望に日夜苛まれている男たちが、安全に欲望を満足させられる場を求めて〝ゴールデン・ダンジョン〟の会員になりたがっていた。

ほとんどの会員が調教監獄の利用を申し出ている。調教を依頼するのは妻、愛人、秘書などの部下、教え子などさまざまだ。中には自分の姪や従姉妹、さらには娘を調教してくれという者までいる。

既に「〝ゴールデン・ダンジョン〟で自由に客の相手をさせてくれ」というマゾ奴隷が何人か連れてこられている。調教が不足しているものは〝ドミナ〟の再調教を受けることになっている。

秀人はだんだん空恐ろしくなってきた。

（この邸は現代のソドムとゴモラだ……）

そういった背徳的なものを含めたすべてのデータがインプットされているのだから、〝ゴールデン・ダンジョン〟のデータベースはなおさら厳重なセキュリティが必要なわけだ。

——そんなある日、気分転換にと思い、秀人は庭を散策した。庭師が入り、芝生も綺麗に手入れされた。中央に大きな楡《にれ》の木が移植されている。ガーデン・パーティの時に、そこに裸女を縛りつけて観賞する——という目的で。

庭の一番奥、鬱蒼とした庭木に隠されたプレハブの小屋にふと興味をひかれた。ここにこんなものがあるなど忘れていた。松木は物置だといっていたが。

周囲に窓がない。秀人は小首を傾げた。

（物置にしても不思議な小屋だな……）

長い間、使われていないようだ。出入り口のドアは錠がかかっていない。貴重なものなど置いていないということだろう。好奇心が湧いて、秀人は中に入ってみた。

中はガランドウだった。即席の建物だから傷みも激しい。トタン屋根もあちこちが腐って孔があき、天井の吸音ボードに雨漏りの跡がひどい。

室内は案外広くて、畳敷きにしたら十畳間ぐらいはありそうだ。壁に貼られた灰色の壁紙があちこち剝げかけている。床は黒いビニタイル。隅っこのほうにボロボロになったソファと椅子、それにチェストが押しつけられていた。

（あれ……？）

そのソファ、椅子、チェストの形に何となく見覚えがあった。

いや、この部屋全体がそうだ。かつてどこかで見たような記憶がある。

（どこで見たんだっけ？）

秀人は立ちすくんで考えこんだ。ようやく思い出した。

（〝特別観賞室〟でユカリと初めて兄妹プレイをした時だ！）

ユカリが竹本老人の自家製ポルノに初めて出演して、セーラー服のままカメラの前でオナニーに耽ってみせたビデオ。あの時、彼女が座っていた木製の肘かけ椅子は、今目の前にあるものと同じだ。室内の様子すべても。

（そんなバカな……）

ユカリは、呼ばれたのは竹本老人が独居していた本郷の邸だといったではないか。ここは元麻布だ。本郷とはずいぶん離れている。

頭が混乱した秀人は邸に戻るとユカリを呼んできた。彼女は〝ゴールデン・ダンジョン〟のオープンに備えて絵利香と一緒に、母屋の方に寝泊まりしている。

「あれえー、これ竹本のお爺ちゃんの時のスタジオ……」

ユカリは見捨てられたプレハブ小屋の内部を見て、すぐに思いだした。

「だけどな、ユカリ。ここは本郷じゃないぞ。竹本さんは本郷だと言ったじゃないか」

「だってぇ、この建物に間違いないよ」

「じゃ、本郷から持ってきたってことかな……」

竹本老人の庭に松木が作らせた小屋を、どうして元麻布の雅江の持ち家まで移築しなければならなかったのか。竹本老人と雅江がどんな関係があるというのだ。

「もっと詳しく説明してくれ。竹本のお爺ちゃんの邸は本郷のどこらへんにあったんだ？」

ユカリは首を振った。

「分かんないよ。ユカリは埼玉に住んでて、時々、上野あたりに遊びに来てただけだから、本郷なんて今でもどこにあるか分からない」

彼女が言うには、竹本老人のスタジオに呼ばれる時は、いつも上野まで松木が迎えに来てくれたという。たいてい夜中だ。暗いお屋敷町を走った——という記憶しか残っていない。入る時も出る時も裏口だったたし、しかもまっ暗だったたから、母屋の様子などまるで覚えていない。

「途中、高速道路に乗ってバーッと走って、途中で東京タワーが見えたのを覚えている」

「おいおい、上野から本郷なんて五分もかかんないぞ。東京タワーなんか見えるはずがない。

……待てよ」

ユカリは本郷だと教えられていたが、実は元麻布のこの邸だったのではないか。松木は東京の地理などロクに知らない娘に、別の地名を教えていたのだろう。未成年の少女に淫らな行為をさせるのだから、万一のことを考えると、その方が都合がよかったのだろう。だったらすべて説明がつく。

ユカリを裏口へと連れていった。そこは材木をはすかいに釘止めして完全に閉鎖されていたが、ユカリはひと目見て思いだした。

「あっ、ここよ。ここから入ったの！」

秀人は雷に打たれたような衝撃を覚えた。

（この屋敷は、もともと竹本老人が隠居用に使っていた家なのだ！）

松木は、この邸のことを「会長だった雅江の父親が使っていた」と説明した。その老人の消息については「どこか完全介護の老人ホームに入っているだろう」と答えた。

その後、帰宅した彼は食事もとらずに自分の部屋に閉じこもり、パソコンに齧《かじ》りついた。

まずアクセスしたのは、この前、竹本老人について何のデータも得られなかった信用調査機関のデータベースだった。

まず雅江の経営する〝梅もと〟のデータを〝食品加工・販売〟部門から取りだした。

《株式会社〝梅もと〟

日本そば、そばつゆ等の製造、販売。そば懐石レストランの経営。
創立は明治十五年六月。
本社所在地　東京都港区麻布十番×××
代表取締役社長　梅本雅江
……………………………》
資本金、従業員の数、主たる商品、売上高、資産状況、メインバンク、主な取引先……データが次々と表示される。最後の方に会社の現状について簡単なコメントがついていた。
《平成×年七月、当時の代表取締役会長の梅本重信氏の引退に伴い、経営の実権は女婿で専務だった梅本達雄氏に移る。達雄社長は老舗のブランドを利用した全国チェーンの販売網を広げたが、志半ばにして翌平成×年八月に交通事故で死亡、夫人であり前会長の娘でもある雅江氏が、同年九月、代表取締役社長となる。社長交替時に若干の動揺が見られたが、現在の業績は安定している。同年九月現在の役員構成は次のとおり……》
（そうか……、竹本老人は、実は梅本重信という名だったのだ。ハレンチな事件をひき起こしたことで一族から追放された時、世間体《てい》を恥じて竹本という変名を使うことにしたのだろう）
気になるのは、今年の八月に交通事故死を遂げた雅江の夫のことである。

秀人は大手新聞社の提供する記事情報データベースにアクセスしてみた。

検索対象期間を今年の八月と限定して、〝梅本達雄〟〝交通事故〟のキーワードで関連記事を検索してみた。すぐに結果が出た。

《検索条件に該当する記事は一件あります》

その記事を打ちだしてみた。

《二〇××年八月十三日朝刊／首都圏／神奈川版
●会社社長、箱根ターンパイクで車ごと墜落死
十三日午後三時五十分頃、神奈川県湯河原町の箱根ターンパイク下り線、富士見峠料金所付近で、東京都港区南青山三丁目、南青山グランメゾン六〇一号、会社社長梅本達雄さん運転の乗用車（ＢＭＷ－Ｍ３ＣＳＬ）がガードレールに激突して高さ四十五メートルの崖から転落、車体は炎上、梅本さんは車から投げ出されて即死した。

神奈川県警交通機動隊の調べによると、梅本さんは前を走っていた乗用車を追い越そうとして加速した際、ハンドル操作を誤ったものと思われる。事故の目撃者は、梅本さんの車は時速一〇〇キロ以上の猛スピードを出していたと証言している。梅本さんは日本そばの老舗〝梅もと〟の社長で、この日は伊豆高原の別荘から単身、東京に帰宅する途中。海岸沿い道路の渋滞を避けて箱根ターンパイクを利用したものと思われる……》

ＢＭＷという文字が飛びこんできた。

（ＢＭＷ－Ｍ３ＣＳＬなんて日本に何台もある車じゃない。たまたまそのうちの一台が雅江の夫――梅本老人の女婿だった男が持っていたとは……！）

秀人は唇を嚙んだ。

（こうなったら、松木の正体を暴かなくては……）

松木は、雅江の前に出るまで自分の本名をあかさずに〝マル鬼〟でとおしてきた。

秀人を〝ゴールデン・ダンジョン〟計画にひきこんだ後も、正体を見せていない。実際の話、松木が本当の姓なのか、名前の方はなんというのか、秀人は全然分からないのだ。

（ダメだな、あまりにもデータが乏しすぎる）

秀人は舌打ちした。その時、頭の中を一連の数字が駆け抜けた。ハッカーの特技は文字記号や数字の列を瞬間的に記憶できるところだ。複雑なパスワード、ＩＤ番号、暗証コードを扱う関係上、どうしても記憶力が強化される。

次に秀人がアクセスしたのは、運輸省陸運局のデータベースだった。

三時間後、ついに松木の正体が明らかになった。

翌日、松木はほとんど工事が終わった洋館の中を満足そうに見回っていた。

作業員たちは姿を消し、洋館の中にいるのは彼と、コンピュータと取り組んでいる秀人だけだ。

「松木さん」

ふりかえると、秀人が地下室の入口のところに立っていた。

「なんだい」

「〝ドミナ〟に新しい機能をもたせるアイデアを考えたので、ちょっと話を聞いて欲しいんですが」

「いいとも」

松木は内心、ニンマリした。自分が狙いをつけて誘いこんだ時は、ここまで熱心に協力してくれるとは思わなかった。それが、自分の姉までをモルモットのように提供するまでサディストになった。彼にとっては理想の助手である。

何の疑いもなく彼は地下牢への階段を降りていった。途中で突然に明かりが消え、まっ暗闇の中で彼は足を踏み外して数段を転がり落ちた。

「いてて……！」

床に尻もちを突いて激痛に呻いた。足を捻挫したようだ。立ちあがれない。闇の中で何かが動いた。

ガッ。

激しい衝撃を後頭部に受け、視野いっぱいに火花が飛び散り、意識が失せた。

意識を取り戻したとき、彼は調教牢獄のベッドに縛りつけられていた。

(ど、どういうことだ……!?)

ふだんは物に動じない男も狼狽した。

裸で、両手両足をベッドの四本の脚に縄でくくりつけられている。結び方は厳重だ。

「う……」

頭を動かして激しい痛みを覚え、呻いた。そういえば階段を転がり落ちたあと、頭をしたたかに殴られた。

(秀人のやつだ。だけど、なぜおれを……?)

胸がむかつく。ひょっとしたら雅江や亮子の誘拐に使ったクロロフォルムを嗅がされたのかもしれない。オフィスの中の金庫に隠しておいたが、ハッカーというのは金庫の錠前ぐらいは開けられるのかもしれない。

だんだん意識がハッキリするにつれ、彼はまたギョッとさせられた。さっきから下腹と肛門に不快感を覚えていたが、その理由が分かったからだ。

女囚たちに穿かせる〝ドミナ〟の、革の下着を穿かせられているのだ。肛門から電極の棒を挿入されている。膣に挿入する張型部分は取り外され、そこからペニスが露出していた。ゴワゴワと堅い革が肌に擦れる。何よりも、直腸まで円筒形の電極を埋めこまれているのが苦痛だし気持が悪い。

　首にも電極のついた首輪を嵌められている。コードは〝ドミナ〟本体に結線されている。松木は狼狽した。皮肉なことに、彼は自分の設計した地下牢獄に監禁されてしまったのだ。この牢獄のドアは中から閉めると外からは開けられない。誰も助けには来てくれないだろう。そのように設計されている。

（くそ、あいつめ、何を考えているのだ……？）

　男は歯がみをした。忠実な犬かと思っていた若者が突然牙を剝いて襲いかかってきた。その理由が分からない。

　牢獄のドアが開いて秀人が入ってきた。

「気分はどう？　松木さん。いや、中原研一と言った方がいいかな？」

　男は愕然とした。それでも必死に動揺を抑え、薄笑いを浮かべた。

「なんだい、おれの本名が知りたくてこんな小細工をしたのか？　訊いてくれたら教えたものを……。おれがノビてる間に免許証を見て知ったのかい？」

「いや、それはさっき確認したけれど、最初はあのシーマのナンバーから突きとめたんだ」

「車のナンバーから？」

「ナンバーが分かれば、車検登録の名義人と使用者が分かる。あんただって知ってるはずだ」

昨夜、秀人は陸運局の車検登録データベースに侵入してデータを引き出した。しかし、侵入するほどのこともない。陸運局に行けば、誰でも該当ナンバーの車両について、車種から所有者、使用者の名前、住所まで合法的に教えてもらえる。

ハッカーとしての本能から、秀人は松木が乗っていたシーマのナンバーを頭に叩きこんでいた。松木なる人物の正体を解く、たった一つの手掛かりがそのナンバーだったのだ。

秀人は手にしたコンピュータのプリントアウトをかざして見せた。

「このシーマは中原研一なる人物が使用している。彼の住所は台東区外神田×丁目の第二桜木コーポ三〇三号室。なんとねぇ、あの特別観賞室の持ち主だったわけだ」

別のプリントアウトをかざした。

「では、この中原研一ってのは何者なんだろう？　人物情報のデータベースからは見つからなかった。企業の役員とか、ある程度の有名人ではないわけだ。で、新聞社と通信社の記事情報データベースで検索してみた。一発で出たよ」

松木――いや、中原研一という正体を曝露された男は、冷汗をかいていた。それでも愉快そうな口調で尋ねた。

「ほう？　どんな記事かね？」

「三年前のことだ。警察庁のデータベースから相当数の犯歴データ——犯罪に関係した人物の詳細な情報がある興信所に流れたことがあったね。中原研一という名前は、その事件に関連した記事の中に登場してきたよ」

その興信所は、ある不動産会社と密接な関係にあった。不動産の売買や仲介に関して必要な情報の収集にあたっていたのだ。

不動産会社はあくどい方法で地上げを請け負っていた。立ち退かない地権者や借地・借家人を強引に追い出す手段として、興信所を通じて犯歴データを手に入れていたことが分かったのだ。この世は清廉潔白な人間ばかりではない。犯歴データによって弱みを握られてしまえば地上げはすすめやすい。犯歴データは有力な武器になる。

どこからデータが洩れたかということで、マスコミが騒ぎ、国会でも問題になった。実際にデータ入手に動いた興信所顧問は、警視庁を退職した元警部だった。彼がかつての部下に依頼して必要な犯歴データを教えてもらっていたらしい。

その元警部はガンとして口を割らなかったが、彼と密接な関係があり何度も酒食を共にしていた以前の部下が、一番嫌疑が濃厚だった。

警視庁の保有データベースには、数百万人に及ぶ個人情報が蓄積されている。何らかの形で警察と関係をもった人物は、犯罪歴、前科はもとより、指紋から肉体的特徴にいたるまで詳細なデータを登録されている。

各都道府県の警察本部には照会センターというのがあり、ここの端末から対象者の氏名などを打ちこめば、詳細なデータが一瞬のうちに送られてくる。この情報は厳重に管理されているというが、データ漏洩事件はしばしば起きている。

この警察OBと密接な繋がりを持っていた——というのが、当時、警視庁×方面本部の総合伝達システム照会センター係長だった中原研一警部補だった。

両者が頑強に否認し、確たる証拠もなかったから中原は告発を免れたが、その素行に問題があるとして論旨免職処分になった。彼のハデな女遊びは以前から上司の知るところになっていて、その資金欲しさに元の上司の要求を聞いたのだろうと思われた。犯歴データの漏洩も、ずっと行なっていたのかもしれない。

「……というわけで、あんたは元警官だったわけだ。しかもコンピュータと密接な繋がりのある部門の幹部だ。小さなSNSを開局するぐらいの知識は身につけていて不思議はない」

秀人に中原研一という本名と前歴を明らかにされてしまった中年男は、薄笑いを浮かべようと努力していた。

「なるほど。さすがはハッカーだね。車のナンバーだけでそこまで調べたとは……」

「その後も予想がつくよ。そんな不祥事に関連してクビになった警察OBを雇うというのは、うさん臭いところしかない。たぶんあんたは、その興信所を動かしていた不動産業者に雇われ、地上げに関係するようになったんでしょう？　もともとデータベースを扱っていたから、電子情報の収集はお手のものだった。ただ、ハッキング能力だけが不足していた。これはプログラミングの専門的な知識が必要だからね。だから長いこと、自分の手足になるハッカーを探し求めていた。その罠にはまったのがぼくだったわけだ。最初は裏ビデオ、次はSMという餌でおびきよせて……」

男は苛立たしげな表情を浮かべた。

「そこまで分かったのなら、もういいだろう？　正体を隠していたのは悪かったが、確かにおれは中原研一、元警視庁警部補だ。さあ、これを解いてくれ」

「そういうわけにはいかないんだよ。あんたは殺人者なんだから」

さすがに薄笑いが消えた。ギョッとした表情になる。

「ど、どういうことだ……、おれが殺人者だなんて！」

「あんた、ぼくに接触を求めてきた時、BMW－M3CSLの車載ROMの書き替えについて質問したね？　その後、バッタリとそのことは口にしなくなったけど、その車の持ち主は梅本達雄、つまり雅江さんの旦那だったんだろう？」

「ち、違う。それはまったくの誤解だ！」

「じゃあ、どこの誰なんだ。言ってごらんよ。ぼくは陸運局に登録されているＢＭＷ－Ｍ３ＣＳＬの所有者リストを持っているんだ」

「う」

唇を歪めた。冷汗の量がさらに増える。居直るしかないと腹を決めたようだ。

「分かった。あのＢＭＷの持ち主は雅江の亭主だった。だからどうした？」

「梅本達雄は八月に事故死した。書き替えたＲＯＭを搭載したＢＭＷ－Ｍ３ＣＳＬに乗ってね」

「おれは関係ない。雅江の亭主とは顔なじみだったから、頼まれてリミッター外しの仲介をしただけだ。あいつがどんなふうに書き替えたか、おれは知らない」

「さっき雅江さんに確かめたよ。亡くなったご主人はコンピュータのことなんかまったく知らない人だった。もちろんＲＯＭリード・ライターも持っていない。しかしあんたは持ってる。オフィスの金庫の中にね……」

中原研一は舌を巻いた。

（やっぱり、こいつは金庫のダイアル番号を解いてしまったのか……）

その疑問を、秀人は解いてやった。

「金庫のダイアル番号を解くのはコンピュータで自動化できるんだよ。二桁の数字を三個組み合わせるわけだから、すべての組み合わせを全部試してみればいい。手でやる必要はないんだ。最近はコンピュータと組み合わせた自動機械がハッカーの市場に出回っている。仲間からそいつを借りて、毎日、あんたがいない間、ここに来て動かしてたんだ。理論上では十二時間かかるといってたけど、実際には二時間で開いた。中にはいろいろ面白いものが詰まっていた。たとえばこのダンプリストとか……。ＲＯＭのどこを書き替えたか、専門家がみれば一目瞭然だよ。……おや、顔色が変わったね。たぶん、追い越し加速に入ったとたん、フルパワーで暴走するように書き替えられていたんじゃないかな。同時にブレーキやハンドリングの制御が停止するようになっていれば、車は操縦不能に陥る。事故車の残骸がどこにあるか知らないけれど、まだ解体されていなければ、その車載ＲＯＭは証拠になるよ」

「さあ、どうかな？　警察ってやつは車載ＲＯＭなんかどこについてるか分からない連中だ」

「警察がそうでも保険屋は違うと思うよ。ともあれ五億円の生命保険に入っていた人物が不正規の車載ＲＯＭを搭載した車に乗って死んだと分かれば、独自の調査に乗りだすと思うけど」

「くそ……」

中原は唸った。〝ゴールデン・ダンジョン〟のスタートを目前にして、とんだ邪魔が入った。邪魔どころか、最悪の場合は刑務所に送りこまれかねない。冷汗が目に入ってきた。

「おれは認めんぞ。確かに車載ROMの書き替えはおれがやった。しかし、頼まれたとおりに書き替えただけだ。事故を起こしたのは、あいつの運転技術が未熟だったからだ」

「まあ、あんたの立場になれば、ぼくもそう強弁すると思うよ。だけど、納得してもらえるかな？　特に、亭主の死後、その未亡人を誘拐してマゾ奴隷に調教して、あまつさえ資産の一部を自分のものにしてしまうような人物の……」

「おいおい、忘れたのかい？　誘拐、調教にはキミも嚙んでいるんだぜ。おれを告発するのは自分を告発するってことだ」

「誰も告発するなんて言ってないよ。ぼくはある人の復讐に手を貸してあげるだけだ」

「復讐？　誰がおれに復讐するんだ？」

「分かってるでしょう。〝ジューシン〟さんですよ。竹本重信。世をはばかった変名だけど、本名は梅本重信。あんたにまんまとのせられて〝梅もと〟から追放された人物」

「そこまで……知ってるのか」

中原は呻いた。

「ぼくだけじゃない。今は当人も知ってる。老人病院を見つけだして電話して教えてやったからね。どうしてあんたが慣れ慣れしく接触してきて、自家製ポルノの制作まで手伝ってくれたのか……。わざと未成年の少女たちを出演させて、それを暴力団に知らせて騒ぎを大きくし、結局、一族から放逐されるように仕向けたんだということ、すべてをね……。要するにあんたは、最初からこの邸を狙っていたのさ。〝ミラーズハウス〟の必要が無くなったら、警察が内偵していると嘘をついて老人を脅かして手を引かせた。竹本老人は徹底的に利用されたわけだ。まあ、殺されなかっただけでもマシだけど」

中原は今度は懐柔にかかった。

「聞け、ヒデくん。まあ、だいたいキミの言うとおりだ。しかしだな、あんな老人なんてどうでもいいじゃないか。未来を見ろよ。〝ゴールデン・ダンジョン〟は今日、五十四人目の会員が二百万円の入会金を支払った。口座には一億円という金が唸っている。これからもどんどん増やせるんだ。ここまでおれを追及した能力を評価して、キミには共同経営者に昇格してもらう。つまり〝ゴールデン・ダンジョン〟の儲けは半分半分だ。会員は金をたんまり持ってるやつばかりだ。半年もすれば、月会費を山分けしても月に二百万は堅い。濡れ手に泡だぜ。それにユカリから雅江まで、好きなタイプの女を自由に出来るし、いろんな女を調教する楽しみもある。男の楽しみを全部味わえるんだ。だが、キミだけで〝ゴールデン・ダンジョン〟は運営できんぞ。おれと手を組まないとダメだ。おれたちは絶好のパートナーなんだ」

中原研一は口から泡を吹いて説得した。若者は首を横に振って冷ややかな口調で言い放った。

「ぼくは、あんたが嫌いになったんだよ。すべて自分を中心に考えて、自分の利益のためには平気で他人を虫ケラのように踏み潰してゆく人間がね……。そりゃあ、女性を自分の思うとおりに従わせるのは快感だよ。それだって、相手の意志を無視して無理やりマゾ奴隷にしてしまうってのは好きじゃない。あんたのＳＭ観にはついてゆけない。ぼくはある程度、相手の意志を尊重して互いに楽しむＳＭが好きなんだ。〟ゴールデン・ダンジョン〟みたいな、男達の欲望だけを優先させたシステムってのは陰惨だよ。ぼくは〟ドミナ〟を開発して後悔してる」

「じゃ、どうするっていうんだ!?　〟ゴールデン・ダンジョン〟を中止させるには、このおれを殺すしかないぞ。キミにはおれを殺せまい。それに、警察に駆けこむわけにもゆかない。キミだって雅江の調教にひと役買っているんだ。おれは、キミが自分の姉まで誘拐して処女を奪ったと曝露するからな……」

「まあ、あんたの言うとおりだろうね……。ここは関係者の言いぶんも訊いてみないと」

秀人はハーフミラーの方に合図した。中原研一は歯噛みをした。

(くそ、こいつめ……。監視室に誰かを置いて、すべての会話を傍聴させやがった)

ドアが開いて雅江が入ってきた。

「聞いたわ、松木――いや、中原研一。よくもまあ、私の主人を殺し、お爺ちゃんを嵌めてくれたわね。可哀相に、お爺ちゃんは今は半分死人みたいになってるのよ」

雅江の目が怒りを含んでいた。それはマゾ奴隷の目ではない。真実を知らされたことで、中原に対する感情が変わってしまった。

「まあ、聞いてくれ……」

「お黙り！　そこまで悪辣な男とは思わなかった。私もバカだった。〝ゴールデン・ダンジョン〟計画は終わりよ。あんたももう、私の支配者じゃない」

「じゃ、おれは何なんだ」

嘯《うそぶ》いた男に冷ややかに言ってのけた雅江だ。

「さあ、何になるかしら？　〝ドミナ〟に訊いてみたら？」

その瞬間、中原は激しい衝撃を受け、恐怖のあまりカッと目の玉を剝いた。自分が秀人を唆《そそのか》して作ったマゾ奴隷調教用メカニズムの実験台に、今度は自分がなるのだ。

「や、やめろ。おい、やめてくれ……！」

哀願するのを無視して、秀人は冷酷に言い放った。

「男がどこまで奴隷化できるか、やってみようじゃないか。〝ドミナ〟――女王って名前は、考えてみるとあんたに一番ふさわしいような気がするな」

秀人は監視室に行き、奴隷調教装置のスイッチを入れた。

「ぎゃ、ぎゃ、ぎゃああア！」

全身を駆け抜ける強烈な電撃ショック。彼の四肢が跳ね狂った。

2

年が明けた。

杉下亮子は冬休みの間、自宅でのんびり過ごした。卒論はすでに書き終えて提出している。その疲れを癒したかったからだ。

クリスマスの後、珍しく高校時代の級友たちに誘われるまま、志賀高原で二泊のスキー旅行を楽しんできた。両親は驚き、喜んだ。「研究にうちこむのもいいけれど、たまには人並みに楽しんでみたら……？」と言うのが彼らの口ぐせだったから。

「ようやく色気づいてきたのかな。化粧をするようになった」

父親が、娘のいない時に冗談口をきいた。確かに亮子は変わった。相変わらず研究に打ち込んではいる優等生なのだが、それまでのように男性をバカにしたり毛嫌いすることがなくなった。人あたりが柔らかくなったのだ。

その理由を知っているのは弟の秀人だけで、姉の方は彼が自分の秘密を知っていることを知らない。

まだ松飾りがとれない午後、亮子が自分の部屋で本を読んでいると電話が鳴った。家にいるのは彼女一人だった。電話に出ると秀人からだった。

「あ、姉さん？　お母さんは？」

「お父さんとお呼ばれで出かけてる。私一人なの」

「あ、そうか……」

「何か用なの？」

「そうなんだけど……」

歯切れが悪い。母親に頼みごとがあって電話したのに、姉が出たので困惑している。

——秀人はどういうものか、高校生になってから姉の自分に対して他人行儀というか、どことなく避けるような態度を見せるようになった。最初は気にしていたが、そのうち何とも思わなくなった。若者はある時期、異性のきょうだいを煙たく思うようになるのかもしれない。いずれにしろ弟はパソコンにのめりこんでいて他のことにあまり興味を示さない。亮子は亮子で他人に干渉しない主義だったから、弟が自分を敬遠していても気にしなかった。

（だいたい、姉と弟がベタベタしてるなんて気持悪い……）

最近になって、弟について印象が変わってきた。この半年ぐらいでぐんと逞しく、そして男臭くなったような気がする。恋人が出来たのかもしれないが、それだったら電話がかかってくるとか、手紙が来るはずだ。彼女は弟のプライバシーに興味を抱くようになった。

「何なのよ。難しい話？」と、姉は案外優しい声で訊いた。

「いや、そうじゃないんだけど……。実はね、今秋葉原に来ているんだけど、探してる部品の品番を書いたメモを部屋に忘れてきたんだよ」

「なーんだ、そんなことか。そのメモを探して欲しいってわけね？」

「うん」

「お安い御用よ」

以前の自分だったら「男臭い部屋に入るのなんかイヤだ」と思ったに違いない。今はあまり気にならない。

「そのメモはどこにあるの？」

「たぶん机の上かパソコンの回りだと思うけど、よく分からない。しまいこんだわけじゃないから、目につくところにあると思う。見つからなかったらいいよ」

「あんたの部屋、ごちゃごちゃしてるからねぇ……。とにかく見てくるわ」

「それじゃ、五分したらまたかけるよ」

弟は電話を切った。

亮子は秀人の部屋に入っていった。

秀人が亮子の部屋に入らないように、亮子も秀人の部屋にまず入らない。姉弟の間には無言の相互不可侵条約が締結されている。室内にはギッシリと訳の分からない機械が所狭しとばかり並べられ積み重ねられ、そんな所に足を踏み入れる気にもなれない。だから、彼女が秀人の部屋に入るのはこれが初めてだった。

六畳の部屋が数台のパソコンと周辺機器で占領されている。残りの空間はおびただしい量の雑誌や本が埋め尽くして、寝るためのスペースが確保されているだけでも驚きだ。

（うーん、男の匂いだわね、やっぱり……）

以前の自分だったら、部屋に籠《こも》る男臭さに拒否反応を示したかもしれないが、最近はそういうことがない。どこか分からない地下牢獄で一週間、二人の男に辱しめられ、自由にされていた間に、そういう嫌悪感が消えてしまった。男という生き物を違った目で見るようになった。

ひたすら女を屈伏させるために作られた、逞しい肉体と欲望器官を持つ闘う生き物。

街を歩いていて、建設現場などで働いている作業員たちを見て、ふと立ち止まって彼らの肉体に見惚れている自分に気がつくことがある。彼らの汗臭い体に組み敷かれる姿を想像して、気がつくとパンティの底の部分が濡れていることが再三あった。

弟の秀人の男臭さに、敏感に反応する時もあった。いつの間にか女として彼を見つめていることに気づき、彼の肉体を想像している自分に気づき、慌てて目をそらしてしまう。

(私の肉体に悪魔が住みついてしまった……)

夜、ベッドの中でこっそりオナニーに耽る時、そんなふうに思い悩む。以前はオナニーでさえ罪悪感を覚えていたのに、毎晩必ずしなければ気がすまないようになっていた。

(さて、そのメモ用紙とやらはどこかな?)

それを発見するのは不可能に近いような気がした。机の上といわず機械の上といわず、ベッドの上までパソコンのプリントアウトが散乱していて、その他にも訳の分からない記号や数字がギッシリ書き込まれたノートの切れ端とかメモ用紙があちこちに挟みこまれたり張りつけられたりしている。床にも机の下にもちらばっている。一瞥《いちべつ》しただけで溜め息が出てきた。

(こうなりゃ、片っぱしから見てみるしかないわね)

とにかく紙片という紙片を全部手にとって眺めてみた。

部品の番号らしいものを書きこんだのは、なかなか見つからなかった。

探しまわったあげく、ベッドの下の方に落ちていた大学ノートの一ページをちぎったような紙に、どうやらそれらしい記号が書かれていた。

（これかな……）

ひょいと紙片を取り上げて、亮子は目を丸くした。ハッと息を呑んだ。

そのノートの切れはしは一冊の雑誌の上に載っていた。およそ、この部屋には似つかわしくない種類の雑誌が。

乳房とヒップを強調して描いたどぎつい緊縛裸女の絵。それが表紙だった。

タイトルは『ＳＭドミナント』。いわゆるＳＭ雑誌だ。

「何よ、これ⁉」

思わず声に出していた。

弟も二十歳を過ぎた。異性に興味を抱いたり関心を持つのは当然だ。しかし、ＳＭに興味を持っているとは思わなかった。

あの松木という男に出会う前だったら、激しい嫌悪を覚えて、その雑誌を投げだしていただろう。弟のことを「不潔なやつ！」と蔑視し、口をきかなくなってしまったかもしれない。

今は違った。手にとってパラパラとめくってみた。

最初のカラーページは緊縛され、さまざまな辱しめを受ける裸女たちのオンパレードだった。いずれも魅力的な娘たちばかりだ。中には「どうしてこんな子が？」と思うような、清純そうな娘が、野外でフェラチオや放尿を強いられている写真もあった。

胸がドキドキしてカーッと全身が熱くなった。

ベッドに腰をおろし、ページをめくり続けた。

（こういうこともされたっけ）

（こんな責めも受けた）

（ここまではされなかったけど……）

緊縛裸女たちのあられもない姿態に、自分が受けたさまざまな責めの記憶が重なる。

実際、あの一週間の間に、亮子はほとんどあらゆる種類の責めを受けたような気がする。

さまざまな器具によるV責め、A責めはもちろんのこと、鞭、素手によるスパンキング、洗濯バサミ、浣腸、蠟燭、強制フェラチオ、飲尿、あさましいポーズでの放尿、排泄、剃毛……。そして秘丘への刺青……。

「あー……」

思わず熱い吐息をついてしまった亮子だ。

その時、階下で電話のベルが鳴った。あわてて駆けおりた亮子は、掛けなおしてきた弟にメモの記号を読みあげてやった。

「これでいいの？」

「ありがとう。それが知りたかったんだ」

弟は礼を言って電話を切った。彼は自分がこっそり買って読み耽っていた雑誌が姉に見つかったなど、夢にも思っていないだろう。ふだんはもっと目につかない所に隠してあるに違いない。今日はたまたま隠し忘れたのだ。でなければ、姉を部屋に入れさせることはしない。

(秀人があんな本を読んでいるなんて……。ＳＭなんてものに興味があるのかしら？)

しばらく動悸がおさまらなかった。

人間の内面なんて分からないものだ。この自分が被虐の歓びに呻き悶えた姿を、誰が想像できるだろうか？　今だって心の一部では恐れながら、秘かに期待しているのだ。あの松木という男の呼び出しを。

――地下の牢獄から解放する時、彼はマゾ奴隷の誓いをたてた美しい女子学生に命じた。「おれが『来い』といったら、何があっても言われた場所に来るのだぞ」と。

松木は、秘密の会員制クラブで、自分と同じような加虐趣味の男たちに亮子を玩具にさせる――という意味のことを仄めかした。「おまえをマゾ娼婦にしてやる」とも。

その時の感触では、その呼び出しの時は、そんなに遠くないように思えた。

なのに、あれ以来松木からは何の連絡もない。もう二か月が過ぎた。

彼女は毎晩、屈辱と羞恥、苦痛と汚辱のどん底につき落とされている自分を想像しながら、激しくオナニーに耽っているというのに——。

しばらく立ちすくんでいた亮子は、再び弟の部屋に入っていった。偶然、何かの拍子にその一冊だけが紛れこんだのか、そうでないのか、確かめたくなったからだ。

ベッドの下の方を覗くと段ボールの箱が見えた。何か機械を入れてあった箱だが、そんな所に押しこんであるというのがおかしい。ひっぱり出してみた。案の定だった。

何冊ものSM雑誌、緊縛写真集、ビデオテープの類が詰めこまれていた。

緊縛写真集には〝セーラー服緊縛〟とか〝制服監禁〟など、セーラー服ものが多い。

どうやら秀人は、セーラー服の美少女が縛られ辱しめられるシチュエーションが好きらしい。

（ふーん、そうだったのか……）

男というものは、セーラー服に強い執着を持っているものらしい。あの牢獄の中で、自分も一度だけセーラー服を着せられて責められた。かわいい美少女と二人組で。

犯される時は目隠しをされ、若者がやってきて四つん這いにした彼女を突き刺した。

その横では、確かユカリといった可愛い娘も緊縛され、しきりに「お兄ちゃん」と呼びながら悶え泣いていた。若者は交互にセーラー服を着た娘二人を犯したのだ。

ひょっとしたら、ユカリという娘はあの若者の実の妹だったのかもしれない。結局、彼女は一度もあの若者の素顔を見られなかったのだが、二人が兄妹だったらその理由も分かる。

（だとしたら、凄く背徳的なきょうだいだわ……）

地下牢獄の思い出が走馬灯のように脳裏をよこぎり、子宮が甘く疼いた。ふだんは陥没している乳首が勃起してきてブラジャーのカップの内側で擦れる。

「あー、たまらない……」

亮子はスカートの下に手を差し込んだ。パンティとパンストごしに熱い湿り気が指に伝わる。若い牝の匂いがするベッドに仰臥し、亮子はパンティの下へ指を這わせていった――。

亮子の、弟に対する態度が変わった。

ふだんの無視するような態度がなくなり、時になれなれしく話しかけたりするようになった。

かつて一度もパソコンなんかに興味を持ったことが無かったのに「パソコンを使って、作家の文章の特定の単語の使用頻度を出すのは難しいかしら？」などと質問するようになった。

それまでは寝間着姿で家族の前に姿を現わすことはなかったのに、あんまり気にかけなくなった。パンティなども平気で弟の目に触れるような干し方をする。母親が目を丸くするようなセクシィなデザインのも増えた。

「学校はもう、ほとんど休みみたいなものだから」と言って、年が明けてからはつくばのアパートより家にいる方が多くなった。それもまたかつてなかったことである。

ある日、姉弟が二人きりで家にいる時、亮子の方から頼みごとをしてきた。

「ねぇ、大学を卒業する記念に写真を撮ってくれないかな」

「記念写真？　写真館に行けば？」

「いやねぇ、そんなに改まった写真じゃないのよ。そうねぇ、この家で過ごした記念っていうのかな、自分の部屋でごく自然な感じで……。そういう写真って考えてみればほとんど撮ってないもの」

それも当然だ。亮子はふだん外出するときも鍵をかけるぐらいで、極端に他人が部屋に入ることを嫌う。それに、家族一緒に行動するのを好まなかったのは彼女自身なのだ。

「姉さんの部屋で？」

秀人はある予感を覚え、期待で股間が熱く疼いた。平静を装って答えた。

「いいよ。撮ってあげる」

「じゃ、私、部屋で着替えをするから、呼んだらカメラを持ってきてくれる？」

「分かった」

しばらくして「来て、秀人くん」と呼ばれて、弟は愛用の三十五ミリデジタルカメラを手にして姉の部屋に入っていった。

ベッドの上に着替えた亮子が正座していた。白萩女学館の夏のセーラー服を着て。ヘアバンドで髪を押さえて額を出している。うんと清楚な感じで、二十二歳の娘には見えなかった。タイムスリップして四、五年も過去に戻ったような気がする。

目を丸くして言葉を失っている弟に向かって、白い歯を見せて婉然《えんぜん》と笑ってみせた。

「久しぶりに着たけど、少し緊いわ。少し太ってるのね……」

「……似合うよ、姉さん」

ようやく秀人が言葉を口にした。

「だけど、なんでそんなのを着るの？」

悪戯っぽい笑いが広がった。

「好きなんでしょう？　こういったセーラー服が……」

挑発するように両手を頭の後ろに回して組み、胸を突き出してみせた。尻は浮かし、両腿はやや開く。地下牢獄で徹底して叩きこまれた奴隷のポーズ。半袖の袖口から黒々とした腋《えき》窩《か》が覗けて見えた。夏までそこを剃るな、と松木が厳命した。その彼からの呼び出しは、まだない。

「そ、そりゃ好きだけど……」

「そして縛るのも、でしょ?」

二十歳になった弟がまっ赤になった。

「ど、どうして……そんな……」

姉はベッドの枕の下からSM雑誌を取りだして見せた。〝SMドミナント〟。弟がこっそり隠していた段ボール箱の中から取り出してきたやつだ。

「えっ、それは?」

愕然としているのを、宥《なだ》めるように、

「こないだ偶然、キミの部屋でこれを見つけたの。びっくりしたわ。でもね、私も嫌いじゃないのよ、SMって……」

「姉さんが?」

信じられないようにマジマジと見つめる。

「いやだなあ、私だってもう処女じゃないのよ。恥ずかしいけど打ち明けるわ。私、そういう趣味の男の人と会って、いろんなことをされたの。この雑誌の写真とか告白小説に書かれているみたいなこと……。信じられない？　でも本当よ。それで病みつきになっちゃったの」

「で、その男の人ってのは……？」

首を横に振ってみせた。

「今は付き合ってないわ。でも、時々、彼にされたことが懐かしくなって、ついオナニーしたりするわ」

姉の口から〝オナニー〟などという言葉が飛び出すなど信じられなかった。秀人はひたすら目を丸くして口をあんぐり開けている。

「キミは経験があるの？　女の人を縛ったり、こんなふうにバイブレーターでいじめたりしたりとか……」

何かに酔ったような眼ざしでヒタと弟を見つめた。秀人は嘘をついた。

「いや、全然……。ただ考えるだけ」

「童貞なの、秀人は？」

「う……、姉さん、大胆なことを口にするんだね……。そうだよ」

「ふーん、それで、オナニーする時はこうやって女を苛めてるところを想像してるの？」

秀人も腹をくくったようだ。

「そうだよ。姉さんみたいなセーラー服を着た少女をね……」

姉が弟を見る目つきが、いっそう挑発的になった。

「だったら、私を縛ってみたら？」

「そんな……、ぼくたちきょうだいなんだよ」

「かまわないでしょ？　私は縛られて虐められたい、キミは縛って虐めたい。そんな妄想に悶えて一つ屋根の下で悶々としている方がなんかヘンだわ」

「大胆なこと言うなあ、姉さん……」

弟は姉を見直すような表情になった。さすがに亮子の頬も上気している。

「そりゃあ、私だってこんな提案するの恥ずかしいし、決心も必要だったけど、縛られたりするだけなら構わないじゃない？　セックスするとか、そういうんじゃなければ……。パンティを脱がさないという条件だったら、何でもしていいわ」

「でも、ぼくは縛ったことがないから、うまくないよ」

「うふ。私の方が先輩なわけね。じゃ、教えてあげる」

かねてから考えていたに違いない。亮子は荷作り用の麻縄の束をとり出した。

「さあ、縛って。最初はこの写真みたいに……」

憑かれたような表情になって弟は立ち上がり、縄を手にした。

正座した亮子を、まず後ろ手に縛り、防虫剤の匂いのするセーラー服の上から縄を回してかけた。姉の髪の匂い、肌の匂いがいつになく刺激的で、秀人の股間はもう隆起している。

「そうね、胸の上からかけて、それからもう一度、下からおっぱいを絞りあげるみたいに。そう……、そこで縄が緩まないようにギュッと持ち上げて……。あ……」

強い力がかかって腕が持ちあげられ、不自由な姿勢を強制された姉が呻いた。

「ごめん。痛かった？」

「ううん、いいの。それぐらい力をかけないと緩んじゃうよ」

キッチリと緊縛し終えると、秀人は一歩下がって作品を眺める芸術家のように目を細め、

「すてきだ、姉さん……」

かすれた声を絞り出した。

「そう……？　恥ずかしいけど嬉しい……。ねえ、写真を撮って」

「いいよ」

弟はカメラを構え、何度かシャッターを切った。ストロボライトを浴びるたび、姉の顔が上気し、陶然とした色が濃くなる。

膝を崩させて横倒しにする。紺の襞スカートがめくれて丸い膝、白い腿がはだけた。

「刺激的だなあ」

弟が呻くように言う。

「もっといやらしい写真を撮って……」

姉の声は囁くようだ。

「じゃあ、こうしようか」

勉強机の椅子に座らせ、股を開かせるようにして椅子の脚に足首をゆわえつけてしまう。その上で襞スカートをめくりあげた。なめらかな美しい太腿のつけ根、目に滲みるほど眩しい純白の下着が股間に食いこんでいる有り様が若者の視線にあからさまにされた。

「ああ……」

大股開きの姿勢で固縛された亮子は耳朶から項まで桜色に染めて顔をそむけ、唇を嚙むようにした。その羞恥の風情がなんともいえず、若者の嗜虐の血は昂った。

「姉さん、おっぱいを出すよ」

「いいわ。……好きにして」

か細い声で答え、頷く。

秀人はわざと荒々しい手つきで上衣の裾をひっぱり上げ、ブラジャーのカップを押しさげた。縄で上と下から締めつけられた乳房は、椀型の隆起が紡錘形に突出して、ピンク色が赤みを帯びた乳首は固くせりだしてきていた。

「綺麗だ、姉さんのおっぱい……」

両掌で両方の膨らみをくるみ、ぐりぐりと揉みしだいた。掌に伝わる弾力に富んだ温かい肉の感触、勃起した乳首のコリコリした感触がたまらない。

「ああっ、あー、む……」

唇を嚙むようにして苦痛を堪える表情の亮子。それが単なる苦痛ではないことを、秀人はよく知っている。彼は姉の開かれた脚の間に跪き、乳房に顔を寄せた。突き出た乳首を吸った。

「ううっ……いやあ……」

姉が甘えるような悲鳴をあげた。

「いやなの？」

わざと唇を離すと、首を振る。

「いやじゃないわ。もっと吸って……嚙んで……」

「……………」

チュウチュウと音をたてるようにして乳首を吸い、舌でねぶり、歯を軽く立ててやると、乳首は野苺の大きさにまで腫脹した。

「ああー……」

白い喉を見せるようにして亮子の頭がのけ反る。秀人の手がむき出しの股間に伸びた。すべすべした内腿の感触を楽しみながら、鼠蹊部から股間に食いこんでいる純白の木綿へと指を這わせる。

「いや」

亮子が呟いた。それが拒否の言葉ではないことを、秀人はユカリたちとの体験で知っている。若い娘の秘裂を覆う布きれはじっとり湿っていた。見ると、長楕円形のシミがハッキリと現われている。

「濡れてるよ、姉さん……。こんなに淫らな人だと思わなかった。セックスのことなど頭にないって顔してて……」

言葉で辱めると、姉の頬が赤らむ。それを見てゾクゾクするような昂奮を味わう秀人。

「秀人くん、あの……、机の上のクリップで……」

恥じらいをこめた呟くような声で弟にねだった。

「クリップ？　これ？」

原稿用紙などを束ねる小型のペーパークリップが目についた。縄と同様、あらかじめ用意しておいたに違いない。

「うん。それでお乳を……」

「ああ、そうか。乳首を責めて欲しいんだ」

つまり彼女は、洗濯バサミと同じように、それで自分の乳首を挟んで一人で自虐プレイを楽しんでいたに違いない。強く締めすぎないように弾力を調整したような跡がある。

弟が片方の乳首にクリップを嚙ませると、亮子のスリムな体がビクンとうち顫え、

「あっ、あー、うっ……」

苦痛の呻きがふきこぼれる。

「そんなに痛い？　外そうか？」

「大丈夫、我慢できるから。あーっ……、うっ」

秀人は見た。姉の表情に陶酔の色がさらに広がり、同時に下着のシミも広がってゆくのを。

（〝ドミナ〟の効果は残っているんだ。エンドルフィンは条件反射的に分泌されている……）

秀人はうち顫えるセーラー服を纏った姉の姿を楽しみつつ、さらにもう一方の乳首にクリップを嚙ませてやった。

そうやって苦悶させながら、濡れた股布の上から指で秘裂を擦りたてるようにした。図にのって感づかれないように、わざと童貞の青年らしいぎこちなさで。

「いやっ、ああっ、そんなところ触らないで。お姉さん恥ずかしい……っ。あう、痛い……」

首を左右に、上下に激しく振り動かしながら悩乱の声をはりあげる亮子は、やがてククッという声を喉の奥から放ち、ガクガクとヒップを揺すりたてた。腿がブルブルと痙攣して、

「イヤッ、ああー、イクう！」

濡れた布ごしに秘核への愛撫を受けただけで、亮子はあっけないほど簡単に絶頂に達した。それほどに被虐の悦楽に飢えていたということだ。秀人は空恐ろしささえ覚えた。

(松木——中原研一とぼくは、なんていうことをしたんだろう？　姉さんはもう、こうやって苛められないと我慢できないマゾヒストになりきってしまった……)

ふいに、憐れみと同時に限りない愛しさが秀人の胸の中で滾りたった。優しく乳首からクリップを外すと、縛めを解いた姉を抱き上げ、ぐったりと脱力した体をベッドに横たえてやる。唇を寄せると、亮子は自ら弟の首に手を巻きつけて引き寄せ、自分の唇で受けとめた。

「……っ」

唾液を吸いあい舌をからめる濃厚な接吻。秀人は演技するのを忘れて姉の甘い唾液を啜り飲んだ。いつの間にか亮子の片手が若者の股間に伸び、膨らみを優しく撫でた。

「姉さん……」

姉の手がジーンズの前を開けた時、秀人は驚きの声を洩らした。

「いいのよ、イカしてくれたお礼……。キミだってこのままじゃすまないでしょう？」

ズキンズキンと脈打っている若牡の逞しい器官を愛しげに撫でさすり、握りしめ、それから指の腹で濡れた亀頭先端をソッとさすりあげた。

「ああっ、うーっ……」

「気持いい？」

「いいよ、姉さん……、ああっ」

包皮を翻展させてから、最初はやさしくしごきあげ揉みたててきた。理性を痺れさせる快美な刺激。

「出していいわ。そうね、パンティの上に……」

久しぶりの姉の発情の匂いに包まれて昂りきった若者は、数分後、咆哮《ほうこう》に似た呻き声をあげながら痙攣して、姉の股間にペニスを押しつけながら牡のエキスを噴きあげた。ねっとりとした香り高い液が純白の下着に飛び散り、べっとりと付着した。

——亮子は知らない。弟が紙片の下にわざと〝SMドミナント〟を置いて、姉の目につくように仕組んだことを。

姉弟の悦楽の時は、両親の帰宅で中断した。

しかし亮子の肉奥で燃え上がった炎は容易なことでは消えない。

夜遅く、秀人が入浴していると、足音を忍ばせて姉が入ってきた。素っ裸になって浴室に入り弟に抱きついてきた。

「姉さん……。大胆だなあ」

「うふっ。大丈夫。ママもパパも寝てるから……」

「それに、自分からパンティを脱いじゃったよ」

「だって、愛しあうのに下着をつけたままなんて不自然よ」

「だけど、そんなのを見たらたまらない」

秀人は勃起した分身を見せつけた。

「まあ」

姉はタイルの床に膝をつき、立ちはだかった弟の若い欲望器官を見て驚嘆した。

「素敵……。秀人くんのペニスは美しいわ。そうだね、なんていうか野性の豹というか、無駄なものがないって感じ……」

大きく口を開けて頰ばり、巧みに舌を使い、唇をすぼめて自分の口腔をシリンダにして鉄のように堅い肉棒をピストン運動させた。

「ああー、姉さん……、うっ……ダメだよぉ」

秀人はたまらずに、本当に童貞の少年のように姉の口の中に噴きあげてしまった。

「なんていやらしい女になってしまったんだろう、ぼくの姉さんは……。弟の精液までごくごく飲んでしまうなんて……」

「精液だけじゃないわ。おしっこだって飲んであげる」

「そんな……汚いよ」

秀人がたじろいで見せると、姉は妖しく笑った。

「じゃあ、私がおしっこするのを見て……」

タイルに飛沫が飛び散り、甘ったるい尿の匂いが浴室にたちこめた。昂った秀人は尿で濡れたタイルの上にオールヌードの姉を四つん這いにさせて、濡れたタオルを鞭にして丸い林《りん》檎《ご》のような臀部を打ち据えた。必死に呻きをこらえながら若鮎のようにみずみずしい裸身をくねらせ悶える姉の姿。秀人の器官はまた怒張しはじめた。

「こんな淫らな姉さんは、お仕置きしてやる」

「して。うんと苛めて……」

二人は亮子の部屋に入った。

全裸の上に名門女子高のセーラー服の上衣だけを着けた亮子は、ベッドの上に仰臥した。

秀人は縄を使って、のびやかな姉の四肢をベッドの四本の脚にくくりつけて大の字縛りにしてしまう。

「まず、ここを検査してやる」

一度、綺麗に剃りあげられた秘毛の丘は、今はふさふさとした、やや栗色がかった繊毛で覆われている。シナシナとした感触の、かなり密に繁茂した叢《くさむら》だ。よほど目を近づけて掻き分けてみない限り、肌に刻みこまれたMARQUISというマークは発見できない。

弟が秘裂に舌を這わせると、亮子はあられもない声をはりあげて乱れた。

「困ったな、そんなに大声をあげたら、下に聞こえてしまう」

下着の抽斗からビキニのパンティを取りだし口に押しこめた。スカーフを使って両頬を横一文字に割るようにしてガッチリ猿ぐつわを噛ませた。

再び秘毛を掻き分けると、珊瑚色の秘裂は薄白い愛液で濡れそぼっている。綺麗に洗ったばかりなのに、牡を狂わせる芳しい秘香が立ちのぼる。ユカリのと似たヨーグルトの匂い。

たっぷりと愛液を舐め啜って悩乱させてから、秀人は一度階下に降り、冷蔵庫の中から胡瓜を取りだして部屋に戻ってきた。

亮子は夜が白みはじめる頃まで、弟の手で淫らな責めをたっぷり受け、何度も失神した。

秀人が姉の肉体に侵入したのは、次の夜だった。亮子は弟の童貞を奪ったと信じて歓喜の声をあげ絶頂した。

毎晩、姉弟が淫猥きわまりない悦虐儀式に耽溺《たんでき》しているのを、同じ屋根の下にいながら父親も母親も気がつかない。

一通の封書が亮子に届いた。宛名は外神田で、差し出し人は〝MARQUIS〟。

（とうとう、来た……）

松木という男からの呼び出しだと直観した。それにしてもずいぶん長い間隔をおいたものだ。地下牢から解放されてから四か月が過ぎようとしている。連絡が来るのを脅えながら、同時に期待しながら待ち続けていたのだ。

ワープロで、いつ、どこへ来るようにという指示だけが書かれていた。末尾に、亮子の秘部に彫りこまれたのと同じ、マーク化されたMARQUISのサイン。

亮子は下着が湿るのを覚えた。


指定された日、指定された時刻の午後一時きっかりに、亮子は外神田にあるなんとも侘しい裏通りに面した小さな雑居ビルを訪ねた。地下にある階段を降りてゆくと、突き当たりに黒いガラス製のドアがあって、ピンク色のアクリル板に〝会員制個室ビデオ・ミラーズハウス〟という文字が彫りこまれていた。その下に〝同伴観賞専用室あります〟という文字。

（確かにここだけど……？）

いぶかりながらドアを押す。左右に黒いカーテンが垂れて、正面にカウンターがあった。その向こうに銀髪の老人が座っていた。車椅子に座っている。足が不自由なのだ。能面のように表情は無いが、目の光は案外鋭い。入ってきた娘の姿を舐めるように見る。

「あの……、ここに来るように言われた亮子ですけど」

「ああ。杉下亮子ね。待っていたよ」

老人がインタホンのボタンを押すと、左手のカーテンを掻きわけて若い娘が姿を現わした。バニーガールの衣裳をつけ、むっちりと肉感的な脚線に網目の黒いタイツが悩ましい。

「あら」

地下牢にいたユカリという娘だ。愛嬌のある笑みを浮かべ、亮子に頷いてみせた。

「いらっしゃい、亮子さん。こちらへ……」

カーテンの内側は何か香を焚きしめているのか、玄妙で官能を擽るような芳香がたちこめる、薄暗い通路だ。

右側が壁で、左側に三つのドア。手前からA、B、C。

亮子はBという札のかかった個室に入った。

中はガランとして、ソファが一つと低いテーブルが一つあるきりだ。低いテーブルの上に、小型テレビが三つ。

「ここは従業員控え室。AとCだけがお客さまの入る部屋」

ユカリは説明して小型テレビの一つをつけた。モノクロの画面が映った。

「あ」

亮子は驚きの声をあやうく呑みこんだ。

天井から斜め下を見下ろした個室の光景が映っている。

「これはね、こっち隣のA個室。天井の換気口のところに隠しカメラがとりつけられているのよ。泥棒を監視する赤外線カメラだから、暗くてもハッキリ見えるわ」

広角のレンズが取りつけられているので、さほど広くない部屋のすみずみまで映っている。片方の側にソファと低いテーブル。向かいあった壁に大きなテレビとビデオデッキを載せたラック。ソファに座った人間がよく見える位置にカメラは据えられていた。

男と女が並んで座っている。男性はキチンとした背広を着た若い会社員という感じだ。女は見覚えがある。地下牢で一緒に責められた絵利香という娘だ。二人でぴったり寄り添うようにしてテレビの画面を見ている。個室ビデオ、同伴観賞というからには、ビデオの映像を観ているに違いない。

男は無言で、時々、テーブルに置いてあるコップからビールを飲んでいる。やがて絵利香の手がそうっと男の膨らんだ股間に伸びていった。

亮子は体が熱く火照るのを覚えた。

やがて男はズボンと下着を膝までひきおろされた。勃起したペニスを優しい手つきでおしぼりで拭ってやる娘。それから黒いニットのミニドレスを脱いだ。下は黒いブラ、Tバックショーツ、ガーターベルト、ストッキング。ハイヒールは穿いたまま立って、少し両足を広げ、両手を頭の後ろで組み、胸と下腹を突き出して、誇らしげに挑発的にヒップを左右に振ってみせた。

男の注意は完全にそっちに移り、股間の怒張はいっそう猛々しさを増す。

絵利香は男の傍に膝をつき、その怒張を愛撫しはじめた。しばらくして熱烈なフェラチオが開始され、二分とたたないうちに男は腰を突きあげて彼女の口の中に射精した。

「心配しないで。時間はまだあるわ。もう一度、楽しませてあげる……」

ハスキーな絵利香の声がスピーカーから聞こえてきた。ユカリが言った。

「分かったでしょう？　一緒にビデオを見てあげるの。裏ビデオ。彼が昂奮したら、それを解消してさしあげて。料金は一万円。飲みもの代、おしぼり代として店が三千円、お姉さんが五千円。チップはまるまるお姉さんのもの。そうねぇ、穿いてるパンティは五千円以下で売っちゃダメよ。飲み物は冷蔵庫、コンドームはそこの棚、おしぼりはそこのお盆の上に用意してあるわ。最初に五本は用意してね。コンドームは生尺——じかにフェラチオされるのが嫌いなお客のためのもの。本番は店内では絶対禁止。常連さんになったら〝特別観賞室〟というのがあって、そこへお招きしてプレイできる。楽しめるわよ。それは後で教えてあげるけど……」

もう一つのテレビをつけた。

「右隣の個室C。これがあなたを指名したお客さん。おとなしそうな顔をしてるけど、希望が『セーラー服・監禁調教』だから、けっこうハードなSMが好きみたい」

弟の秀人と同年配。やはり学生だろう。少し背が低く、肉がついている。メガネの奥の目は神経質そうで、キョロキョロと室内を見渡している。

「このお客さんは知的なお嬢さんタイプが好きなんだって……」

亮子は深呼吸をした。松木がほのめかしていた「マゾ娼婦にしてやる」といったのは、このことだったのか。疑問に思って訊いてみた。

「あの、松木さんは……？」

「ああ、マル鬼さんは今、姿を消してる。日本にいないんじゃないかな。何せ忙しい人だから。その間、あのジューシンさん——受付のところにいたお爺ちゃんが代理」

「そうなの」

あの残忍な男がいないと知って、安堵《あんど》と同時に期待はずれというような気がした。

「ここは全部指名制、予約制だから、あなたの都合のいい時に来てもらえればいいわ。今日はね、予約が三組入ってる。忙しいわよ」

ユカリに背を押されるようにして、盆を捧げもった亮子は暗い室内に入っていった。床に膝をついて挨拶する。

「お待たせしました。亮子です……」

アダルト・SNSとして人気があった〝夢遊ネット〟は、突然に消滅した。

理由は何も説明されなかった。

「当局の手が入ったらしい」という噂が流れたが、誰も確認したものはいない。

年が明けてしばらくして、〝YOU夢ネット〟という、成人向けのSNSが開局し、口コミで会員を増やしていった。内容は〝夢遊ネット〟と同じで、エロティックな画像・動画情報と、ピンク情報の交換やQ&Aがメインの〝H病院待合室〟というフリートークボードが売りだ。

特徴は、SM色が強いことだ。

管理人の名は〝ヒデ〟。彼がアップする画像はたいていが女たちの緊縛写真だ。

いつもセーラー服を着せられて責められている美少女はY子。

知的な美貌の持ち主、Ｒ子は女子大生だという。

美人秘書で黒い下着の似合うＥ子、そして濃艶な熟女タイプのＭ子。

この四人がどうやらヒデの愛奴らしい。とっかえひっかえさまざまな画像や動画がアップされて、マニアたちの血を滾らせた。

ある日、そんなマニアたちの一人にメールが送られてくる。

《やあ、タッくん。

初めてメールを送ります。管理人のヒデです。

ボードの書き込みを拝見していると、ＳＭに興味があるけどプレイ相手がいなくて悶々としてるみたいですね？

ちょっと面白い情報をキャッチしたので、タッくん向きかなと思い、メールしました。

裏ビデオやモロＤＶＤを見ながらお好みの女の子がサービスしてくれるというお店があるんです。

料金はそんなに高くないし、経営はすごく良心的なようです。ぼくも一度行ってみましたが大変満足でした。ちょっとしたＳＭプレイもＯＫみたいですよ。

詳しい情報をお望みでしたら、私宛に返信して下さい。

でも、他の会員には内緒ですよ！

管理人　ヒデ》

〝ゴールデン・ダンジョン〟はオープン間際になって、突然消滅してしまった。夢遊ネットの消滅とほぼ同じ時期に。

会員たちには「当局の内偵が入ったようなので、当分の間、活動を停止いたします」というメッセージが送られ、払いこんだ入会金と保証金は全額が返済された。特に混乱は起きなかったようだ。それなりの地位、社会的信用を持つ男たちばかりだ。〝当局の内偵〟という文句に顫えあがったに違いない。

マル鬼、あるいは松木と名乗っていた男、中原研一の消息はぷっつり途絶えた。

アダルトSNSの中に、M男――つまりマゾヒストの男性ばかりのコミュニティがあって、そこの中で「元麻布に、奴隷調教用の地下牢をもつお邸があって、その地下牢で徹底的に調教され、妖艶な美女に飼われているM奴隷がいるそうだ」という噂が流れ、マゾヒストたちの垂涎の的になったこともあった。しかし、その情報の真偽は誰も知らない。

この作品は一九九〇年十一月フランス書院文庫より刊行された『姉と弟・監禁調教』を改題、補訂したものです。

GENTOSHA OUTLAW BUNKO

地下室《ちかしつ》の姉《あね》の七日間《なのかかん》

館淳一《たてじゅんいち》

平成20年6月10日　初版発行
平成23年5月15日　2版発行

発行人——石原正康
編集人——菊地朱雅子
発行所——株式会社幻冬舎
〒151-0051東京都渋谷区千駄ヶ谷4-9-7
電話　03(5411)6222(営業)
　　　03(5411)6211(編集)
　　振替00120-8-767643
印刷・製本—図書印刷株式会社
装丁者——高橋雅之

幻冬舎アウトロー文庫

ISBN978-4-344-41151-7　C0193　　O-44-9